Nadie en esta tierra

AF874357

Crimen y Misterio

Víctor del Árbol

Nadie en esta tierra

DESTINO

PEFC Certificado

Este libro procede de
bosques gestionados
de forma sostenible

PEFC
PEFC/14-38-00305 www.pefc.es

La lectura abre horizontes, iguala oportunidades y construye una sociedad mejor.
La propiedad intelectual es clave en la creación de contenidos culturales porque sostiene el ecosistema de quienes escriben y de nuestras librerías.
Al comprar este libro estarás contribuyendo a mantener dicho ecosistema vivo y en crecimiento.
En **Grupo Planeta** agradecemos que nos ayudes a apoyar así la autonomía creativa de autoras y autores para que puedan seguir desempeñando su labor.
Dirígete a CEDRO (Centro Español de Derechos Reprográficos) si necesitas fotocopiar o escanear algún fragmento de esta obra. Puedes contactar con CEDRO a través de la web www.conlicencia.com o por teléfono en el 91 702 19 70 / 93 272 04 47

© Víctor del Árbol, 2023
En colaboración con Agencia Literaria Antonia Kerrigan
© Editorial Planeta, S. A., 2023
Ediciones Destino, un sello editorial de Editorial Planeta, S. A.
Avda. Diagonal, 662-664, 08034 Barcelona (España)
www.edestino.es
www.planetadelibros.com

Adaptación de la cubierta: Booket / Área Editorial Grupo Planeta
Imagen de la cubierta: © Maria Tudela / Arcangel
Primera edición en Colección Booket: marzo de 2024

Depósito legal: B. 1.894-2024
ISBN: 978-84-233-6481-7
Impresión y encuadernación: Liberdúplex, S. L.
Printed in Spain - Impreso en España

Biografía

Víctor del Árbol (Barcelona, 1968) es escritor. Suyas son las novelas *El peso de los muertos* (Premio Tiflos de Novela 2006), *El abismo de los sueños* (finalista del XIII Premio Fernando Lara 2008), *La tristeza del samurái* (Prix du Polar Européen 2012), traducida a una decena de idiomas y *bestseller* en Francia, *Respirar por la herida* (finalista en el Festival de Beaune 2014 a la mejor novela extranjera), *Un millón de gotas* (ganadora en 2015 del Grand Prix de Littérature Policière), *La víspera de casi todo* (Premio Nadal de Novela 2016), *Por encima de la lluvia* (2017), *Antes de los años terribles* (2019) y *El hijo del padre* (2021). En 2018 fue nombrado caballero de las artes y las letras de la República Francesa.

@VictorDelArbol.Escritor

@victordelarbol

@victordelarbol

victordelarbol.com

Quiero, por una vez, dedicar esta novela
a Anna Soldevila. Ella tiene el coraje que
a veces les falta a mis sueños.

Y quiero darle las gracias a Antonia Kerrigan,
que me ha enseñado el camino de la paciencia,
aunque yo no soy el mejor de los alumnos.

Cuando estás en el fondo del abismo, encuentras en él un consuelo especial que no se halla en ninguna otra parte.

El lago,
BANANA YOSHIMOTO

Prólogo

Cuando llueve, como llueve hoy, cuando las tardes ya se alejan hacia el otoño, es mejor no escuchar cierta música, mejor no invocar ciertos recuerdos, mejor no escribir ciertas cosas y dejar que sea el silencio el que hable de lo que debe ser callado.

No soy yo quien debería contar esta historia. Pero soy el que puede contarla.

No tengo un nombre que vosotros podáis conocer y eso debería tranquilizaros; lo que no se nombra no existe y, a fin de cuentas, una voz sin nombre es un eco sin presencia, de modo que podéis decidir que soy fruto de la imaginación o algo parecido a un fantasma, alguien que estuvo y ya no está. Probablemente algunos sintáis la tentación de convertirme en un monstruo de cuento, uno de esos personajes que utilizáis para asustar a vuestros hijos y hacer que os obedezcan cuando los mandáis a dormir, el hombre del saco. Pero lo cierto es que no soy un monstruo que vive en el bosque ni soy una presencia en la niebla de vuestras pesadillas; soy humano, lo atestiguan mis cicatrices, y vivo entre vosotros. Sencillamente, las personas como yo existen y aunque cerréis los ojos y os tapéis los oídos, no voy a desaparecer. Será mejor que lo aceptéis.

Aunque, desde luego, podéis intentar ignorarme, convenceros de que estáis a salvo, parapetados tras la muralla de vuestros principios y valores, bien amarrados a vuestro sentido del bien y del mal. Quién soy yo para juzgar vuestro miedo. Lo entiendo, de verdad que lo entiendo: todos tenemos derecho a aferrarnos a una esperanza, por ilusoria que sea. Solo se necesita una causa, un molino de viento, una razón lo suficientemente poderosa para lograrlo. Resulta conmovedor.

Pero cuando la vida se presenta con su brutal simplicidad nos muestra que no tenemos nada especial, que no estamos llamados a cumplir un destino heroico. No hay una razón superior que explique por qué nacimos, como no sea que estamos aquí y podríamos no estar, sin que cambiara absolutamente nada. Es duro reconocer que al morir solo dejaremos un hueco en las filas humanas que será cubierto sin demora por otros. Esa verdad empuja a algunos a la desesperación, a la locura, al suicidio y a la negación. He conocido a otros que consagraron sus días a la fantasía de un dios, de una religión o de un ideal, mientras que la mayoría se conforma con lo que les toca: una vida anodina, un pasar de un año al siguiente sin sobresaltos. Y a eso lo llaman felicidad.

Hay, sin embargo, unos pocos elegidos, no más de un puñado en cada generación, que al comprender que nada de lo que sintamos, digamos o hagamos importa, se sienten realmente liberados. Descubrir que no hay nada divino o inmortal en nosotros, que no somos distintos a una piedra o a una hoja muerta, a un perro lisiado o a una vaca en su cerca no debería sumirnos en el horror o la tristeza; al contrario, deberíamos llorar de alegría porque es el mayor descubrimiento que podemos hacer. Somos libres para descubrir de qué pasta estamos hechos.

Julián Leal era una de esas personas. Él lo cambió todo.

Antes de conocerle, yo era quien era, lo aceptaba, y no pretendía ser otra cosa. A los trece años maté a la primera de mis víctimas. Podría justificarme diciendo que se lo merecía, como todos los que vendrían después, pero el merecimiento es subjetivo. La respuesta a por qué hago lo que hago es mucho más sencilla: se me da bien hacerlo. Podría habérseme dado bien escribir y sería escritor, cantar y sería cantante, o hacer ceniceros de barro y tener contenta a mi madre, que los coleccionaba. Pero mato a gente por dinero y en ello he encontrado mi modo de estar en el mundo. Tengo sentimientos, por supuesto, y eso es lo más inquietante, porque me convierte en uno de vosotros. Simplemente, yo tengo otro punto de vista.

Sin embargo, desde que me crucé con Julián, hace casi un año, empecé a preguntarme si el arrepentimiento es una emoción útil o si, por el contrario, no es más que un síntoma del final que se acerca. Uno necesita tiempo para cometer errores y luego desear no haberlos cometido. Mi cuerpo se queja más cada día, las viejas heridas vuelven a doler como si intuyeran mi debilidad creciente; y luego están las noches de insomnio, la inquietud cada vez mayor ante un futuro que nunca acaba de llegar.

Sé que no debería pensar en esto. Puede que solo esté cansado: es tarde, y la lluvia me pone melancólico, me hace recordar aquellas semanas en España y algunas tardes me da por imaginar una vida que nunca he podido disfrutar. A fin de cuentas, yo solo quería un velero, una casita en el islote de Margarita, la música de Bob Marley y el rostro de Clara sobre mi pecho, susurrándome que podemos cambiar.

Supongo que, para alguien como yo, era pedir demasiado.

Primera parte

I

Costa de Galicia, febrero de 2005

Era de noche cuando el taxista dejó al inspector Julián Leal en la que llamó de manera grandilocuente «Plaza Mayor». En realidad, no era más que un pequeño cuadrilátero de cemento con unas pocas farolas encendidas. La calle principal estaba desierta y sumida en un silencio sepulcral, como si a la aldea se la hubieran tragado las páginas de *Pedro Páramo*. Había llovido y las viejas casas señoriales goteaban. La bandera del ayuntamiento —un modesto edificio de tres plantas sin nada destacable— caía mortecina. Solo se veía luz en un local más allá del arco del Coso Viejo. Era el único bar de la aldea y apenas había cambiado en los últimos treinta años; el inspector lo recordaba bien: los mismos anuncios de helados la Menorquina, Mirindas y Coca-Cola, la misma pizarra donde se escribía el menú del día y el mismo voladizo del balcón con el toldo verde y el nombre con las letras deslucidas: El Cerso.

Tuvo la tentación de acercarse, pero lo pensó mejor y pasó de largo.

La única pensión quedaba cerca. El rótulo estaba apagado y la puerta cerrada. Después de llamar insistentemente, apareció una mujer cubriéndose con una bata con quemaduras de cigarrillos y cara de perplejidad.

—¿Qué quiere usted?

—Hablamos ayer por teléfono, reservé una habitación. Soy Julián Leal.

La mujer le observó con desconfianza. Era evidente que no recibía muchos huéspedes.

—Debió de hablar con mi marido, pero no me ha dicho nada. Seguro que se le olvidó. Últimamente tiene la cabeza como las maracas de Machín... ¿Ha dicho Leal? —La mujer lo estudió con mayor atención y crispó los labios—. Aquí había una familia con ese apellido, hace mucho. ¿Es usted pariente?

—Mi padre era Martín Leal. Vivíamos en la casa del cruceiro.

La mujer lo miró de arriba abajo como si viera a un fantasma. Pareció dudar, pero finalmente se hizo a un lado.

—Pise en el felpudo, el suelo está recién fregado.

Julián observó el papel antiguo de las paredes, el timbre sobre el mueble de la recepción y el teléfono de color verde con botonera blanca. Todo parecía atrapado en el pasado, la mesa de madera deslucida con revistas atrasadas, la silla con un cojín y el olor a cera vieja. La tulipa de la única lámpara, de tela rojiza, les daba a las sombras un aire canalla, de prostíbulo barato.

La mujer buscó en una caja con media docena de gruesas llaves.

—¿Piensa quedarse mucho?

Julián no lo sabía. ¿Cuánto puede ocultarse el lobo entre las ovejas antes de ser descubierto? La mujer se fijó en la bolsa de viaje. No traía equipaje para una estancia prolongada.

—No puede traer mujeres ni comida. Tampoco se puede fumar en las habitaciones.

Julián cogió la pesada llave y sonrió entre dientes; no pensaba llevar comida ni mujeres. Subió a la habitación y dejó la bolsa sobre la cama sin prestar atención a la colcha floreada ni al crucifijo sobre el cabezal. Las puertas del armario no encajaban, pero al menos había perchas y el olor de naftalina era soportable. El baño era un cuarto rectangular y estrecho, con azulejos antiguos de color marrón. Se reclinó sobre la bañera descascarillada y abrió el grifo. La tubería hizo un ruido de tragadora; el sumidero estaba atascado.

—Bienvenido al Ritz —murmuró, moviendo la cabeza con resignación. Se lavó la cara y al alzar el rostro se encontró con su reflejo en el espejo.

Se preguntaba cuándo empezaría a caérsele el pelo. El oncólogo le había dicho que no ocurría siempre, las terapias habían avanzado mucho. Buscó en la bolsa las pastillas, llenó un vaso y las tomó disciplinadamente en el orden prescrito. Últimamente fantaseaba con su propio entierro, quién estaría presente, qué cosas dirían sobre él. Si somos la huella que dejamos en los demás, la suya se borraría con facilidad. No se había casado, no tenía hijos y, excepto Virginia y su marido, Luis, no tenía amigos. Una vida de trabajo y soledad. Una vida tirada a la basura.

Después de ducharse ordenó las camisas, los pantalones y la ropa interior. Abrió el ordenador portátil y consultó el correo. Tenía mensajes que habían eludido el filtro del *spam*: uno de un supuesto hombre de negocios nigeriano que aseguraba estar buscándole porque era el beneficiario de una herencia millonaria, otro de una chica rumana que se ofrecía en matrimonio a través de un enlace porno y un tercero que le recordaba que debía pasar la ITV del vehículo.

También tenía un mensaje de @Clara1976.

> Hola, desaparecido. Hace tiempo que no sé de ti. ¿Ya no te interesa Kubrick?

Pensó en responderle, pero estaba demasiado cansado.

Ningún mensaje del hospital. Seguía en lista de espera.

A lo lejos se oyeron las campanas de Santa Cecilia dando los cuartos. Desde la ventana se veían la carretera desierta y las farolas, que emitían una luminosidad amarillenta y vacía. Pensó en un cuadro de Hopper, y luego en *Streets of Philadelphia*. «Nada ha cambiado», pensó.

Se tomó un somnífero y se metió en la cama. Con suerte, lograría dormir tres o cuatro horas sin pesadillas.

Tendría que madrugar. El ascenso hasta el cruceiro iba a ser difícil.

Se puso en marcha con el guía antes de que el sol apuntase alto.

Lo único que se oía era el andar del inspector moviendo las hojas muertas a su paso y, saliendo de algún lugar en la profundidad del bosque, un pájaro carpintero que hacía crepitar la madera. Algunos carvallos mostraban sus troncos podridos, colonizados por hongos y musgo amarillento. La niebla lo envolvía todo. A ratos perdía de vista la espalda del viejo que se había ofrecido a acompañarle.

—¿Está seguro de que es por aquí? No recuerdo esta parte del bosque.

El viejo ni siquiera se molestó en detenerse.

—Tan seguro como que dentro de media hora va a caer el diluvio. Así que, si quieres llegar arriba, más vale que aprietes el paso.

Continuaron andando durante un buen trecho. Poco a poco, la espesura fue perdiendo densidad. Al cabo de un rato empezó a oírse el rumor del mar, y el bosque se fue apartando sin esfuerzo. En el último tramo, el viejo remontó la pendiente con brío. Cuando el inspector le alcanzó, estaba sin resuello. El viejo le echó una mirada con aire burlón.

—En Barcelona se te han reblandecido los músculos.

Julián podría haberse justificado con el cáncer, hablarle de los estragos del pazopanib o darle una charla sobre la angiogénesis y las tirosinas cinasas, pero bastante tenía con recuperar el aliento y no vomitar el desayuno.

El viejo señaló hacia la derecha.

—Allí lo tienes. Del tiempo de Prisciliano dicen

que es, y eso debe de ser mucho, aunque por aquí todo parece poco.

Una ráfaga de viento retiró momentáneamente la gasa de niebla y apareció la silueta del cruceiro. Apenas tenía un metro y medio de alto. Más allá, el horizonte caía abruptamente, sobrevolado por gaviotas que planeaban en las corrientes con una belleza sin prisa.

—Lo recordaba más grande —dijo Julián.

El viejo alzó la cabeza hacia el cielo y husmeó el aire.

—La memoria ensancha o acorta a su gusto lo que quiere recordar y lo que prefiere olvidar... ¿Sabrás encontrar el camino de vuelta o prefieres que te espere?

Julián estudió el terreno.

—Creo que me las apañaré.

El anciano observó con recelo el chubasquero recién estrenado y las botas nuevas que lucía el inspector.

—No es buena idea acercarse al acantilado con esta niebla. El terreno es traicionero y viene la tormenta fuerte.

Julián alzó la mano en señal de que lo había escuchado.

—Conozco bien las traiciones del lugar. Me crie aquí.

Se acercó hasta la base del cruceiro. La piedra desgastada tenía una inscripción en el estípite: «*Beati qui non viderunt et crediderunt*». Debajo, grabados con una navaja, estaban los nombres de la cuadrilla: Fouliña, Susana, Carmen, Gregorio y el suyo, con una fecha y un lema: «03/06/1973. Nosotros contra todos».

Se le dibujó una sonrisa pequeña. A veces, buscando las raíces uno acaba encontrando la tierra. Eso decía su padre.

Las ruinas de su casa estaban a pocos metros. Apenas quedaba en pie una parte de la estructura, y dentro había crecido una pradera de helechos que el paso de algún animal había aplastado. Maderas podridas, trozos de piedra y cemento viejo. Habían pasado más de treinta años desde el incendio, pero todavía recordaba las llamas haciendo estallar los cristales y los trozos de tela de las cortinas revoloteando como pajarillos incendiados y enloquecidos.

Rodeó las ruinas y se acercó a las tumbas de sus padres. Sometidas a la intemperie, las lápidas se reclinaban la una sobre la otra, como si se consolaran mutuamente, ahí arriba, solos y olvidados por el mundo.

Martín Leal Prieto 1914-1975
María Luisa Pérez López 1923-1977

Julián tenía once años cuando enterraron a su padre. Se acordaba de la casulla morada del padre Guillermo sacudida por el viento, de la lluvia que caía de lado y del frío. También de que no acudió nadie de la aldea, excepto Toño, el antiguo compañero de armas. Su padre y él habían combatido en la 150.ª División del Ejército del Norte durante la Guerra Civil. Tío Toño, así le llamaba Julián, aunque en realidad era el padre de Fouliña y Susana, solía recordar las veces que su padre y él se salvaron mutuamente la vida en tantas batallas, reales o ficticias. Era como de la familia, y tenía un bigote espeso que amarilleaba por culpa de la nicotina. Julián no había olvidado el anillo en su meñique, el paraguas que sujetaba el día del entierro y el olor de su chaqueta de cuero mojada. Tampoco había olvidado lo que Toño le susurró al oído mientras los sepultureros echaban paladas de tierra sobre el ataúd de su padre:

—En esta vida se recoge lo que se siembra.

Un trueno sacó a Julián de su ensimismamiento. Alzó la mirada al cielo; el viejo que le había llevado hasta ahí estaba en lo cierto, iba a ser una tormenta de las buenas. Gruesos nubarrones se acercaban girando sobre sí mismos y empezaban a caer las primeras gotas.

Se aproximó al borde del acantilado. Abajo, las olas rompían con fuerza. Cerró los ojos un instante y respiró hondo.

Imagino lo que pensaste, inspector; he pasado por eso: la incertidumbre, el miedo a sufrir... Solo necesitabas dar un paso más y dejarte llevar por el vuelo breve de un instante. Ya nada importaría, todo acabaría sin darte cuenta. Dar un paso más, sentir la fuerza del viento que rodeaba tu cuerpo, la puntera de las botas rozando el vacío. Solo ceder, era lo único que debías hacer. Permitir que la gravedad te reclamara. Pero no lo hiciste, no cediste.

Tú no eras como tu padre. Y tampoco como tu madre. No eras de los que abandona sin pelear.

2

El viejo no tardó en hacer correr la noticia de que el hijo de Martín Leal había regresado a la aldea.

—Yo mismo lo he subido hasta el cruceiro. Está cambiado, pero es él. Los mismos ojos verdes que su padre y ese mechón blanco en la nuca, como una pluma.

Los parroquianos del bar Cerso recibieron la nueva con hostilidad.

—¿Y a qué ha venido ese? Aquí no se le ha perdido nada.

El viejo se encogió de hombros, partiendo un pistacho.

—Supongo que querría ver la casa, o lo que queda de ella.

—O viene buscando remover la mierda.

El viejo chasqueó los labios.

—No lo creo... Ha pasado mucho tiempo desde aquello, y él solo era un crío. Le habrá dado una punzada de nostalgia, como a tantos que se van y luego quieren volver.

—Pues muchos no lo hemos olvidado. Allí arriba solo se sube para mear en la memoria de los Leal —replicó alguien, y los más viejos asintieron.

Fouliña escuchaba la conversación en la otra punta de la barra.

—¿Tú lo sabías? —le preguntó a la Baronesa.

Carmen, la Baronesa, secaba vasos tras la barra manteniéndose al margen de la conversación.

—Algo he oído —dijo fingiendo desinterés.

Fouliña la miró molesto.

—¿Y no me has dicho nada? Joder, Carmen, se supone que somos amigos.

La Baronesa le dedicó una sonrisa hiriente.

—¿Eso se supone?

Fouliña la escudriñó ofendido.

—A veces puedes ser muy hija de puta, ¿sabes?

La puerta del bar se abrió de par en par. Gregorio traía puestas las botas de agua cubiertas de barro y un paraguas con las varillas rotas. Era un niño metido en el cuerpo de un gigante. Tenía cincuenta años cumplidos, pero su mente se había detenido a los doce. Iba vestido con un pantalón que le venía grande atado a la cintura con una cuerda y tenía las hombreras del abrigo desgarradas. Sus ojos escondían algo, tal vez un anhelo triste e insatisfecho.

—¡Cierra la puerta, que te traes toda la lluvia! —le gritó Carmen.

Gregorio respondió con una sonrisa imbécil.

—¿Os habéis enterado? Dicen que Julián ha vuelto.

—Nos hemos enterado.

Gregorio estaba excitado.

—¿Podemos ir a verlo? Seguro que está en la pensión de Ramona.

Carmen soltó la bayeta sobre la barra, de malhumor.

—Nadie va a ir a ninguna parte. Si quiere algo, ya sabe dónde estamos.

Gregorio buscó la complicidad de Fouliña, pero este se limitó a encogerse de hombros. Gregorio parpadeó un par de veces sin comprender.

—Pero... es nuestro amigo.

—Eso fue hace treinta años. A ver si espabilas.

Gregorio puso los ojos en blanco, como si le costara entender la dimensión del tiempo. Enseguida, pareció olvidarse del asunto y se acordó de otra cosa.

—¿Quieres un búho? ¿Un par de euros y un bocadillo? —le preguntó a la Baronesa, sacando del bolsillo una figurilla bastante lograda. Hacía pequeñas esculturas con conchas y guijarros que recogía en la playa y vendía por la voluntad. En la aldea, quien más quien menos tenía una.

Carmen señaló la estantería tras la barra. Había media docena de ellas.

—¿Quieres convertir El Cerso en tu museo?

Fouliña movió la cabeza buscándose en el bolsillo del pantalón unas monedas.

—Así no vas a hacerte rico nunca, Gregorio. Tienes que poner a tu obra un precio que la revalorice. —Gregorio no entendía. Fouliña movió la cabeza, se volvió hacia Carmen y le hizo un gesto—. Ponle un bocadillo. Yo lo pago.

—El búho es un animal sagrado —dijo Gregorio tendiéndole la figurilla, que Fouliña examinó sin interés—. No solo sabe, sino que calla lo que sabe. Porque no todo puede ser conocido y, mucho menos, desvelado.

Fouliña y Carmen lo observaron con curiosidad. A veces Gregorio parecía el más listo de toda la aldea.

—Deja el paraguas en el cubo, que para eso está, retrasado. Me estás dejando el suelo pringado de agua —le ordenó Carmen. Gregorio agachó la cabeza, dejó el paraguas en el cubo y fue a sentarse frente al televisor, donde los parroquianos veían el partido de fútbol.

—No sé por qué tienes tan mala leche con él —le reprochó Fouliña a Carmen—. ¿Ya no te acuerdas de cuando éramos niños y andábamos en cuadrilla? —Dibujó una sonrisa maliciosa—. Era al único al que le dejabas que te tocara las tetas.

Carmen ni siquiera se molestó en responder a eso.

—Si no vas a tomar nada más, mejor te largas. Esto no es una casa de la caridad.

Fouliña se dio cuenta de que levantaba con disimulo la mirada hacia la puerta. Luego volvió a limpiar vasos con una sombra de desilusión.

—¿Esperabas que viniera a saludar?

—¡Qué sabrás tú!

Fouliña jugueteaba con unas migas de pan.

—¿No te parece mucha casualidad que, después de treinta años, aparezca precisamente ahora?

Carmen hizo un gesto exasperado.

—A mí no me parece nada.

—¿Y si sabe algo? ¿Y si ha venido como policía y no como amigo?

—Mientras tengas la boca cerrada, todo irá como siempre.

Fouliña se palmeó el muslo y se puso en pie.

—Yo soy como este búho. Sé lo que sé y callo lo que no debe ser dicho.

—¡Déjate de gilipolleces y lárgate de mi bar!

Fouliña hizo un saludo burlón y se encaminó hacia la puerta.

Fuera llovía a raudales. Alzó la cabeza en dirección a la carretera que salía de la aldea. Tal vez a Carmen le diera igual, pero él no creía en las casualidades. Veía señales en todas partes, avisos que para la mayoría pasaban desapercibidos; y, hasta ahora, le había ido bien fiándose de su intuición. Y su intuición le decía que había una razón para que Julián estuviera allí.

Se preguntó qué pensaría Susana de todo eso.

A la hora de cerrar, Carmen volvió a mirar hacia la puerta mientras barría el suelo y apilaba taburetes y sillas.

«Él no va a venir —se repetía una y otra vez—: eres idiota, cómo va a acordarse de ti, erais unos críos.» Había pasado la mañana en el desván revolviendo los viejos arcones, había recuperado su mejor vestido, cuidadosamente protegido por una doble capa de plásticos, y unos zapatos de tacón negros cubiertos por una fina película de polvo en los que asomó una araña. Pese a sus esfuerzos, no había habido manera de embutirse el vestido. Desalentada, acabó frente al espejo del tocador, palpándose los pechos caídos, la barriga fláccida, la piel segada por las estrías, las rodillas deformadas, las piernas infladas y varicosas. Se puso a llorar y el llanto la enfureció. No entendía de dónde venían esas lágrimas. Evocar el pasado solo le hacía daño. Esa clase de esterilidad que la hacía sentir vieja, ridícula y humillada.

Y ahí estabas, convertida en lo que eras, sirviendo copas, igual que hacía tu padre, ante los mismos rostros u otros parecidos, escuchando las mismas conversaciones, asfixiándote, detestándolos a todos por igual. Los odiabas, a todos ellos. Pude verlo en tus ojos mientras te observaba a través del cristal desde la calle: atrapada en un mundo de hombres, y después de estos, sus hijos, y sus nietos; borrachos, soeces, siempre escupiendo lo peor de sí mismos. Seguro que, de vez en cuando, fantaseabas con otra vida, ¿verdad? Te lamentabas de tus decisiones, te preguntabas qué color tendrían unos ojos sin la tela vidriosa del alcohol, cómo sonaría una palabra amable en el lecho, qué tacto tendría la caricia de una mano fina, sin las callosidades del trabajo.

Pudiste marcharte, Carmen. Hace mucho tiempo. Pero elegiste quedarte. ¿A qué lamentarse, entonces?

3

A la mañana siguiente, Julián quiso visitar la iglesia de Santa Cecilia. El sarcófago de la santa era una joya de la Edad Media, estaba en la cripta y conservaba algunos tesoros de la época de los merovingios.

Don Guillermo, el párroco, había muerto hacía mucho, pero su sustituto, un joven sacerdote con aspecto de haber aterrizado en el pueblo desde la Amazonia, estuvo encantado de abrir la cripta para una visita privada.

—Algunos frescos están deteriorándose muy deprisa por culpa de la humedad —dijo el cura señalando unas grietas en el techo—. Es una pena que el obispado no pueda sufragar la conservación, y en cuanto a las administraciones públicas, bueno, para qué hablar. Todo esto les interesa más bien poco. Se llenan la boca con buenas intenciones en las fiestas patronales, eso sí, y se pelean por ser los primeros en sacar a la santa en la procesión y aparecer en la foto, pero luego, nada.

A Julián se le ocurrió que aquel joven sacerdote —podría haber sido Jeremy Irons en *La misión*— se llevaría bien con Virginia. Espíritus indómitos.

Deambularon un poco más entre las capillas laterales. El sacerdote quiso interesarse por el motivo de su visita. No recibía a muchos forasteros interesados en las obras valiosas de la iglesia.

—No soy, exactamente, un forastero. En realidad, fui monaguillo de esta parroquia, con don Guillermo. Todo el mundo daba por supuesto que acabaría yendo al seminario de los Claretianos en Santiago.

—¿Y qué pasó?

Julián sonrió.

—Pasó que dejé de creer en cuentos de hadas.

El sacerdote puso cara de sorpresa.

—¿Dios le parece un cuento de hadas?

Julián ladeó la cabeza. No tenía humor para enfrascarse en discusiones teológicas.

—Cada cual elige sus placebos; dejémoslo así.

Salieron por la puerta de la sacristía hacia otro de los tesoros ocultos de la iglesia: el camposanto. Era una pequeña parcela rectangular junto a la casa parroquial, bordeada por una verja oxidada que había cedido en algunas partes, inclinándose hacia dentro. La cancela estaba abierta y el terreno entre el que se diseminaban dos docenas de lápidas estaba colonizado por altas hierbas y matojos de espinos. Algunas tumbas eran muy antiguas; en su mayoría, los enterrados allí habían sido antiguos párrocos o hijos del pueblo que habían tenido cierta notoriedad.

—Hay datados entierros desde el siglo XV. Toda una historia silenciosa.

Julián asintió.

—A mi padre le habría gustado descansar aquí. Habría sido su orgullo.

—¿Ya no se hacían entierros aquí cuando murió?

—Algunos, los más privilegiados. Pero el pueblo entero se opuso.

El sacerdote asintió.

—He oído esas viejas historias, lo del incendio. Fue muy injusto todo lo que ocurrió con su familia.

Julián se encogió de hombros.

—Por aquí la memoria nunca se hace vieja, padre. Y, desde luego, yo no buscaría la justicia por estos parajes.

—¿Qué hay de su madre?, ¿vive?

Julián negó con un gesto, como si no quisiera seguir ahondando en el tema.

—Murió dos años después. Y esta vez fue ella la que no quiso ser enterrada en el pueblo; eligió la tumba ahí arriba, junto a su esposo.

El sacerdote buscó algo que decir.

—Fue una época de mucho rencor, por lo que he oído.

Julián se despidió.

—¿Y cuándo no lo son? Mueren unos, nacen otros, pero esa herencia viene en la sangre... Gracias por su tiempo y por la visita, padre.

Un hombre espigado, de tez avejentada prematuramente y calvo fumaba en un peldaño de la entrada a la iglesia.

—¿Qué tal ahí dentro? ¿Qué se cuenta Dios?

Julián se volvió hacia aquella voz.

—No se cuenta mucho... ¿Nos conocemos?

El hombre arrojó lejos la colilla y se acercó.

—¿Tan cambiado estoy para que no me reconozcas?

Al fijarse mejor, Julián sintió que se removía en sus tripas una serpiente adormilada.

—¿Fouliña?

Fouliña asintió con alegría. Una alegría tamizada por el dolor que le provocó la expresión azorada de Julián.

—¿No me vas a dar un abrazo? —preguntó adelantándose a la desilusión.

Julián estrechó aquel cuerpo que olía a pana mojada con una lejana nostalgia. Una vez, hacía muchísimo tiempo, se habían querido como hermanos.

—Ni siquiera una llamada en todos estos años —le amonestó con una mezcla de suavidad y tristeza Fouliña separándose de él, pero sosteniéndole por los antebrazos.

—No había mucho que decir. Me fui, la vida cambió. Eso es todo.

Fouliña movió la cabeza.

—Y aquí estás otra vez... ¿Qué has venido a hacer a esta mierda de sitio? Creía que ya nos habías borrado del mapa para siempre.

—Comprobar que nada ha cambiado.

Fouliña arrugó el entrecejo.

—Ya sabes cómo es esta gente... No se olvidan de las viejas historias. Solo las entierran.

Julián se sintió incómodo. Fouliña se dio cuenta y cambió de tercio:

—¿Por qué no me acompañas y nos ponemos al día? Vamos a tomar una cerveza.

—¿Al Cerso? No creo que sea buena idea.

Fouliña abrió las manos con una mirada pícara.

—¿Para qué coño sirven las buenas ideas si uno no puede estropearlas? Además, tú sigues siendo de los nuestros.

A Julián le hizo gracia eso de *los nuestros*, como si alguna vez hubiera existido ese plural entre ellos. Solo eran unos chiquillos inconscientes que andaban por el mundo sin conocerlo, «Nosotros contra todos», creyendo que las deudas no se pagan y que las leyes de la infancia son más poderosas que las de los adultos.

No era buena idea buscar el pasado en el presente. Eso solo podía llevarle a la decepción. Aun así, se dejó arrastrar.

No tenían mucho que decirse, como no fuera una sucesión de anécdotas que no explicaban una vida, pero que al menos les permitía caminar juntos.

—¿Ya no sales al mar? —preguntó Julián para salvar el vacío incómodo.

—Casi nunca; cuando murió mi padre vendí la barca, pero todavía conservamos la casa. Susana y yo vivimos ahí. Tienes que venir a verla. Mi hermana se alegrará de verte.

Julián tensó un poco los músculos. Fouliña se dio cuenta. Y reaccionó con un punto de resquemor.

—¿Tan malos recuerdos tienes de nosotros? Coño, Julián, éramos uña y carne, igual que nuestros padres. ¿Ya no te acuerdas? Cuando mi padre quería hacerme cabrear siempre me soltaba la misma cantinela: «Fíjate en Julián, a ver si se te pega algo».

Julián se esforzó en sonreír.

—Mejor que no se te pegase nada, créeme... ¿Cómo está Susana?

—Nos apañamos. Hace unos años tuvo un accidente con el ciclomotor. Para ella no ha sido fácil quedarse atrapada en una silla de ruedas, pero con el tiempo uno se acostumbra a todo. Ahora conduce su propio coche y sigue dando clases de primaria en un pueblo a veinte kilómetros. Ha tenido algunos novios, pero al final se acaba cansando de ellos; no sé si te acordarás, pero ya tenía un genio de mil demonios cuando éramos chicos, y en eso no ha cambiado.

Julián se acordaba. Susana fue el primer enamoramiento del sexo sin nacer todavía, asomando, sin embargo, en juegos que iban perdiendo la inocencia. Recordaba la hierba mojada, tumbados uno al lado del otro, sin decirse nada, sin hacer nada, y la humedad de calcetines mojados y chicles de menta para disimular el aliento de los cigarrillos antes de regresar a casa.

—¿Y qué hay de los otros, Carmen y Gregorio?

—Gregorio sigue siendo un niño grande, anda arriba y abajo malviviendo de lo que la gente le da, haciendo sus figurillas con conchas. En cuanto a Carmen —Fouliña torció un poco la boca—, sigue siendo más Baronesa que nunca. Regenta el bar de su padre con la mano dura de costumbre, no hay nada que se mueva en el pueblo sin su permiso, igual que en los tiempos del Barón. Los años la han castigado, como a todos.

Cuando entraron en el bar, se hizo un silencio absoluto. Julián miró alrededor, estudiando rostros mudos e infranqueables. A algunos los reconoció, a otros muchos no. Pero, sin duda, todos sabían quién era él. El hijo de Martín Leal; menudo apellido para un traidor. Fouliña lo llevó hasta una de las mesas más apartadas. Todavía no se habían sentado cuando se les acercó aquel gigante con aire de niño.

—Hola, Julián, ¿te acuerdas de mí? —Trabucaba las palabras sin acabarlas, como si tuviese prisa por decir lo que pensaba antes de que ese pensamiento se diluyese. Julián observó atentamente a Fouliña haciéndole una pregunta muda.

—¿Tú eres Gregorio?

Gregorio fijó los ojos en el suelo. Enseñaba la punta de la lengua como si fuese a mordérsela. La comisura de la boca estaba llena de saliva. Asintió con una certeza insegura, como si no estuviese muy seguro de ser quien era.

—¿Quieres una figurilla? Las hago yo. —Sacó del abrigo un cervatillo de conchas marrones y amarillas—. ¿Dos euritos y un bocadillo?

—No molestes a los *turistas*, atontado —le recriminó una voz a su espalda.

Julián contempló a aquella mujer embrutecida con desilusión. Los años la habían convertido en un borrón grotesco.

—Hola, Carmen.

Carmen lo miró como se mira a un enemigo.

—¿Para qué has venido? ¿Para quitarles las malas hierbas a tus muertos?

Un corrillo de gente los observaba a prudente distancia. Julián empezaba a arrepentirse de no haberle hecho caso a su instinto.

—De eso ya se ocupa el viento ahí arriba —dijo mirándola con frialdad—. No me quedaré mucho, tranquila.

—Pero primero beberemos. —Fouliña trataba de aligerar la tensión—. ¿Por qué no nos traes un par de cervezas, Carmen?

La Baronesa dudó un instante. Sabía lo que iban a pensar todos, lo que dirían en cuanto se supiera que no había echado a patadas de El Cerso a Julián Leal; su padre se revolvería en la tumba... Pero no podía parar el latido de su corazón ni dejar de mirar esos ojos verdes.

—Una y te largas... Y vosotros —dijo volviéndose hacia los parroquianos que observaban la escena—, ¡¿qué coño estáis mirando?! A lo vuestro, joder.

Julián observó el viejo bar. Las mismas paredes ennegrecidas y sucias, las mismas mesas de mosaico rojo, el suelo de linóleo, las sillas de madera cojas. Incluso entre las botellas de anís y de sidra permanecía, lleno de polvo, el viejo barco de palillos que le había regalado a Carmen al cumplir los diez años. Era como si aquel barco se hubiese quedado anclado en el tiempo, prisionero de aquel lugar. En un rincón, dos gruesos troncos ardían en una chimenea. Las llamas lamían la madera demasiado húmeda. Apenas asomaban sus lenguas azuladas, sin decidirse a crecer. De vez en cuando, un trozo de corteza saltaba por los aires con un chisporroteo.

—Recuerdo esa chimenea como si todavía ardiese el mismo tronco.

Fouliña asintió.

—Es verdad... Ahí se sentaban a jugar la partida nuestros padres.

Julián todavía los veía ahí, su padre apoyado contra la pared con el palillo en la boca, Toño acariciandose el bigote tratando de adivinar la mano de cartas del oponente. Se dejó hipnotizar por aquel recuerdo con la mirada perdida en la lumbre. Sus pupilas brillaban como si fuesen sus ojos los que ardían.

Y nadie se daba cuenta de lo que encerraban esos ojos.

—Tengo que salir de aquí. Ha sido una estupidez venir —dijo de repente, como si despertara. Se dirigió a la puerta sin detenerse, ignorando aquellos rostros cuarteados, fósiles que le juzgaban en silencio.

Fouliña lo alcanzó en la calle y lo retuvo por el brazo.

—Oye, tranquilo... ¿Qué ha pasado ahí dentro? ¿Es por la reacción de Carmen? No se lo tengas en cuenta. —Guardó silencio un instante, escogiendo cuidadosamente las siguientes palabras—. Ha pasado mucho tiempo, pero todavía hay muchos que recuerdan el daño que tu padre le hizo a la aldea.

Julián se revolvió dolido.

—¿Y qué hay del daño que esta aldea me ha hecho a mí, Fouliña?

4

Treinta años antes, 6 de noviembre de 1975

Eran cuatro. Llegaron de madrugada por el sendero que salía del bosque. Dos de ellos iban delante con el bidón de gasolina y las antorchas. Detrás iba un tercero con una escopeta de doble cañón. El cuarto se mantenía un poco más alejado; era el que parecía más joven y el menos decidido. Todos iban con el rostro cubierto.

Su madre le dijo que se escondiera en la habitación. Desde la ventana, Julián espió a los cuatro hombres. Había en ellos, en la escena, algo demoníaco y, al mismo tiempo, hipnótico. Vio a su padre salir al encuentro de aquellos seres fantasmagóricos en calzoncillos, bajo de forma, con más kilos que redaños, empuñando su vieja pistola de suboficial del Ejército. Le temblaba el pulso como no le había temblado ni siquiera cuando los morteros republicanos con firma soviética zumbaban alrededor de su trinchera en 1938.

María Luisa, su mujer, a medio vestir, sin las zapatillas, sollozaba y trataba de retenerlo.

—No salgas, Martín. Van a matarte.

Martín no la escuchaba.

—Lleva al chico al cobertizo, encerraos dentro y no salgáis hasta que yo os avise.

Julián no quería salir de la habitación. Mientras su madre tironeaba de él para ponerlo a salvo en el cobertizo, tuvo tiempo de volverse y ver aquellas cuatro siluetas recortadas entre el bosque, el acantilado y el cielo nocturno del invierno. También vio a su padre, como un héroe disminuido, hacerles frente en ropa interior. Las siluetas lo rodearon. Las antorchas flameaban inquietas; desprendían pequeñas virutas de fuego que el viento arrastraba por encima de sus cabezas.

Su madre le obligó a esconderse en la parte más alejada de la puerta. Acurrucado entre cajas que apestaban a cebollas y a patatas húmedas, Julián la vio morderse los nudillos mientras observaba lo que pasaba fuera a través de las grietas en la madera.

Entonces se oyó una detonación, Julián se estremeció y su madre lanzó un grito, que ahogó con la mano en la boca.

Martín había disparado al aire a modo de advertencia.

—No hace falta que os tapéis la cara. Ya sé quiénes sois, os conozco bien a cada uno de vosotros. Tenéis dos segundos para salir de mi propiedad.

El que parecía llevar la voz cantante dio un paso hacia él.

—¿Y también sabes quiénes son las mujeres, las hermanas, las hijas que ahora mismo están llorando a sus muertos en la playa? ¡Eres un traidor, Martín! Has vendido a tu gente como Judas, por un puñado de monedas.

Martín apuntó con su pistola a la cara del hombre.

—Yo no quería que pasara esto, no tenía que ocurrir así. —Dirigió entonces el arma hacia el que estaba a su lado, el que llevaba el bidón de gasolina—. ¿Y tú, Toño, no dices nada? Tú eres el peor de todos... Eras de mi familia, mi hermano. ¡Diles, diles a estos lo que has hecho, cabrón! ¿O prefieres que se lo diga yo?

Toño se quitó la capucha desafiante.

—No tienes cojones para disparar. ¿Qué? ¿Nos vas a matar a los cuatro?

Martín titubeó apenas un segundo, pero fue suficiente para que el tercer hombre, el que empuñaba la escopeta, le golpease en la sien con la culata.

—Esto por mi cordero, hijoputa —le escupió.

Martín retrocedió aturdido. Un segundo golpe en la coronilla terminó de doblegarlo.

El más joven, que se había mantenido más apartado, se volvió hacia el cobertizo de la casa. Nervioso, intentó detenerlos.

—Ya es suficiente, dijiste que solo era un escarmiento. Asustarlo, era lo que querías, pues ya está hecho —dijo agarrando al que parecía el cabecilla.

El hombre se desembarazó de él con violencia.

—Y esto es lo que es. Un escarmiento que nadie olvidará en generaciones.

El joven retrocedió.

—Yo no quiero participar en esto.

Toño lo agarró con violencia por la chaqueta.

—¡Pues ya estás participando...! Si no quieres mirar, no mires.

El que llevaba el bidón de gasolina roció a Martín. Los demás dejaron de golpearle y se apartaron un poco. Martín sangraba, con la boca rota y la cara desfigurada. Apenas se le oía gemir. Intentó incorporarse sin lograrlo y se arrastró un par de metros hacia la casa, ayudándose de los codos y las rodillas.

Toño se acercó lentamente empuñando la antorcha. Se agachó junto a él.

—Da gracias de que no le hagamos lo mismo a tu hijo y a tu mujer, sargento.

Se puso en pie y dio un paso atrás.

—¡Quemad la casa!

La puerta del cobertizo se vino abajo de una patada. Julián vio en el dintel la silueta del más joven de los cuatro hombres. Nunca se le olvidaría. Su madre lloraba, gritaba y suplicaba.

—¡Dejadlo, dejadlo, por favor!

Él la cogió del brazo y la sacudió.

—¡Coge a tu hijo y corre! Corre todo lo rápido que puedas y no mires atrás.

Corrieron hacia el bosque. Julián vio un resplandor, oyó los gritos agónicos de su padre, luego dos descargas de escopeta.

La casa ardió durante horas. Al alba, Julián y su madre salieron de la zanja en la que se habían ocultado. Su madre corrió hacia los restos humeantes y Julián no tuvo fuerzas para retenerla. Mientras se acercaba, miraba a su alrededor con una sensación de irrealidad; ahí estaban el cruceiro, el borde agreste del acantilado, las gaviotas, el rumor del mar. Nada había cambiado, excepto aquel olor pegajoso y el humo que irritaba los ojos y las fosas nasales. Tampoco parecía real la imagen de su madre entre las cenizas y las brasas, sentada en una silla milagrosamente intacta, cubierta de hollín, con la ropa destrozada y el cabello alborotado, musitando algo, como ida, como si ya no estuviera en este mundo. Bajo los cascotes y las vigas que todavía ardían con una llama azulada vio lo que quedaba de su padre. Un pie ennegrecido y una mano sin nada que sujetar.

Julián apartó la mirada con los ojos llorosos. Se acercó a su madre y le tocó el hombro. Ella lo rechazó con un gesto de ira y odio infinito:

—Todo ha sido culpa tuya. ¡Tú has matado a tu padre!

5

Fouliña conducía su viejo Land Rover con una despreocupación temeraria. Soltaba el volante para buscar el tabaco, apartaba la vista de la carretera sin tener la precaución de aminorar en las curvas que se abismaban al acantilado. Había insistido en llevar a Julián a cenar a casa y no paraba de repetir lo contenta que iba a ponerse Susana al verle.

—Eso si llegamos —dijo Julián, medio en broma, medio en serio, cuando uno de los neumáticos rozó el vacío.

Al cabo de dos kilómetros, el asfalto se transformaba en un camino embarrado y más adelante en una ramificación de senderos por los que apenas cabía el todoterreno. Al final, también estos acabaron por desdibujarse y, entre bamboleos, el vehículo cruzó una pasarela sobre el arroyo. Árboles y matorrales aún subieron y bajaron un rato ante sus ojos. Después apareció un claro y, al final, la mole de una casa.

Julián sintió una vieja rigidez en el estómago. No quería estar allí, pero por alguna razón era incapaz de detenerse.

Fouliña hizo sonar el claxon y bajó, dejando la

puerta abierta. Una mujer en silla de ruedas salió a recibirlos en el porche. Fouliña se acercó y se inclinó para abrazarla, le susurró algo al oído y ella alzó la mirada hacia Julián, que seguía junto al Land Rover sin moverse.

—¿Vas a quedarte ahí, como un espantapájaros, o vas a darle un abrazo a una vieja amiga?

Si Julián esperaba encontrar a una mujer postrada, de rasgos amargos y mirada hosca, se llevó una buena sorpresa. La cara de Susana continuaba siendo pura dulzura. Quizá tenía una expresión en los ojos algo más ambigua, un hilo muy fino de cansancio en las facciones, pero, a cambio, su belleza era más reposada, segura, sin necesidad de alardes. Conservaba la misma mata de pelo cobrizo que recordaba, excepto por alguna cana despistada, y sus labios seguían dibujando una línea firme, que apenas se derramaba en un entramado de finísimas arrugas.

No pudo evitar desviar la mirada hacia el armazón metálico y la manta que le tapaba las piernas.

—No te preocupes —sonrió ella—. Puedes acercarte, la silla no muerde.

Le sorprendió la calidez de su cuerpo al abrazarla, la facilidad con la que encajaron, la sensación agradable de reconocerse.

—Ha pasado mucho tiempo.

Susana le acarició el rostro con ternura. Leyó en él un temblor de inseguridad, el sesgo de viejas heridas sin cerrar.

—No tanto como para borrar todos los recuerdos, ¿verdad?

Entraron en la casa. Se notaba la mano de Susana

en cada detalle: las alfombras, los muebles decapados... en cada rincón había una planta, jarrones con flores, una escultura, un detalle en el lugar en que debía estar. Flotaba en el aire una atmósfera nueva, sin memoria ni deudas con el pasado.

—Sé lo que estás pensando —dijo Susana—, pero no es cosa mía. Aquí donde le ves, tu amigo es un manitas. Ha reformado la casa con sus propias manos, aprovechando los elementos originales, la viguería del techo, la pared de piedra viva y el suelo de losas cocidas. —Se volvió hacia su hermano—. ¿Por qué no le enseñas la joya de la corona mientras termino de preparar la cena?

Fouliña y Julián salieron a pasear por la finca siguiendo el cercado. Resultaba extraño el papel de anfitrión que Fouliña había adoptado desde que habían llegado a la propiedad. Como si fuera otra persona, más sosegada, sin ese aire de presa acorralada que le acompañaba en el pueblo. Se notaba que en este lugar era feliz. Los espacios transforman a las personas, y resultaba evidente que tanto él como su hermana estaban en el que les correspondía.

Fouliña recogió una baya y empezó a desmenuzarla con aire concentrado.

—No estás bien, ¿verdad, Julián? Y no me refiero a lo que ha pasado en El Cerso. Tienes mala cara, pareces enfermo.

Los labios apretados de Julián y el verde frío de sus ojos solían ser un mecanismo eficaz para mantener alejadas las preguntas indiscretas. Pero, teniendo en cuenta las circunstancias, mantener la máscara resultaba irrelevante.

—Tengo cáncer de riñón. Me lo detectaron hace seis meses. Estoy haciendo un tratamiento a base de quimio y medicación, es bastante agresivo. Pero en algún momento habrá que operar.

Fouliña se quedó mirándole. Julián detestaba las frases inútilmente consoladoras, como cuando alguien poco allegado te da el pésame por un familiar fallecido. Por suerte, Fouliña no era de los que usaban recursos enlatados.

—¿Hay alguna esperanza?

—Eso quiero creer. No creo que necesites los detalles médicos.

Fouliña negó con la cabeza.

—Tú nunca has sido de los que doblan la rodilla sin pelear. ¿Te acuerdas de las palizas que nos daban los contrabandistas de Santa Comba cuando les robábamos cigarrillos o alcohol?

—Me acuerdo. Tu padre y el Barón nos la tenían jurada.

Fouliña soltó una carcajada orgullosa.

—Tú eras chiquitillo, un alfeñique, pero te levantabas a cada golpe y volvías a embestir. Todo el mundo te respetaba por eso. Apuesto a que no has cambiado. Pelearás hasta el final.

—Tal vez —admitió Julián, enigmático—, pero hay luchas que no se pueden ganar.

Descendieron por una pequeña vaguada hasta un viejo hórreo de piedra que se alzaba sobre columnas de granito.

A Julián le cambió la expresión. Se puso pálido. Fouliña estaba tan orgulloso de su obra que ni siquiera se dio cuenta:

—Ahí lo tienes —dijo—. Restaurado con mis propias manos. Mi padre nunca quería que viniera por aquí. Cuando murió, esto se fue viniendo abajo poco a poco, ya nadie usa estas viejas construcciones para secar el grano, así que le he dado otro uso. Verás lo que estoy haciendo.

Fouliña empujó el pesado gozne. El interior era amplio, una amplitud que se tornaba vértigo al recuerdo de viejos olores: el de los puros que fumaba Toño, que se quedaba en las fibras de su ropa, ese olor dulzón que a Julián le mareaba y que Susana odiaba. El del mar, las redes, el aceite del motor, la humedad de los fardos mojados. El olor de un sometimiento de todas las memorias.

—¿Estás bien? Pareces mareado —preguntó Fouliña.

Julián sacudió la cabeza.

—Estoy bien. Un poco cansado... Has convertido esto en un taller de carpintería.

—Fíjate. —Fouliña le mostró una vieja talla de san Pedro de Mezonzo—. La encontré entre los trastos de mi padre mientras vaciaba todo esto. Me ha dicho un experto que tiene un valor incalculable. Puede que tenga más de cuatrocientos años.

Julián esbozó una sonrisa inquieta.

—No estarás pensando en venderla... Deberías enviarla a algún experto de la Universidad de Santiago o hablar con el cura de Santa Cecilia; parece un tipo interesado en el patrimonio local.

—¿Patrimonio local? Esto pertenece a mi familia y en mi familia se queda.

Julián observó alrededor. No pudo evitar preguntarle.

—¿Qué hago aquí, Fouliña? ¿Por qué me has traído a tu casa, después de todo lo que pasó?

Su amigo le puso la mano en el hombro.

—Nosotros nunca tuvimos la culpa de lo que hicieran nuestros padres. Para mí eras más que un hermano —torció la sonrisa—, y estaba convencido de que acabaríamos siendo cuñados... No lo dice, pero mi hermana nunca te ha olvidado.

La mesa estaba servida. Pulpería, cachelos y una crema de verduras aromatizada con tomillo.

—No conocía estos talentos tuyos, Susana.

Susana intercambió una mirada de complicidad con su hermano.

—Hay muchas cosas que no conoces.

Julián intuyó que el vínculo entre ellos no estaba exento de discusiones y peleas, pero se parecían a un matrimonio que lleva mucho tiempo junto; una unión inquebrantable.

La velada fue agradable. Rieron mucho, esforzándose por traer al presente recuerdos y anécdotas divertidas, poniéndose al día sin entrar en los barrancos oscuros, contándose un cuento, un relato a la luz de la lumbre que los tres aceptaron como lo que era. Una tregua. A la primera botella de A Costiña siguió una de Alcouce y luego otra media de Broa. Para cuando llegaron los postres, a Julián le parecía que las voces rodaban bajo bóvedas, como un eco lejano. Y aun así, no recordaba una velada tan pacífica, tan familiar.

Fouliña propuso que probara un orujo casero, hecho por él. Los ojos se le habían empequeñecido y se le trababa la lengua.

—Destilar las brisas de uva es un arte centenario. Ya verás, nada que ver con esa mierda industrial que venden ahora.

Susana se echó a reír. También parecía achispada, pero Julián se había dado cuenta de que, durante la cena, apenas había bebido.

—Lo que yo te decía... Mi hermano es el hombre de las mil caras. Deberías verlo cuando va a la parte de atrás, se pasa horas con el alambique.

—Solo un chupito.

Lo saborearon en silencio. Era fuerte, quemaba la garganta. Sabía a tierra. Y entonces, como si esa bebida ancestral los devolviera a la ensoñación, se quedaron contemplando la lumbre, absortos en sus propios mundos. Julián sentía que le pesaban los párpados, la lengua; los labios hormigueando, la sangre estancándose en las venas de las manos. Se dio cuenta del modo en que Susana le estaba observando.

«Me estudia, se pregunta qué he venido a hacer. Como su hermano. No se fían de mí, pero me han abierto su casa.»

De repente, Fouliña se puso en pie y dijo que tenía cosas que hacer en el pueblo. Julián lo observó con preocupación. Era evidente que su amigo había perdido completamente el derrotero.

—¿Vas a conducir así?

Susana lo tranquilizó.

—Se las apañará, no te preocupes. Podría recorrer estos caminos y conducir con los ojos cerrados.

Besó a su hermano en la mejilla y le susurró algo al oído. Fouliña asintió con una caricia.

Julián envidió ese cariño, la ternura de ese cuidado. Lo echó de menos.

—¿Por qué no te has casado? —le preguntó cuando se quedaron solos, dejándose llevar por la telaraña que se estaba dibujando en su cabeza.

Susana lo estudió sin contestar. Movió la silla de ruedas hacia atrás, buscó una cajita en un cajón y sacó un canuto. Con aire divertido se lo mostró a Julián.

—Es marihuana... ¿Algún inconveniente, inspector?

Julián esbozó una sonrisa boba.

—Ninguno.

—Salgamos. No fumo esto en casa.

En la oscuridad más absoluta podía admirarse un firmamento increíble. Julián inspiró con fuerza. El frío de la noche le despejó la mente.

—No recordaba que fuera tan hermoso —murmuró, contemplando las constelaciones y estrellas cuyos nombres no había olvidado. Andrómeda, que no era una estrella, sino un grupo de estrellas que se extendía como una mancha de leche, Sirio, Hadar, Vega...—. Mi padre me enseñó a distinguir las estrellas de los planetas. Los planetas se mueven de forma distinta, tienen otra luz, no parpadean.

Sin darse cuenta, tenía la expresión de un niño con la boca abierta y los ojos llenos de admiración y curiosidad. Susana lo observó vagar por la pavorosa belleza del universo.

—Es extraño que estemos aquí, después de treinta años, contemplando las mismas estrellas de entonces.

—Todavía te acuerdas.

—Todavía me acuerdo. Si cierro los ojos, hasta puedo sentir la humedad de la hierba que nos mojaba la espalda y el roce de nuestros hombros.

—Ninguno de los dos quería moverse. Nos hubiéramos quedado así para siempre.

¿Qué sentido tenía esto? ¿Por qué se estaban mirando de esa manera, empeñados en penetrar la superficie del otro? ¿Para qué abrir viejas puertas?

—¿Por qué has vuelto aquí, Julián? No debe de ser fácil para ti.

La expresión de Julián languideció brevemente, como esas estrellas que parpadeaban y luego desaparecían. «Sin duda se está mejor ahí arriba que aquí abajo», pensó.

—No lo sé. Supongo que busco algo a lo que aferrarme.

Susana le pasó el canuto.

—¿Aferrarte a fantasmas, ecos y sombras? Mi hermano me ha contado lo que ha pasado en El Cerso con Carmen.

Se quedaron un rato en silencio, sintiendo la presencia del otro, cada vez más densa y cercana, tratando de desenmarañar aquel picor en el cuerpo, esa tensión eléctrica tan repentina e insospechada.

—Antes me has preguntado por qué no me he casado —dijo Susana alumbrando su rostro con la pavesa del canuto, peligrosamente cerca de sus pupilas—. Pero ¿qué hay de ti? ¿Sigues siendo el soltero de oro?

Julián sonrió con aire de cansancio.

—Hay una chica, se llama Clara. Nada serio. Nos conocimos por una de esas páginas que ponen a la gente en contacto.

Susana asintió, contemplando el cielo estrellado. Tardó unos segundos en volver a hablar.

—¿Estás enamorado de ella?

Julián negó con la cabeza. «Es absurdo», se dijo, al notar una reacción física que no podía controlar y que le desconcertó. No quería pensarlo, pero estaba ahí, la pregunta, una forma muy distinta del deseo. Una erección.

—Es complicado, sus circunstancias son muy distintas a las mías. Pensé que podría haber algo entre nosotros, pero las cosas han ido evolucionando de otro modo.

Volvieron al silencio apaciguador, a la cercanía de sus cuerpos. Al extraño pálpito de un deseo repentino. Fue Susana quien le puso palabras:

—¿Nos estamos seduciendo mutuamente? ¿Como si nos quedara pendiente un capítulo por cerrar?

Julián la miró a los ojos.

—No lo sé; quizá solo queramos ver este cielo juntos otra vez. Contar estrellas fugaces, como hacíamos de niños... O puede que yo esté asustado y que no quiera estar solo.

Era la primera vez que lo decía abiertamente, como una llamada de auxilio.

No debería haber pasado. No allí, en aquella casa. No con ella. Pero ocurrió.

La silla no era un objeto de martirio. Ella le acarició el cabello, deteniéndose en aquel mechón blanco como una pluma de indio. El sexo no estaba solo en el cuerpo, era una marea que iba y venía de un centro a otro. El deseo era saliva, dedos que exploraban, lengua sin vergüenza. Besos urgentes y caricias demoradas. Curiosidad. Ella se desnudó, en paz consigo misma. Él solo se dejó guiar, acariciando aquellas rodillas tan blancas, las piernas sin tono muscular. No temblaban las manos al entrar en esa profundidad de olores y tacto, enredándose y guiándole, ofreciéndole confianza. Hasta que dejó de pensar y se entregó a sentir. Hasta que ella le arrancó de la garganta palabras proféticas. Y luego, la extrañeza de sus cuerpos tendidos, uno junto al otro, agotados y perplejos. Sin saber cómo había pasado, por qué. Sin que importara. Estaba bien así.

Y mientras yacía junto a una mujer que ya no era la niña con la que se tumbaba en la hierba, con el semen todavía entre las piernas, secándose, volviéndose sólido, Julián lo dijo:

—No quiero morir.

Nadie quiere morir, Julián. Ni siquiera los que no quieren vivir.

Pero en la noche hay muertes que parecen eternas. Despertares de pesadilla, gritos y manoteos en el aire. Todo se extingue. Elegimos la noche para firmar las cosas más terribles y también nuestros peores errores. Yo preferiría cometer los actos más viles sin ocultación, con un sol precioso y anaranjado en el horizonte, a la vista de todo el mundo, sin rastro de nubes en el cielo. Pero uno no siempre puede elegir la escenografía de sus actos.

Así que mientras tú follabas con alguien que ya solo existía en tus recuerdos, yo vigilaba a Carmen desde la plaza. Era ya tarde cuando echó a los últimos clientes y bajó la persiana. La vi caminar calle abajo y sentí pena por ella. Ya conoces esa clase de soledad. Corría una leve brisa, de la que se protegió cubriéndose los hombros con una chaqueta vieja. Por encima de su cabeza, un gato pardo hacía equilibrios sobre la tapia sin dejar de observarla atentamente. Carmen alargó la mano para intentar acariciarlo. El gato, seguro de sí mismo, saltó de la tapia sin aspavientos, con elegancia felina. Dio un par de vueltas alrededor de sus piernas arqueando el lomo. Luego se marchó en busca de una aventura nocturna.

La luna dibujaba aguafuertes en su cara. De haber sido posible, quien la hubiera visto en aquel momento habría pensado que estaba hermosa. Caminaba despacio, consciente de cada paso, apoyando de tanto en tanto la palma de la mano sobre la rugosa pared de alguna de las casas apiñadas como si se disputaran un espacio en la calle. Había algo digno y trágico en ella, tengo que reconocerlo, algo que por un segundo me hizo dudar. Es injusto vivir en este mundo donde se desecha todo lo que ya no sirve, lo que se ha roto, desconchado, agrietado. Una pena.

Le salí al paso con calma. Y, aun así, lamenté haberla asustado. Avancé y ella retrocedió. Creo que entendió lo que iba a pasar, y que, en cierto modo, lo esperaba, y quién sabe si lo deseaba. El alivio de terminar de una vez por todas. Sopesé la posibilidad de que luchase, de que gritase pidiendo auxilio. Pero no hizo nada de eso. Se dio media vuelta y empezó a caminar. No se atrevió a girarse.

Sin prisa, empecé a seguirla. Ella aceleró el paso y su respiración empezó a hacerse más fuerte, entrecortada por breves jadeos. De repente, echó a correr. El miedo es natural, no hay por qué avergonzarse. La alcancé en dos zancadas, le di un fuerte golpe en los riñones y la mandé de bruces contra el suelo. Dejó ir un gemido de dolor. Apenas hacía unos minutos ella pensaba que su vida era una porquería. Pero ahora tenía plena consciencia de lo que es el pánico. No de una forma abstracta. Tenía la frente perlada de sudor a pesar de que seguía haciendo frío. Gruesos goterones le colgaban un instante de las cejas y luego se descolgaban sobre los ojos.

Créeme que lo siento, Carmen. Ojalá pudiera decirte que todo se acaba aquí y ahora, pero nos espera, me temo, una noche muy larga. Yo hubiera preferido acabar rápido, pero esas no eran mis instrucciones: «Tiene que sufrir. Que sea lento, que le dé tiempo a pensar en lo que ha hecho».

La golpeé repetidamente con el puño hasta hacerle perder el conocimiento y arrastré el cuerpo hasta el maletero del coche. Él estaba esperando, salió del coche y me ayudó a meterla dentro. Luego regresé sobre mis pasos, cogí el bolso y un zapato con el tacón desgastado que Carmen había perdido por el camino y me aseguré de que todo estaba en orden.

Y entonces me di cuenta de que había alguien más, unos metros más allá, plantado en medio de la acera como un pasmarote. Un grandullón enorme con cara de bobo. Debería haberme ocupado de él, nadie quiere testigos cuando va a matar a alguien. Pero algo me retuvo. Quizá fuera que él no se asustó, o puede que, sencillamente, no me gusten las muertes innecesarias.

6

Tres días después, alguien paseaba a las afueras de la aldea con su perro. En realidad, iba a sacrificar al animal. A fin de cuentas, solo era un perro viejo e inútil. Un mastín con reuma no sirve para nada, solo arrastraba el cuarto trasero, cagando y meando en cualquier parte, dormitando casi todo el tiempo, incapaz de cuidar del ganado. Se había convertido en una carga. El animal lo miraba como si le preguntara por qué esta deslealtad después de tantos años juntos.

Era un buen sitio, no había nadie alrededor, ni casas ni granjas. Solo una extensa meseta de cardos espinosos que azotaba el viento. A unos cincuenta metros desde la carretera se veía un pequeño agrupamiento de olmos. Eran árboles bastante jóvenes, pero uno de ellos tenía una rama lo suficientemente gruesa para soportar el peso. El animal, como si intuyera lo que venía ahora, empezó a gruñir y a sacudir la cabeza tratando de liberarse. Se negaba a avanzar.

—Joder, no lo pongas más difícil.

El hombre lo arrastró de la cadena valiéndose de ambas manos. Al final, el mastín dejó ir un gemido y se resignó. El hombre se aproximó al grupo de olmos, y de repente se detuvo. Algo llamó su atención. También el perro erizó el lomo y empezó a ladrar con vigor. El hombre se acercó a ver aquello más de cerca. El susto le hizo retroceder, trastabillar y caer al suelo. El perro salió corriendo.

El cuerpo de Carmen, la de El Cerso, a la que todos daban por desaparecida, estaba a medio enterrar.

Segunda parte

7

Provincia de Barcelona, marzo de 2005

En la parte trasera del autobús los rebotes de la carretera se acentuaban y el olor del gasóleo era más penetrante. A lado y lado del pasillo los cogotes se alineaban de dos en dos. El sol se estaba poniendo y a lo lejos se veían las luces de la planta petroquímica. Parecía una imagen de ciencia ficción, un mundo de *Blade Runner*. Harrison Ford enamorado de una replicante y Roy Batty dejando ir la paloma. La germinación de las espigas formaba nubes que viajaban a distancias increíbles. El aire respiraba productos químicos contra el hongo de la roya y el cornezuelo. Cuando se fertilizaban los campos con purines era peor. La puesta de sol teñía las torres del tendido eléctrico y los campos.

Diez minutos después, el autobús se detuvo junto a una marquesina desierta, en un arcén comarcal. No bajó nadie más. Solo Julián Leal. Caminando por el borde de la carretera se tardaban otros diez minutos en llegar hasta un sendero de tierra flanqueado por esbeltos cipreses. A los pocos metros se divisaba el antiguo monasterio de San Blas, reconvertido en clínica privada. La sobriedad de la fachada exterior daba acceso a un pequeño claustro con una fuente y con naranjos. Una mirada adiestrada era capaz de apreciar las diferentes épocas que el monasterio había transitado, estilos plateresco, renacentista, gótico y barroco. Quedaban huellas de los siglos en las crucerías, yeserías y taraceas.

Un sitio agradable si no se tenían en cuenta las circunstancias, aunque al observar las rejas en las ventanas, la presencia numerosa de celadores y los guardias de vigilancia privada alguien poco avisado podría pensar que se parecía más bien a una cárcel. Pero nadie paga 3.800 euros al mes para ingresar en una cárcel. Aquella era una de las mejores clínicas de desintoxicación del país. Allí se trataban pacientes famosos en el más absoluto anonimato: deportistas de élite, actores, escritores, políticos.

En la sala de espera había una cafetera de autoservicio y bandejas con tentempiés. En el hilo musical sonaba música clásica. Julián escuchó atentamente: Schubert. Estuvo esperando solo un buen rato. Nunca coincidían dos personas en esa sala como no fueran a visitar, previa cita, al mismo paciente. Todo se trataba con una discreción exquisita, los empleados firmaban un contrato de confidencialidad muy estricto, y cualquier filtración era investigada hasta depurar responsabilidades. Por lo demás, el exceso de silencio, la pulcritud, la ausencia de muebles o colores estridentes invitaban a creer que, efectivamente, aquel lugar seguía estando bendecido por los monjes que antaño lo habitaron; una isla de calma y paz.

Clara no tardó mucho en aparecer tras una puerta, hizo un breve movimiento con la mano y esbozó una sonrisa tímida. Julián se puso en pie y se acercó. Todavía no sabían muy bien cómo saludarse. ¿Dos besos? ¿Un breve abrazo? Resultaba un tanto embarazoso.

—Hola, Clara, me alegra volver a verte.

Ella se sonrojó un poco. Siempre lo hacía, por cualquier cosa. Recogió con un gesto nervioso un mechón detrás de la oreja. Se mordía las uñas.

—Me gustan tus visitas. Esto es bastante aburrido.

Era una mujer atractiva, de unos treinta años, más bien pequeña de estatura, con una delgadez musculosa y una pose algo rígida, como el moño que recogía su cabello, maquillaje discreto y una cadenita de oro con un crucifijo en el cuello como único adorno. Era la tercera vez que Julián la visitaba. Habían empezado a escribirse seis meses atrás, justo antes de que al inspector le detectaran el cáncer. La culpa era de Virginia; ella había apuntado a Julián en una web de contactos, sin pedirle permiso:

—Eres un tipo atractivo, todavía joven y necesitas un par de polvos para alegrarte la vida.

Julián no creía en ese tipo de relaciones, accedió a tener un par o tres de citas, más que nada para que Virginia dejase de bombardearle con perfiles de mujeres que podían interesarle. Como era previsible, fue un desastre. Al poco tiempo, Julián se olvidó del asunto, y cada vez que recibía un mensaje lo enviaba directamente al *spam*. Pero uno de esos mensajes, que nunca leía antes de borrar, le llamó la atención.

En la fotografía que acompañaba el perfil aparecía una chica cargada de pulseras de macramé, collares coloridos, aretes con guacamayos y una sonrisa directa, sin miedo. Llevaba el pelo recogido en una coleta alta, camiseta de tirantes con la portada de *Born To Run* impresa, pantalones de campaña y zapatillas de senderista. Estaba rodeada de chiquillos que la abrazaban por la cintura, se sentaban en sus muslos o posaban alegremente a sus pies. De fondo se veía la fachada y la escalinata del hospicio Cabañas. En la siguiente fotografía, tomada desde abajo, se veía a la mujer bajo la cúpula con el mural de *El hombre de fuego*. A pie de foto estaba escrita la fecha y la ubicación: «Guadalajara, México. Mayo de 2002».

Movido por la curiosidad, Julián leyó la información de su perfil: periodista *freelance*, con un doctorado por la Universidad de Madrid. Entre sus aficiones citaba el cine de ciencia ficción —su película preferida era *Alien, el octavo pasajero*—, las canciones de Bruce Springsteen —afirmaba que su mejor canción era *Thunder Road*— y su gran pasión, México. Tras pensarlo unos segundos, Julián le escribió:

> *Alien* está bien, y desde luego que la primera es la mejor, Sigourney Weaver está impresionante. Pero ¿qué me dices de *2001: Una odisea del espacio*? En cuanto al Boss, *Thunder Road* es genial, y tal vez tú seas Mary, pero su mejor canción es *Dancing in the Dark*.

La respuesta tardó tres semanas en aparecer en su ordenador, medida y ambigua:

> Veo que eres muy fan de Kubrick y que te gustan los héroes sin caballo. ¿Qué eres tú? ¿Un alma perdida?

A partir de ese momento empezaron a escribirse sobre música, cine, hablaban de México, y, aunque a medida que avanzaban los correos se permitían ciertos juegos con las palabras y sus dobles sentidos, rara vez entraban en el terreno más personal. Ambos, por alguna razón, eludían la posibilidad de conocerse, como si temieran que la presencia minimizase lo que la ausencia magnificaba. Como dos amantes epistolares, solían bromear. Fue Clara quien propuso, por fin, el encuentro. Tal vez quería ponerlo a prueba, o, sencillamente, se había cansado de ocultar su situación:

> Si quieres verme, tendrás que venir un poco lejos, y no me refiero a un desplazamiento únicamente físico. Vivo en una clínica de desintoxicación. Si decides no hacerlo, tranquilo, lo entenderé.

Dieron un paseo por el sendero arbolado que rodeaba el complejo discretamente vigilados por un celador. Después de cada visita, los pacientes eran sometidos a un cacheo. Si se les encontraba algo prohibido —un canuto, unas pastillas, un teléfono—, el visitante era apercibido. Si se repetía la falta, el paciente era dado de alta forzosa y no se le volvía a admitir.

—Queremos curarnos, pagamos un dineral por estar aquí, pero al mismo tiempo nos las ingeniamos de cualquier modo para esconder algo que meternos en el cuerpo.

Julián caminaba junto a ella.

—Tú pareces estar bien.

Clara llenó los ojos con los trazos anaranjados del atardecer.

—Hablar de la cura definitiva de un adicto es un bonito eufemismo. La verdad es que nos volvemos enfermos crónicos. No podremos volver a bajar la guardia nunca. A veces resulta agotador.

Clara no conocía nada relevante sobre Julián. Que era inspector de policía, aficionado a pintar acuarelas, que le gustaba la pesca, que era alérgico a los gatos, zurdo, que no le gustaba demasiado el fútbol, que intentaba dejar de fumar, pero carecía de voluntad, que prefería el café solo y sin azúcar... Trazos gruesos con los que ella parecía conformarse. Al cabo de un tiempo, ambos se habían dado cuenta de que no podría haber nada romántico entre ellos. No se trataba de la diferencia de edad, o del hecho de que ella fuera toxicómana en rehabilitación, y la culpa tampoco cabía achacársela al carácter un tanto reservado de Julián. Podrían haber superado esos escollos si, simplemente, la química hubiera obrado entre ellos, pero no fue así, y ambos lo aceptaron en cuanto sus cuerpos se rozaron la primera vez.

A cambio, parecían haber encontrado el uno en el otro una forma de confortabilidad, un sentimiento que se aproximaba a lo fraternal, una amistad embrionaria. A Clara le gustaban las visitas de Julián, los largos paseos al aire libre, las conversaciones anecdóticas en las que se perdían, como si ambos se tomaran aquellos momentos como una isla, un descanso pacífico antes de regresar a los mares furibundos. En ocasiones, Clara intuía que Julián le ocultaba algo esencial; de repente se quedaba callado y la miraba fijamente, como si estuviera a punto de confesarle algo, de revelarle un secreto que sabía que ella podría encajar, pero al final las palabras que habrían importado eran sustituidas por otras cualesquiera, inocuas:

—He estado buscando artículos tuyos. Eras muy buena periodista. Deberías volver a la profesión.

Clara movió la cabeza, como si aquella fuera otra vida en la que no valía la pena pensar. Ser periodista había sido su sueño desde que, siendo una chiquilla, andaba por la calle entrevistando a los vecinos con un micrófono hecho con espuma, celofán y un calcetín. Escribía y editaba su propio magazín en folios blancos con una página pautada detrás.

—Firmaba como Clara Fité, el apellido de mi madre, con unos largos arabescos. Recuerdo que la torturaba obligándola a sentarse en el sofá mientras le leía en voz alta cualquier ocurrencia imitando la voz radiofónica de Consuelo Berlanga. Quería parecerme a Josefina Carabias, a Lee Miller, a Maruja Torres, a María Esther Aguilar Cansimbe, esa clase de periodista que va donde empieza la oscuridad, ganar el Pulitzer, el Ondas, el Sájarov, abrirle los ojos al mundo.

—Eres muy joven para renunciar a un sueño como ese.

Ella se encogió de hombros.

—No he vuelto a escribir nada desde mi viaje a México.

Julián quiso saber por qué. Clara inspiró con

fuerza. Habían pasado dos largos años, pero seguía viendo la misma imagen: su rostro ensangrentado, desnuda y cubierta de cardenales frente a un espejo.

—Digamos que me convertí en mi propia noticia, y supongo que descubrí que no soy tan fuerte como imaginaba.

De repente su mirada se parecía a la de un animal acorralado. Julián se sintió torpe.

—Siento haberte incomodado.

Ella le disculpó tocándole el brazo.

—A veces, las personas somos así, como un campo de minas. No sabes dónde pisas hasta que estalla... Pero siento que puedo confiar en ti; eres un buen hombre, Julián. Y me alegra que estés aquí.

Mientras caminaba de regreso hacia la parada del autobús tras la visita, Julián recibió la llamada de Raúl Fonseca, su abogado. Hacía días, desde que había vuelto de Galicia, que esperaba su llamada. Dudó unos segundos, tragó saliva y descolgó.

—Hola, Raúl.

La voz del abogado se entrecortaba, sonaba lejana. Como el mundo del que venía.

—Te oigo mal, Julián... ¿Dónde estás?

—He venido a visitar a una amiga, estoy en medio del campo y no hay mucha cobertura... ¿Hay novedades?

—Acaban de notificarme que tu caso ha pasado del juzgado de Instrucción al Penal.

—Eso significa que van a procesarme.

El abogado intentó tranquilizarle.

—No te inquietes, es el procedimiento habitual, y sabíamos que, tarde o temprano, pasaría. En los próximos días nos darán fecha para el juicio y el número de juzgado que va a llevar el asunto. Confío en que nos toque un juez comprensivo. Por ahora, al menos, hemos logrado evitar la prisión provisional.

Julián no se sintió aliviado. Lo provisional no es más que un paliativo mientras se espera lo definitivo. Algo así como la medicación y la quimioterapia contra su cáncer. No hay cura, solo aplazamientos y prórrogas.

—¿Qué pasa con mi suspensión? ¿Puedo volver al servicio activo?

—Eso es más complicado. Seguimos a la espera de la resolución de la investigación de Asuntos Internos, pero no soy muy optimista. Por lo que he podido averiguar, Heredia está presionando para que te expulsen de la Policía. Ese hombre te la tiene jurada, Julián. ¿Se puede saber por qué te odia tanto?

Julián torció el gesto. El maldito Heredia con sus historias de Napoleón y su memoria de elefante que no perdona.

—Es una larga historia, viene de lejos.

—Yo me andaría con cuidado. Va a ir a por ti.

Siguieron unos largos segundos de silencio. La pregunta que debía hacerse rondaba la punta de la lengua y tenía un gusto amargo, pero resultaba inevitable.

—¿Qué va a pasar, Raúl?

El abogado carraspeó.

—Es difícil saberlo. La lista de cargos es abultada: secuestro, delito de lesiones, abuso de autoridad... La fiscalía pide un mínimo de seis años de cárcel. Todo dependerá de la evolución de Restrepo. Por ahora sigue en la UCI, pero si acaba muriendo te acusarán de asesinato. Si eso llega a suceder, pasarás al menos diez años en prisión.

«Mi cuerpo no aguantará tanto», pensó Julián. Y casi sintió alivio, como si el cáncer fuera lo más parecido a un indulto.

El abogado seguía al otro lado. Podía escuchar su respiración, el sonido de un encendedor prendiendo un cigarrillo, la bocanada expulsando el humo.

—... Tampoco facilita las cosas que te niegues a contar lo que pasó y por qué lo hiciste. Tienes un expediente brillante, Julián. Casi veinte años de servicio y ni una mancha, un policía ejemplar. Y de repente, esto: ¿secuestras a un hombre y lo golpeas hasta dejarlo en coma? Nadie se lo explica. Ni siquiera quieres hablar de ello conmigo, y así es difícil; me obligas a defenderte con una mano atada a la espalda.

—No puedo hacerlo, Raúl, ya te lo advertí cuando aceptaste llevar mi caso. Tengo mis razones.

—Pues esas razones van a arruinarte la vida. Intentaré que sea lo menos desastroso posible. No puedo prometerte más.

—Gracias, Raúl.

La voz del abogado se endureció.

—No me las des. Si acepté el caso, no fue por ti. Lo hice por Virginia; ella es como una hija para mí. Al menos, deberías hablar con ella. Se lo debes.

Julián colgó y se observó a sí mismo en medio del sendero, completamente solo, rodeado por la oscuridad que se acercaba. Los cipreses que mecían las copas, el asfalto a pocos metros, desierto. Volvió la cabeza hacia el recinto de la clínica. Las luces del perímetro externo ya se habían encendido. Imaginó a Clara en una de esas ventanas, tal vez escribiendo en su cuaderno. Julián podría darle una buena historia, una de esas exclusivas que te convierten en una estrella. Pero tenía que callar. Nadie podía entenderlo, ni el abogado, ni los jueces ni los fiscales. Y tampoco Virginia. Pero era lo que debía hacer.

USTEZ TIENE QUE ALLUDARLE POR
FABOR. NADIE MAS PUEDE SAVERLO.

Él no había pedido encontrar en su buzón aquella nota ni la grabación que la acompañaba. Esas imágenes borrosas y cuarteadas habían abierto las puertas del infierno, le habían arruinado la vida y le habían mostrado, de manera aterradora, su verdadero rostro.

8

Tres meses antes, diciembre de 2004

El domingo, a las 13.10 horas, Restrepo salió de la iglesia de San Gregorio Taumaturgo, en el barrio de San Gervasio. Taumaturgo es aquel que tiene poderes para obrar milagros o actos prodigiosos. Tal vez por eso departía relajadamente en la escalinata con otros feligreses al final del oficio, porque se sentía a salvo, protegido por un poder superior. Puede que él mismo se considerase depositario de dicho poder. Tenía cincuenta y dos años, era géminis, conducía un BMW X4 FULL EQUIP de color azul oscuro con matrícula de Andorra, aunque vivía en un dúplex de la calle Beethoven que estaba a nombre de su mujer por temas fiscales. En el registro mercantil había varias empresas y filiales constituidas a su nombre. Ninguna de ellas tenía actividad real. Eran empresas pantalla, filiales de filiales, un laberinto de papeles, inversiones, desinversiones, reconversiones y flujos de caja de ida y vuelta por sociedades en Liechtenstein, Malta, Luxemburgo, México y Andorra para blanquear capitales y perder el rastro del dinero. Tenía un hijo de diecinueve años que estudiaba Ciencias Políticas en la AIU de Atlanta. Pagaba en negro a las dos asistentas filipinas que limpiaban la casa y sacaban a pasear a la pareja de caniches tres veces al día. Un hombre de negocios, de aspecto más bien inofensivo, que pasaba buena parte de la mañana leyendo el periódico en la terraza de la cafetería Sandor y que cenaba con ciertos socios dos noches por semana en Via Veneto.

También tenía alquilada, a nombre de terceros, una pequeña nave industrial en un polígono a las afueras de Vallgorguina, en la comarca del Vallès Oriental.

Allí tenía montado su pequeño plató de grabación. No solía ir, a menos que le encargaran algo especial. Tal vez dos, tres veces al año. Desde hacía una década. Eso significaban no menos de veinte películas que guardaba celosamente, clasificadas con códigos que solo él podía descifrar y escondidas en lugar seguro. Era cuidadoso, precavido, y tomaba todas las medidas de seguridad necesarias. Llegar hasta él no era sencillo, solo podía hacerse a través de alguien ya iniciado, recomendado por un nombre que formara parte de la lista exclusivísima de clientes oro. Antes de aceptar el encargo, Restrepo se aseguraba bien de investigar al mandatario, tenía buenos contactos y lo descubría todo: amistades, enemigos, contactos, deudas, patrimonio, puntos débiles y puntos fuertes. Cualquier elemento que le hiciera dudar, por nimio que fuera, bastaba para cortar todo contacto. En el setenta y cinco por ciento de los casos rechazaba las peticiones. Para un capitalista como él, las pérdidas debían de ser abrumadoramente dolorosas, pero primaba la seguridad. En cualquier caso, la demanda superaba con mucho la oferta, y la escasez revalorizaba el valor de su producto. Una vez pasado el primer filtro, se ocupaba del proyecto a gusto del cliente. Los había de todo tipo, las perversiones no conocen límites, y él no estaba ahí para juzgarlas o cuestionarlas, sino para hacerlas posibles. Satisfacer a sus clientes no siempre era sencillo. Estaban acostumbrados a exigir y les contrariaban las negativas. A veces demandaban cosas muy exclusivas, con detalles muy concretos, y llevaba su tiempo dar con los actuantes ideales, la coreografía correcta, la escenografía adecuada. Cuanto mayor era el precio, mayor la exigencia, pero Restrepo cumplía siempre, por demencial que fuera la petición.

Nunca quedaba huella, jamás había habido una filtración. El negocio iba bien. La vida le sonreía. Dios era bueno.

Aquel domingo soleado, al salir de misa, le compró a su esposa un ramo de bonitas calas en el puesto ambulante que se colocaba al otro lado de la rotonda. Restrepo estaba de buen humor, había tenido una conversación por Skype con su hijo. El chico parecía feliz, las cosas iban bien en Atlanta, era un joven estudioso y brillante. Y él era un padre orgulloso.

Se disculpó con las flores y su mejor sonrisa ante su mujer, porque no iba a quedarse a comer con sus suegros en el ático que tenían cerca de allí, junto al mercado de Galvany.

—¿Y me lo dices ahora? —protestó ella mirando sin mucho interés las calas—. A mi padre no le va a hacer ninguna gracia. Ya está la comida preparada. Chateaubriand de ternera con salsa bearnesa.

Restrepo puso cara de fastidio. A su suegro solo se le ocurrían esa clase de sofisticaciones. Se las apañaría con un bocadillo y un refresco en el área de descanso de la autopista, camino de Vallgorguina.

—Me ha salido algo importante.

—¿En domingo?

Restrepo se encogió de hombros, besándola en la mejilla. Solo Dios puede permitirse descansar un día por semana.

Estaba entusiasmado con el nuevo proyecto. Era de los que, si el cliente quedaba satisfecho, podían encumbrarle hasta lo alto de la pirámide. Con un aliado así podía olvidarse de cualquier dificultad en el futuro. Entraría en el privilegiado grupo de los que gobiernan el mundo sin preocuparse de las consecuencias.

Cumplir las expectativas no había resultado fácil, pero ya estaba todo a punto, se dijo, satisfecho, cuando aparcó el BMW detrás de la nave industrial. Sacó del maletero la bolsa de plástico y la garrafa de agua y se aseguró de que no había nadie a la vista antes de activar con el mando a distancia la apertura del portón.

La nave era lo suficientemente grande, pero no resultaba desmesurada. Estaba limpia, ordenada, sin olores desagradables. En la parte alta había colocado cristales tintados, que permitían el acceso de la luz exterior pero impedían ver el interior desde fuera.

El tejado industrial había sido disimulado y bajado con plafones que sujetaban rieles de focos con una luz que podía modularse con un potenciómetro. Como si de un gran centro escénico se tratara, la superficie se distribuía en diferentes espacios con ambientaciones que podían cambiar en función de las circunstancias y que podían separarse, ampliarse o reducirse gracias a un sistema de tabiques de pladur que se desplazaban con guías en el suelo. Una jaula del zoológico, una estancia victoriana, una sala de tormento de la Inquisición... Cualquier atmósfera era posible.

Para la ocasión se había esmerado en aquella decoración un tanto fantasiosa: un cuento de los hermanos Grimm, decoración floral, follaje que creaba sensación de bosque profundo y una cama con dosel de madera y grilletes en el cabezal. Varias máscaras de animales colgaban en la pared junto a una fusta de montar. A la derecha estaban los baños con ducha y vestidor individual, el cuarto de filmación y revelado, un trastero con atrezo diverso y, tras una puerta blindada y cerrada con doble candado, la que Restrepo llamaba «sala de espera». Una cámara de seguridad grababa de manera continua el interior.

Restrepo abrió la puerta y la empujó. Era un cuarto pequeño, poco más que un zulo con un retrete y una litera con las patas clavadas en el suelo de cemento. Un sistema de ventilación en el techo mantenía el aire en circulación.

—Te he traído un bocadillo, fruta y agua. Será mejor que te hidrates bien y que comas. Tienes que tener fuerzas para esta noche.

Una sombra diminuta se deslizó entre la litera y el retrete ocultándose. Restrepo se preguntó por qué el cliente había pedido específicamente a aquel niño. No tenía nada peculiar o que lo diferenciara de cualquier otro. Se encogió de hombros; las razones por las que sus clientes pedían determinadas cosas resultaban un tanto desconcertantes, pero él no estaba ahí para cuestionar sus caprichos, sino para cumplirlos fielmente.

9

Barcelona, marzo de 2005

La inspectora Virginia golpeaba con furia el saco de boxeo en el garaje. Necesitaba sudar, cansarse y no pensar. Veinte años de matrimonio. Veinte años tirados a la mierda, pensó, propinándole al saco un puñetazo que podría haberle roto el esternón a cualquiera.

Luis apareció en el garaje, todavía en pijama, y le hizo un gesto para que se quitara los auriculares.

—Tenemos que hablar —dijo observando el balanceo del saco.

Virginia lo fulminó con la mirada.

—¿De qué tenemos, exactamente, que hablar? La lista es larga: ¿hablamos de los correos que intercambias con esa guarra, de las fotopollas y fototetas que os enviáis? ¿De las cosas que ella sabe hacer con la lengua y de vuestro guion barato de película porno? ¿O de que le has contado a una desconocida que estás cansado de veinte años de matrimonio *frustrante*, que ya no deseas a tu mujer, que las idioteces de tus hijas adolescentes te sobrepasan? O prefieres hablar de esos sueños repentinos que, al parecer, yo nunca he conocido: ¿comprarte una Indian y recorrer el Gran Cañón?, ¿ver las puestas de sol en las Maldivas? ¡Serás hijo de puta! Nunca has querido moverte de la masía de tus abuelos, ni siquiera para ir a doscientos kilómetros, y ahora resulta que te habría gustado recorrer a pie la Muralla china.

—No tenías derecho a fisgonear en mi ordenador.

Virginia se puso furibunda.

—En eso tienes razón. ¡Claro que no es propio de mí rebajarme de esa manera por un ser insignificante! Eres un cínico de mierda, Luis, la peor clase de embustero que hay; no me mientes a mí, no mientes a esa tal Olga... Te mientes a ti mismo, y te crees tus mentiras.

—Sé que no lo entiendes ahora, pero...

Las fosas nasales de Virginia se dilataron. Sentía la rabia y la pena girando indistintamente en el estómago.

—Desde luego que lo entiendo, Luis. Eres un idiota que no sabe valorar lo que importa, un tonto que ya no sabe distinguir en el espejo lo que mira. Yo te lo diré, porque alguien tiene que abrirte los ojos: ves a un fracasado, un cincuentón al que de repente le han entrado ansias de vivir lo que no supo vivir cuando le tocaba.

—Todo lo he sacrificado por nosotros.

Virginia soltó una risita dolorosa, hiriente.

—Sigues mintiéndote. No nos culpes a nosotras, a mí o a tus hijas, no te atrevas. Nunca te he pedido que cambies, no me importa tu barriga, ni tu calvicie ni tus arrugas, no me importa que te hayas vuelto aburrido en la cama, que prefieras hacerte pajas con una desconocida en el ordenador a tratar de seducirme... Han sido tus decisiones.

Demudada, miraba a aquel hombre ridículo en pijama, con la mirada huidiza y los párpados caídos y se sentía anonadada.

—No imaginas las veces que yo podría haberte engañado. ¿Crees que no me apetecía? Sentirme deseada, tener una aventura. Sigo siendo atractiva, tengo cuarenta y dos años, una carrera sólida, inquietudes, deseos, necesidades.

—¿Y por qué no lo has hecho?

—Eres más imbécil de lo que creía si me haces esa pregunta de verdad. No ha sido por falta de ganas, sino por elección. Por lealtad. Por amor. —Se dio cuenta de que estaba alzando la voz, y no quería ser esa clase de mujer, derrotada, humillada—... Tengo que ducharme e ir a trabajar. Volveré tarde, y cuando lo haga espero que no estés aquí.

El agente que custodiaba la entrada la saludó. La inspectora Virginia le devolvió el saludo sin mucho interés y cruzó el vestíbulo; apenas había andado diez pasos cuando alguien la aferró por el hombro frenando su carrera en seco. Virginia observó con verdadero fastidio la mano de venas hinchadas y dedos gruesos que la sujetaba.

—Te estaba esperando.

La mano de charcutero pertenecía a Soria, un culo jurásico que pululaba por la brigada contando batallitas a los más jóvenes mientras esperaba que le llegase la jubilación. Era un tipo de esos que caen muy bien o muy mal, sin término medio. A Virginia, que trataba de librarse de él, le caía fatal. Y como estas cosas nunca vienen solas, la antipatía era mutua.

—Me *encantaría* hablar contigo, Soria. Pero el comisario me está esperando.

—Lo sé —contestó Soria paseándose la lengua por los labios, clavándole una mirada burlona—. Acabo de hablar con él. Creo que vamos a ser compañeros hasta que se resuelva el asunto de tu antiguo compañero, el inspector Leal. Sé que la noticia te hace tan *feliz* como a mí, pero es lo que hay.

Virginia frunció el ceño.

—Eso habrá que verlo.

Soria abrió las manos fingiéndose indefenso.

—Tú eres la inspectora, la estrella emergente. A lo mejor a ti te hace más caso que a mí.

Antes de entrar en el despacho del comisario Heredia había que esperar en una antesala, como los reyes que reciben en audiencia. En una pared colgaba el inevitable retrato oficial del rey y fotografías de miembros de ETA. Una mesa metálica y un ordenador eran el único mobiliario. La asistenta del comisario le sonrió con cordialidad.

—Buenos días, inspectora. Tendrá que esperar un momento, el comisario está atendiendo un asunto.

Virginia intentó relajarse. Observó a la agente que escribía en el ordenador. ¿Qué edad tendría? ¿Veinticinco, veintiséis? Tenía la expresión alegre, el cabello bien ceñido, el uniforme impecable. Escribía en el teclado a una velocidad endiablada, sin apartar la vista de la pantalla —¿las pestañas eran postizas?—, la espalda recta, la boca entreabierta, bonita como un melocotón. No tenía alianza en el dedo. Le entraron ganas de acercarse y decirle al oído: «No te dejes atrapar por el espejismo de la juventud. No durará para siempre». Luego se mordió el labio. «Cálmate, joder. Te vas a volver loca.»

Sonó la centralita y la agente le hizo un gesto afirmativo.

—Ya puede pasar.

El comisario la recibió sin alzar los ojos. Apenas sobresalía de entre un montón de papeles una cabeza redonda y pesada, como una roca a punto de deslizarse pendiente abajo.

—Siéntese, inspectora.

Virginia se sentó en el borde de una silla. El despacho tenía una atmósfera recargada, hacía sentirse diminuto a cualquiera nada más traspasar la puerta. En las estanterías había multitud de libros cuidadosamente ordenados de criminalística y legislación internacional penal en inglés, francés, italiano y alemán. Heredia pretendía dejar bien claro que era un políglota bien formado en las mejores universidades. Tras la encorvada espalda del comisario un gran ventanal dejaba traslucir un frágil haz de luz, a través del cual se veían levitar las virutas de polvo.

Virginia se fijó en la fotografía enmarcada del comisario con su mujer y sus dos hijos varones con las pirámides al fondo. La inspectora llegó a la extraña conclusión de que aquel hombre era más feliz en su despacho, con sus cosas, que en casa con su familia.

El comisario llevaba rato observando a la inspectora con el rabillo del ojo. Había ordenado a su asistenta que la hiciese esperar hasta que él la avisara por teléfono, aunque no tenía programada ninguna otra entrevista en toda la mañana. Fingía estar examinando un informe que había leído ya cuarenta veces y que carecía de todo interés. Esta era la liturgia que imponía a todos aquellos a los que debía comunicar algo de cierta importancia. Ponerlos nerviosos, permitir que creasen sus propias hipótesis, dejar que los nervios los atenazasen hasta quedar indefensos. Una forma muy útil de permitir que su primacía no disminuyese un ápice ante sus subordinados.

Cuando estimó que era suficiente, alzó la vista y, quitándose las gafas de gruesa montura, miró directamente a Virginia. Sin aquellas lentes de aumento, sus ojos negros eran diminutos, aunque brillaban extraordinariamente.

—¡Ya ve usted, inspectora! —dijo, abriendo significativamente los brazos al tiempo que se recostaba sobre su silla—. A poco que uno se descuida, la burocracia lo devora. Napoleón solía decir, cuando estaba encerrado en palacio: «*París me pesa como un manto de plomo*». No es que yo me considere Napoleón y, por supuesto, este despacho no es París, pero créame si le digo que estos papeles me pesan tanto como a él su manto.

Virginia hizo un gesto indeterminado que lo mismo podía querer decir le entiendo perfectamente o jódete. Intentó zafarse de la mirada penetrante de su superior posándola de nuevo en la fotografía de la mesa. El detalle no le pasó desapercibido a Heredia.

—¿Qué le llama la atención? ¿Mi familia o el fondo de la fotografía?

—Tiene usted una familia encantadora.

El comisario se acarició ladinamente el mentón.

—¿Sabe? Para los egipcios, la vida no era más que un tránsito, una preparación para afrontar la gran prueba de la muerte. Solo así se entiende que pudieran construir esas pirámides que ve usted en el fondo de la fotografía, trabajando día y noche durante veinte años más de cien mil esclavos. Todo era poco para contentar a los dioses. ¿Y qué queda de aquella gloria? Nada. Nosotros hemos aprendido a trivializarlo todo. Mírenos ahí. —Hizo un gesto para que la inspectora contemplase la foto detenidamente—. Un lugar sagrado profanado por las sonrisas estúpidas de millones de turistas, eso son las pirámides. A mi mujer no le gusta lo egipcio, se pasó todo el viaje quejándose del calor. Y mis hijos están imbecilizados; vinieron con nosotros porque no son capaces de quitarse los zapatos solos.

Guardó un largo y reflexivo silencio, como si estuviese esperando que el eco de sus palabras se disipase igual que el humo, refugiándose en los rincones, en las paredes y en las estanterías.

—¿Le resulta embarazoso escuchar las confesiones familiares de un viejo?

Virginia negó lentamente. No le resultaba embarazoso, sino desconcertante aquella muestra de debilidad en un hombre con fama de ser duro e inaccesible con sus subordinados.

—Me imagino que no me ha llamado para hablarme de los egipcios.

Esa respuesta fue un error. Heredia era un personaje realmente sibilino, caminaba directo hacia lo que quería pero nunca lo hacía de frente, siempre de perfil.

—¿Ve usted aquella estela? —Señaló una pieza de basalto negro, pulida, con una serie de signos en tres idiomas—. Es una copia de la piedra de Rosetta, encontrada por los soldados de Napoleón en las guerras contra los mamelucos. Contiene unos elogios de los sacerdotes de Menfis a Ptolomeo V en el año 196 antes de Cristo. Resulta que esa piedra contenía esa inscripción en tres escrituras: griega, demótica y jeroglífica. Es decir, una simple piedra contenía las claves para que el investigador inteligente descubriera todo un mundo simbólico en el que el signo es incluso más importante que la realidad que representa, un mundo lleno de misterio y enigmas.

—¿Y eso qué tiene que ver con nada? ¿Estoy en clase de Historia y no me he enterado?

Heredia sonrió.

—Todo tiene que ver con todo, inspectora. A veces, en un detalle nimio, como una piedra, está la clave para descubrir un gran secreto. ¿Entiende ahora qué pretendo decir?

La inspectora Virginia entendió que hay personas que nunca hablan por hablar y que Heredia era una de ellas. «No hay nada que yo no sepa, ningún secreto que se me pueda ocultar.» Era lo que pretendía decirle. Quizá era una advertencia, tal vez una amenaza. Probablemente, ambas cosas.

—Usted ha trabajado diez años con el inspector Julián Leal. Podría decirse que él ha sido su mentor.

«Aquí vamos —pensó Virginia—, apretando los nudillos entre las piernas.»

—Fue mi instructor, mi primer compañero al llegar a la brigada. Y, sí, lo considero mi amigo.

—Muy encomiable su lealtad —dejó ir, con ironía, el comisario—, tanto que incluso le ha recomendado usted como abogado a Raúl Fonseca, uno de los penalistas más prestigiosos de este país. Imagino que su minuta es cara. ¿Quién la paga, su sueldo de funcionaria o su señor padre?

Virginia se sonrojó levemente.

—No creo que eso sea de su incumbencia, pero ya que pregunta, Raúl es amigo de la familia, y mi padrino. Por eso ha aceptado el caso. Yo se lo he pedido expresamente.

El comisario Heredia endureció el gesto, se inclinó hacia delante, cruzando los dedos sobre la mesa.

—¿Entiende usted la situación en la que se encuentra, inspectora? Su compañero ha dejado en coma a un hombre, un empresario con muchos contactos en esta ciudad, que ahora mismo se debate entre la vida y la muerte. Y nadie conoce el motivo.

—Lo entiendo, y será juzgado; pero como cualquier otro acusado, tiene derecho a la mejor defensa.

—Conozco perfectamente las garantías del Estado de derecho, gracias, inspectora, pero permita que le señale algo que, al parecer, no es suficientemente obvio para usted: Julián Leal es una deshonra para el Cuerpo Nacional de Policía y, al ponerse de su lado, usted se está exponiendo a que la señalen también.

—Yo no me pongo del lado de nadie. Quiero recordarle que Julián vino a contarme lo que había hecho y fui yo misma quien lo detuvo. No lo justifico, no lo defiendo. Me remito a los hechos. No los juzgo.

—¿No los juzga?

—No, señor. No soy juez.

El comisario se reclinó en la butaca. De repente, su actitud volvía a ser desapasionada, aparentemente inofensiva. Pero Virginia percibió una última mirada, certera como un dardo envenenado. «Estoy bien jodida», pensó.

—Entiendo. Entonces no tendrá ningún problema en dar cumplimiento inmediato a esta orden—. Heredia abrió un expediente y deslizó hacia la inspectora un documento oficial.

Virginia le echó una mirada por encima.

—Esto viene de la comisaría de Ferrol.

Heredia asintió, mirándola fijamente:

—Hace unos días, alguien que paseaba a su perro por las afueras de una aldea de Ferrol encontró un cadáver semienterrado con señales de haber sido brutalmente torturado. Una mujer llamada Carmen Laín Ramos.

Virginia seguía sin comprender.

—¿Por qué nos piden ayuda a nosotros?

—Porque resulta que su buen amigo, el inspector Julián Leal, podría tener algo que ver.

Virginia palideció.

—No es posible. Debe de tratarse de un error.

Heredia la miró con curiosidad.

—¿Ese es un argumento policial? Yo le daré

otro: cuando el río suena, mierda lleva. Y su amigo hace tiempo que apesta.

Virginia seguía sin dar crédito.

—Conozco a Julián desde hace años. Sería incapaz de hacer algo así.

—¿Igual que sería incapaz de machacar a golpes a alguien hasta dejarlo en coma? ¿Hablamos de la misma persona?

La inspectora no supo qué responder. El comisario irguió el cuello, muy serio, pero era evidente que estaba disfrutando con su zozobra.

—Desde Ferrol nos piden que le tomemos declaración a Julián Leal. Necesitan aclarar algunos detalles.

—¿En calidad de qué?

Heredia pareció desilusionarse.

—Por ahora, en calidad de testigo.

—¿Y por qué quiere que sea, precisamente yo, quien lo haga?

Heredia alzó el mentón.

—¿Va a cumplir esa orden o no, inspectora?

Virginia apenas asintió.

—Sí, señor.

—Bien. Soria le dará los detalles, a partir de este momento es su nuevo compañero. Buenos días. Ya puede retirarse.

Virginia puso especial cuidado en no dar un portazo al salir del despacho. La cabeza le ardía. Era uno de esos malditos días en que parece que todo se derrumba alrededor. Miró el teléfono móvil. Luis la había llamado tres veces. Levantó la vista y, como una visión nebulosa en el desierto, vio a Soria al final del pasillo. El muy cabrón sonreía.

—¿Qué tal tu charla con Heredia? ¿Te ha contado todo ese rollo de las pirámides?

—No tengo un buen día, Soria.

El subinspector hundió el poco cuello que tenía.

—Pues me temo que no va a mejorar.

El niño chapoteaba en un charco, absolutamente indiferente a lo que ocurría a su alrededor. Julián lo estuvo observando un rato desde el coche. Nunca habían hablado, pero lo conocía todo sobre él. Chinchilla —así le llamaban— era un gato callejero, rebelde, no se dejaba atrapar; iba descalzo, con un zapato en cada mano. Los pantalones empapados le iban grandes, dejando al aire la rabadilla. Por la bocacalle apareció su madre, la Lagarta. Era apenas una adolescente comida por la droga. Le dio un tortazo al niño y a pescozones se lo llevó de allí. El crío tiraba de los pantalones para arriba, arremangándoselos y trompicándose con ellos, mientras su madre lo arrastraba del brazo.

Julián sentía una extraña ternura por ese crío y al mismo tiempo le entristecía saber que resulta difícil torcerle el brazo al destino cuando se tienen las cartas marcadas.

La llamada de Virginia lo apartó de esos pensamientos.

—Tenemos que vernos ahora mismo. Esto es importante, Julián.

Julián conocía bien a la inspectora. No era normal en ella la agitación de su voz.

—¿Qué pasa?

—Por teléfono no. En persona.

—¿Nos vemos donde siempre? Tardo veinte minutos.

—Que sean quince.

Julián echó un último vistazo al niño y a su madre, que se perdían bajo el puente de la autopista. Un cuadro propio de las novelas de Paco Candel. Al menos, lucía el sol. Raramente, la ciudad aparecía blanca como el mármol, tibia, santa e inocente. Nunca duraba mucho, pero valía la pena disfrutarla en ese momento: las ramas del platanero filtrando la luz, la calma de la calle dorada de ámbar, el silencio neutro, vacío de sensaciones, los edificios ensimismados.

De no ser por el punzante desasosiego, por la honda derrota que crecía en su interior, Julián hubiese podido creer que todo saldría bien.

Puso el coche en marcha y condujo hacia el centro.

10

Virginia estaba sentada en la mesa de siempre. Al menos, Soria le había concedido eso.

—Lo haré yo, y será a mi manera. ¿Queda claro?

—Meridiano, jefa. Estaré en la barra, por si me necesitas.

El tintineo de las cucharillas al chocar con las tazas de café, el leve murmullo de gente que hablaba a media voz y el humo azulado del tabaco flotando en el aire le daban al local una atmósfera intimista. Los camareros se movían en torno a la barra como una colmena de abejas, perfectamente organizada, en la que cada cual cumplía su misión con celeridad y sin aspavientos. En aquellas mesas se desarrollaba la historia de lo cotidiano: una pareja rompía a media voz su relación de años frente a un café con leche humeante, otra se reconciliaba entre besos con sabor de chocolate, un turista alemán se quejaba amargamente de que le habían robado el pasaporte en el MNAC mientras se consolaba con un Jameson, una estudiante con aire de revolucionaria del 68 repasaba apuntes frente a un carajillo de coñac.

—¿Me compras algo? —Era un vendedor ambulante, un africano cargado de baratijas. Virginia se giró hacia él, molesta por aquella intromisión que sonó como un chasquido en su cabeza.

—No quiero nada —dijo desentendiéndose.

El africano no se movió. Se quedó mirándola como si esperase algo.

—Me llamo Abu —dijo, como si eso debiera bastar para explicar quién era, y así cobrar forma de sujeto frente a los demás.

Virginia enarcó la ceja. Estaba de malhumor.

—Yo me llamo *vete a la mierda*, estoy tomando mi café y quiero que te pierdas.

El africano se alejó hacia las otras mesas. Dos minutos después apareció Julián, con ese aspecto que parecía absorber todo el aire en su presencia. «Es como un imán —pensó la inspectora—. Lo quiera él o no, la gente tiene que volverse a mirarle.»

—Recuérdame que te regale otro reloj en tu cumpleaños. Este no funciona: llegas tarde.

Julián se disculpó besándola en la mejilla. Olía a noche en vela.

—Lo siento, tenía algo que hacer.

Virginia lo estudió detenidamente:

—¿Como ducharte? Apestas y tienes pinta de haber pasado una noche de mierda.

Julián se dejó caer en la silla y echó la cabeza hacia atrás.

—No estoy en mi mejor momento. Las putas pastillas me están descomponiendo. ¿Qué tal Luis y las niñas?

A Virginia no le apetecía hablar de Luis, de listas de la compra, de berrinches adolescentes. Además, sabía que Julián preguntaba por pura inercia. Se notaba que sus pensamientos estaban en otra parte.

—Las niñas preguntan por ti y no sé muy bien qué contarles.

—Diles la verdad, que ahora no soy buena compañía para nadie... ¿Por qué querías verme? No creo que a los de Asuntos Internos les haga mucha gracia verte conmigo.

Virginia dejó ir la mirada hacia el fondo del bar. En aquel momento, Soria se dirigía hacia ellos. La inspectora frunció el ceño.

—Será cabrón...

Julián giró la cabeza y vio a Soria.

—¿Qué hace este aquí?

Virginia suspiró.

—Es mi nuevo compañero. Heredia me lo ha endosado. —Alzó la mirada hacia Soria mientras este se sentaba sin ser invitado—. Habíamos acordado que esperarías en la barra.

Soria sacó un caramelo de menta del bolsillo y deshizo el envoltorio sin prisa.

—Esos taburetes son muy incómodos... Buenos días, inspector. Creo que ya nos conocemos.

Julián observó con desagrado la boca de Soria engullendo el caramelo. Se conocían, claro que se conocían. Todo el mundo sabía que aquel dinosaurio era el perrito faldero de Heredia. Desvió su atención hacia Virginia, preguntándole sin palabras qué significaba aquella escenita. Percibió el levísimo temblor en los dedos de su amiga al coger un cigarrillo y la manera en la que apartó la mirada, como si se viera obligada a hacer algo que la avergonzaba.

Soria parecía divertirse con su incomodidad, o al menos, no se sentía afectado por ella.

—Si no lo dice ella, lo diré yo: tenemos que hacerle unas preguntas, inspector.

—¿Qué clase de preguntas?

—Sobre Carmen Laín Ramos.

Julián enarcó una ceja. Luego asintió con precaución.

—¿Qué pasa con ella?

Virginia apenas se atrevía a posar la mirada en el rostro desconcertado de Julián.

—La han encontrado muerta.

Julián apretó en una línea recta los labios. Soria amplió la información:

—Antes de matarla le han taladrado las rodillas, los codos y los tobillos con una broca, probablemente de un diámetro de seis centímetros. No se trata de un crimen casual, de oportunidad. Parece cosa de un profesional.

Julián no dijo nada. Durante unos segundos, estuvo mirando por la ventana. La gente seguía con sus vidas. Y así debía ser.

—No parece muy afectado, inspector —añadió Soria, tratando de descifrar su expresión impasible.

Julián se volvió hacia él sin disimular su desprecio.

—¿Tengo que llorar para parecer menos culpable?

Virginia intervino para calmar los ánimos.

—Nadie ha hablado de culpables. Ha llegado una rogatoria desde Ferrol. Quieren que te interroguemos como testigo. Es un puro trámite, ya sabes; quieren cerrar todos los flecos.

Julián sabía, por propia experiencia, que lo sencillo siempre se complica cuando hay alguien interesado en que así sea.

—Carmen era una amiga de la infancia. Hace poco volví al pueblo y tuvimos un encuentro desagradable, discutimos en El Cerso delante de media docena de personas. Nada más.

Soria pensó en esos programas de animales en la selva que ponen en la sobremesa. Los leones viejos acaban sus días errando sin manada y mueren de hambre. Él no iba a ser ese león.

—¿No le parece una casualidad que esa vieja amiga muera asesinada justo cuando usted está de visita en su pueblo después de...?

—Treinta años.

Soria silbó.

—Treinta años. Debe tener un motivo poderoso para haber vuelto.

—¿Ahora se las da de perspicaz, subinspector? No se esfuerce, todos sabemos que no es más que la marioneta de Heredia. Él mueve los hilos y usted baila. De eso va esto, ¿verdad?

—Cada uno hace lo que está a su alcance, inspector. Al menos yo no estoy pendiente de juicio por golpear a un inocente hasta casi matarlo. Así que deje esa pose de superioridad moral conmigo y dígame si tiene una coartada creíble que le aleje del momento y el lugar del crimen o le juro que lo saco de aquí derechito al patíbulo. Y no lo haré porque me lo haya pedido el comisario, lo haré porque no soporto a los gilipollas arrogantes como usted, con esa pinta de haber salido de West Point... ¿Le queda claro?

Julián intentó apartar de su mente los detalles de la grabación anónima que alguien dejó en su buzón: el cesto con naranjas en un rincón del encuadre de la cámara, la mirada ausente del tipo con una cabeza de lobo, el pantalón de dril, los zapatos de hebilla. Una fila de hormigas serpenteando en el colchón sucio. El modo en que el niño devoraba con los ojos el vacío.

—No sabe de lo que habla.

Soria estuvo de acuerdo.

—Pero sé cuáles son los hechos. Los hechos son que está usted suspendido, y que, de no ser por su compañera, perdón, excompañera, y los contactos de su familia, muy probablemente ya estaría pudriéndose en la cárcel.

Virginia se enfureció.

—Pero a ti qué coño te pasa, Soria.

Julián la contuvo sujetándola por el antebrazo. Luego posó las manos lentamente sobre la mesa y estudió detenidamente a aquel gordo que le repugnaba.

—Pasé la noche en casa de unos amigos, Fouliña y Susana Monforte, en las afueras del pueblo. Supongo que alguien podrá comprobarlo.

—Antes ha dicho que Carmen y usted tuvieron un encuentro desagradable... ¿por qué discutieron?

—Cosas del pasado, de la niñez.

—¿Qué cosas?

Los ojos verdes de Julián se agrietaron.

—Cosas que a usted no le importan, a menos que me lea mis derechos.

Los ojos castaños de Soria se encendieron.

—Puede que lo haga —siguió desafiante—. ¿Sabía a qué se dedicaba su amiga?

—No era amiga mía, lo había sido en el pasado. Regentaba El Cerso, el único bar del pueblo.

—En realidad —intervino la inspectora Virginia—, Carmen Laín tenía varias detenciones por tráfico de estupefacientes. La procesaron dos veces, pero en ambas salió absuelta por falta de pruebas. ¿Estabas al corriente?

—Ya he dicho que hacía treinta años que no la veía.

Soria volvió a la carga:

—Pero tampoco parece muy sorprendido.

No lo estaba. Julián conocía de sobra la dinámica. El padre de Carmen, el Barón, ya usaba El Cerso como centro de distribución del contrabando que llegaba a las costas gallegas en los años setenta. El sistema y las rutas seguían siendo las mismas; lo único que había cambiado era la mercancía: Bourbon irlandés y tabaco inglés por cocaína.

El proceso era de sobra conocido: los colombianos compraban al por mayor la hoja en Bolivia, trataban la pasta, la cortaban y la preparaban en laboratorios clandestinos en la selva, la empaquetaban y la enviaban a intermediarios mexicanos, que a su vez subcontrataban a transportistas y distribuidores para radiar el producto por Estados Unidos y Europa. España era el auténtico *hub* de esa segunda línea, y la costa gallega su puerta de entrada favorita, la más accesible.

—Carmen solo ha actualizado lo que su padre y los demás llevaban haciendo décadas en el pueblo:

los mercantes que traen la droga desde América son abordados en alta mar por lanchas y pesqueros en plena noche, se recogen los fardos arrojados al agua, los esconden en las grutas de la costa y, cuando la situación se relaja, lo desembarcan. Luego, a través de correos y transportes de todo tipo, se hace llegar la mercancía a los aeropuertos y puertos de las principales ciudades: Madrid, Barcelona, Valencia, Málaga, Ibiza.

—Parece bien informado.

Julián respiró hondo para no perder la paciencia.

—Es un mecanismo bien engrasado, todo el mundo forma parte de esa economía, se beneficia de ella. Jueces, policías, fiscales y aduaneros llevan años jugando al gato y al ratón, persiguiendo fantasmas sin lograr erradicar ese tráfico... ¿También me va a acusar de ser traficante, además de asesino, subinspector?

—Basta ya, hemos terminado —dijo Virginia mirando con rabia a Soria.

El subinspector escupió en el cenicero el caramelo que había tenido todo ese tiempo debajo de la lengua. Tal vez no era tan listo como Julián ni tan brillante como Virginia, pero tenía instinto. Y su instinto le decía que el inspector no le estaba diciendo toda la verdad. Y eso era tanto como decir que estaba mintiendo.

—Por ahora, sí. Pero a lo mejor le interesa saber, inspector, que hay un testigo. Uno que vio al hombre que metió en el maletero a Carmen después de golpearla en plena calle.

Julián abrió un poco más de lo normal los ojos.

«¿Qué es eso, inspector? ¿Te has asustado? —pensó Soria—. Desde luego, no lo esperabas, ¿verdad?»

—Un tal Gregorio —dijo Virginia—. Pero ha desaparecido. Lo están buscando desde hace días.

Soria afiló la mirada.

—¿Qué cree que nos dirá ese testigo cuando lo encontremos, inspector?

Julián cerró el puño y se puso en pie.

—Le preguntará si quiere una figurilla hecha con conchas marinas... Si no va a detenerme, tengo cosas que hacer.

Al abrir la puerta de casa, la oscuridad del interior corrió a saludarle. Nadie más salió a recibirle, tan solo el aire húmedo y el olor a aguarrás. Sin quitarse el abrigo, Julián fue a la galería y se sentó en el viejo sillón de mimbre, frente a la acuarela a medio terminar que había empezado a pintar al regresar de Ferrol. El cruceiro, las nubes, el borde del acantilado. Un paisaje más, sin nada especial, sin historia. Sin embargo, tras esa imagen dulzona, estaba su padre preguntándole, con el cinturón en la mano, de dónde había sacado el cartón de cigarrillos de contrabando —Royal Crown británico— que había encontrado escondido debajo de la cama. La furia del castigo por infringir la orden de no andar enredado con los contrabandistas, aunque hacía la vista gorda cuando su madre llegaba con un bote de mermelada francesa o con un paquete de café portugués que le llevaba a escondidas Toño. Aquel orgullo inútil y hambriento de su padre, las discusiones con su madre, harta de discursos huecos sobre la honradez:

—Yo no hice la guerra para esto.

Y aquella retahíla de silencios heredados, que no sabía qué significaban, cuando Toño se invitaba a cenar, con su bigote amarillento; la rareza de su padre, que en aquellos tiempos acobardados se mostraba solemne, desafiante.

—Eres un contrabandista, Toño. Un delincuente como ese cabrón del Barón.

—Y tú eres un idiota, Martín. De los principios no se come. El corazón dicta razones y el estómago las desmiente.

El viento que soplaba por las noches de violencia. La casa anclada a la tierra con amarres como tendones para vencer todos los temporales. El borde de su cama, y él tapándose la cabeza con la almohada, que era el abismo de sus sueños.

Nadie en esa tierra era inocente, nadie olvidaba. Nadie perdonaba.

Con los ojos enrojecidos, Julián se puso en pie. Cogió unas tijeras y rajó de arriba abajo la acuarela.

—¡Cabrones! Malditos seáis todos.

II

La escena, por atípica, resultaba sorprendente. Una paloma se había colado en la cafetería, malherida en una de las alas. Casi le colgaba. Fuera, bajo la marquesina, una gaviota esperaba, como un portero de discoteca. «Ya saldrás», parecía decirle.

En la plaza de la Virreina caía un aguacero impresionante. Los turistas habían huido en estampida de las terrazas, dejando en las mesas consumiciones a medias, ceniceros y restos de comida. Un reguero de agua oscura fluía hacia las alcantarillas arrastrando todo tipo de desperdicios.

Francisco leía el periódico. La paloma que huía de su potencial asesina se refugió bajo la mesa, entre sus pies. Él ni siquiera se dio cuenta. Sus ojos se hundían en la noticia que leía en la sección de sucesos: la muerte de Carmen Laín. Apenas daban detalles, era una crónica de agencia. Una mujer muerta de manera violenta a mil kilómetros de distancia. Una más. La gente tenía otras cosas de las que preocuparse.

Pero él sabía lo que ese asesinato significaba. Dobló el periódico y fue a buscar el paraguas.

—Está usted invitado —le sonrió el camarero al ir a pagar su café.

Francisco había trabajado más de veinte años en una gestoría muy conocida del barrio. Era una figura reconocible entre sus vecinos. Por la calle las señoras le saludaban sin familiaridades, pero con aprecio; los niños le observaban con curiosidad, debido a la cojera, pero nunca le gastaban trastadas; en la cafetería no le daban mucha conversación, pero más de una vez, al ir a pagar la consumición, se encontraba con que alguien lo había invitado, como ese día. Sin embargo, poco se conocía de su vida privada. Sin un pasado, sin nietos a los que consentir caprichos: el viudo de la señora Remedios, el gallego. Una desgracia lo que pasó, pobre mujer. Morir de esa manera tan horrible. ¿Quién podía imaginar algo semejante? Que Francisco lo sobrellevara con tanta dignidad merecía el respeto de todos. Siempre tuvo fama de ser un hombre discreto, con aire de estar pensando en algo grave. No debía de ser fácil ocuparse de todo, la mujer con sus depresiones, la niña pequeña y las responsabilidades. Hacía años que no dormía bien por las noches, y a menudo salía a pasear por las calles desiertas a altas horas de la madrugada. Caminar le ayudaba a aclarar las ideas. Nunca le había asustado el trabajo duro, afrontaba con cierto estoicismo las dificultades, y nunca decepcionó a sus clientes ni a su jefe. En una planta baja de la plaza del Sol estaba la gestoría, y la gente se había acostumbrado a verle subir la persiana todas las mañanas a las 7.45 horas; era como si Francisco encendiera la luz del barrio para despertarlo. Hasta que le dio un ictus y tuvo que prejubilarse. Se comentó que fue culpa del estrés acumulado: el ritmo de trabajo, los problemas con su hija, ya adolescente, y, el remate final, el suicidio de su mujer. Remedios se lanzó por el patio de luces desde un sexto piso. Algo horrible, cómo quedó la pobre, con una pierna enredada entre los tenderos, arrastrando en la caída pinzas, sábanas y bragas colgadas. Estrelló la cabeza contra un macetero del bajo. Los bomberos contaron que estaba irreconocible.

Al poco de aquella desgracia empezaron las habladurías sobre la hija. La muchacha, que ya desde niña era un poco especial, rebelde y bulliciosa, se descarriló completamente al faltar su madre. El pobre Francisco, enfrascado en el trabajo y en sus lecturas —cada uno se refugia del dolor como sabe o como puede—, no podía hacer carrera de ella. El ictus, del que quedaría la secuela de la cojera, algunas lagunas en el lenguaje y la prejubilación, solo vino a complicar las cosas entre padre e hija, que nunca fueron fáciles, por otra parte. Corrían rumores de que ya con dieciséis años tenía una vida desordenada, que andaba con hombres mucho más mayores y varios viernes, de madrugada, la habían encontrado completamente borracha en los bancos de la plaza Mercè Rodoreda. En más de una ocasión, la Guardia Urbana la había acompañado hasta casa, completamente ida, gritando e insultando a los agentes, para vergüenza y mortificación de su padre. Al principio, el barrio aceptó con cierta comprensión su actitud. Superar la muerte de una madre no es sencillo para nadie, y la adolescencia era la peor edad para recibir un golpe tan duro. Pero esa vaguedad fue transformándose en irritación, en queja, y, finalmente, en hostilidad cuando se supo que la policía la había detenido con una mochila en la que llevaba benzodiacepinas y que las estaba vendiendo a otros chicos en la calle. Eso, vender drogas a sus hijos, era del todo inaceptable.

Cuando desapareció de Gracia —se contaba que Francisco la había mandado a Madrid a estudiar la carrera de periodismo o para apartarla de las malas compañías, según la versión—, muchos respiraron aliviados.

Desde luego que un padre no comparte la hostilidad de los vecinos hacia su propia hija. Al menos, no de manera pública. De puertas afuera, no dudaba en defenderla con firmeza, negando los chismorreos sin importar las evidencias que los confirmaban: su hija era muy inteligente, sensible, devoraba los libros de su biblioteca, escribía cosas increíbles, era educada, reservada tal vez, con una imaginación desbordante. Su hija, aseguraba, haría grandes cosas en la vida.

Y hasta que cumplió los diez años, más o menos, lo creyó de verdad. Amaba a aquella criatura, la paternidad era un descubrimiento agotador y fascinante. Vino a darle sentido a un matrimonio que, para entonces, empezaba a cuestionar sus decisiones en la vida. Vida nueva, ciudad nueva, una hija. Podían dejar atrás el pasado. Remedios floreció con su llegada, fue como si renaciera más luminosa que antes. La niña no tardó en convertirse en el centro de su existencia, y eso le pareció bien a Francisco. Volvía a tener motivos para trabajar más, para progresar, dejar atrás los temores y las heridas. No tardó en ascender en la gestoría, compró a buen precio el piso de la calle Verdi, más grande, luminoso y alegre que donde habían estado viviendo todos esos años de alquiler en Nou Barris. Remedios era feliz. Todo iba bien. O él decidió creerlo.

Pero el universo tenía una cuenta pendiente con él, y el universo nunca olvida nada. Debería haber detectado que algo no iba bien, darse cuenta de la fragilidad de su mujer, ver las pequeñas grietas, como capilares que se quebraban y que anunciaban silenciosamente el desmoronamiento por la presión constante, durante años, del agua aprisionada. Francisco se negaba a ver que la dulzura de su mujer solo era una careta de caos e infelicidad, un lugar oscuro en el que las estrellas chocaban entre sí, destruyéndose sin afán creador. El cosmos nació del dolor. Eso solía decir.

Decidió concentrarse en el trabajo, escapar de aquel ambiente ensombrecido por llantos repentinos, gritos o episodios de laxitud en los que Remedios se negaba a salir de la cama, siempre con las ventanas bajadas, quejándose de dolencias reales o imaginarias. No soportaba ver que su hija la seguía como un perrito buscando un amor y un cariño que a veces llegaba y otras no. Las reacciones de Remedios eran imprevisibles, desarrolló un lenguaje extraño, impropio en una madre con su hija: le hablaba de ángeles que la llamaban, de demonios que la torturaban. En ocasiones le lanzaba frases mordaces, en las que nunca quedaba claro si hablaba en serio o en broma, si lanzaba elogios o la denigraba con sus burlas irónicas. Otras veces le gritaba. No explicaba sus actos y Francisco no se lo exigía. Si hacía algún comentario sobre el daño que le estaban infligiendo a su hija, Remedios se ponía roja de furia y empezaba a insultarlo.

Prefería evitarlo. Empezó a apuntarse a todos los congresos, viajes, reuniones posibles. Siempre tenía trabajo, siempre salía tarde de la gestoría y se marchaba de casa temprano. El resto del tiempo se enfrascaba en sus lecturas. Su hija empezó a cambiar, y siguió haciéndolo hasta que Francisco renunció a entender en qué se había convertido ni cuál era exactamente la relación que tenía con ella. Eran dos extraños que compartían un espacio que no podía llamarse hogar, centrifugados por el agujero negro de la energía que proyectaba Remedios, sobreviviendo a ese efecto por su cuenta, cada cual con sus propias estrategias.

Hubo un detalle que, tantos años después, seguía doliéndole. Cuando su hija cumplió los doce años Francisco le hizo un regalo especial. Una versión ilustrada y carísima de *La historia interminable* que Waldo, su librero de confianza, le vendió a precio de amigo. Entusiasmada, su hija corrió a mostrarle el libro a su madre. Aquel día, Remedios parecía tener un buen día, se había aseado y vestido con ropa de calle. Cogió el libro abierto que su hija le enseñaba y, de repente, con una frialdad absoluta, empezó a arrancar las páginas, una tras otra. Su hija empezó a gritar tratando de arrebatárselo, pero Remedios lo aferraba con fuerza.

—¡Eres una puta loca! —dijo de repente su hija mirándola desafiante.

Fue demasiado. Francisco le abofeteó la cara con furia.

—No te atrevas a hablarle así a tu madre.

En el revés, le partió el labio con el anillo. No lo hizo a propósito, y se arrepintió al instante. Pero el daño ya estaba hecho.

Nada volvió a ser lo mismo a partir de ese día. En adelante viviría bajo un yugo de silencio tenso, escrutado continuamente por la mirada acusatoria de su hija y la de Remedios, cada vez más alejada de él.

—Cobarde. Eres un cobarde.

Esas fueron sus últimas palabras, las últimas que escuchó en boca de su mujer antes de que se tirase por la ventana del patio interior cuatro años después.

—Menudo día tenemos, Francisco —le dijo un vecino, protegido bajo un balcón de la lluvia torrencial—. Como siga lloviendo así, salimos de aquí en barca.

Francisco le devolvió la sonrisa, educadamente. Se quiera o no, uno se ve arrastrado inevitablemente a ser lo que otros esperan de nosotros: él era Francisco, el gallego, el de la gestoría Antonio Corominas, un hombre educado. Lo peor es saber que se es otra cosa, cargar con ese peso, ocultarlo. Callar.

«Cobarde, eres un cobarde», le dijo Remedios.

«Cobarde, eres un cobarde», le dijo durante años la mirada de su hija.

Siempre se le dio bien eludir las tragedias, ponerse de perfil o dejarse llevar sin oponer resistencia. Pero esta vez, con la noticia de la muerte de Carmen Laín en el bolsillo, sabía que eso ya no era posible.

Waldo vio a su viejo amigo entrar en la librería con su paso parsimonioso, resoplando y respirando con dificultad. El rostro tenso. Se conocían desde que Waldo abrió la librería, un traspaso de una antigua trapería que, entre otras muchas cosas, vendía libros de segunda mano. El antiguo propietario compraba de saldo bibliotecas enteras a particulares, sin discriminar. En el barrio se había quedado esa memoria y seguían refiriéndose a la pequeña librería de la calle San Luis como la del Trapero. A Waldo le molestaba, por parecerle peyorativo. Pero, en todos aquellos años, ni siquiera se había molestado en cambiar el escaparate o poner un rótulo diferente. Y, en realidad, seguía vendiendo libros de segunda mano que compraba en los puestos del mercado de San Antonio, desalojando pisos sin herederos o de gente con dificultades económicas. La diferencia era que, antes de venderlos, los leía absolutamente todos, cualquiera que fuese el tema sobre el que versaran, por lo que había acumulado una cultura autodidacta, enciclopedista y bastante inútil, pero que le proporcionaba una facilidad increíble de palabra. En el barrio caía bastante mal, los vecinos no entendían su mordacidad y les disgustaba su aspecto, un tanto descuidado. Tampoco ayudaba que Waldo se pasara la mitad del día ebrio; las tres primeras copas le servían para afilar la lengua, las tres siguientes para contar una sarta de mentiras, y las tres últimas para liar la bronca con cualquiera por el motivo más insignificante. Le traía sin cuidado lo que pensaran de él o que ya casi nadie entrase en su librería; vivía según la máxima de su admirado Valle-Inclán:

—Despreciar a los demás y no amarse demasiado a uno mismo; he aquí la clave de la felicidad.

Por razones que escapaban a los demás, Francisco y Waldo eran amigos. Esa amistad se basaba, principalmente, en su afinidad lectora. Cuando ambos estaban de buen ánimo, les gustaba sentarse detrás del mostrador y retarse dialécticamente.

—Tienes una cara que da pena —dijo el librero a modo de saludo.

—Estuve leyendo hasta tarde.

—Acuérdate de la advertencia de Cervantes: el mucho leer y el poco dormir acaba sorbiendo el seso.

Francisco miró a Waldo, tratando de averiguar el grado de borrachera que arrastraba. Las pupilas le brillaban, ligeramente dilatadas, y su voz era algo pastosa, pero aún estaba en condiciones de mantener una conversación mínimamente estimulante.

—«Cuando no se tiene nada que perder, pueden correrse todos los riesgos.» ¿Adivinas de quién es la cita? —lo retó.

Waldo paseó la lengua por los labios agrietados. Sus ojos se pusieron tan blancos como Jorge de Burgos memorizando en qué estante de la biblioteca infinita que guardaba en su cabeza había oído eso.

—¡Ray Bradbury! —exclamó con expresión de triunfo—. *Fahrenheit 451*.

Francisco sonrió ladeando la cabeza.

—Casi, pero es *El hombre ilustrado*.

Waldo ensombreció el rostro y sus ojos, un poco alocados, se exaltaron:

—¡Te digo que esa cita es de *Fahrenheit 451*!

Francisco temió un arranque de mal genio de su amigo. Mejor darle la razón.

—Puede que tu memoria sea mejor que la mía.

Waldo se enroscó con gesto nervioso la pringosa bufanda en torno al cuello y le señaló con sus dedos huesudos.

—Me das la razón como a los locos.

Francisco meneó la cabeza, realmente sorprendido por haber llegado a ser amigo de alguien semejante. Alrededor de Waldo podía condensarse la tensión de una tempestad sin motivo alguno, era imprevisible, ciclónico, irascible. Sin embargo, al observar con atención uno podía ver más allá. En muchos aspectos, Waldo le parecía más honesto y de fiar que cualquiera de sus vecinos. Se regía por códigos de honor en desuso, como aquel Alonso Quijano que aprendió la caballería en los libros. Un ser decimonónico, para el que la palabra dada era un pacto sagrado. Alguien a quien estaba dispuesto a confiarle el secreto mejor guardado de su vida.

—¿Cuánto vale la palabra de un hombre decente, Waldo?

Waldo lo miró con ojos vidriosos y amarillentos.

—¿Ahora vas a recitar a Beckett?

Francisco suspiró impacientándose.

—Hablo en serio.

Waldo asintió pensativo.

—Para empezar, antes de cuestionar cuánto vale la palabra de un hombre decente, debería darse con uno. «Dame diez justos y perdonaré a la ciudad.» Palabra de Yahvé. Y la ciudad se condenó.

—¿Dirías que nosotros somos esa clase de hombres?

Waldo se mesó la larga y descuidada barba, mirándose las puntas de los pelos como si en ellas estuviera escrita la verdad suprema.

—Eso depende de cómo se mire. Un perro sarnoso puede ser más de fiar que un caniche gigante. Pero si le dejas la puerta de casa abierta, se largará.

—Y en esa metáfora, quién eres tú.

—El perro sarnoso, evidentemente... Hoy estás muy raro, amigo mío. ¿Qué te inquieta?

Francisco deseaba que alguien fuera capaz de entrar en su ser y aceptarlo tal y como era, sin necesidad de fingir, sin que lo juzgaran.

—¿Recuerdas lo que te conté de Galicia?

Waldo se fijó en las órbitas hinchadas de su amigo, en la carne hundida de los pómulos. Se dio cuenta de que algo iba muy mal.

—Estaba bastante borracho, pero no lo suficiente como para haberlo borrado. Y recuerdo haberte dicho que lo dejaras, que era peligroso.

Francisco sacó el recorte de periódico del bolsillo y lo extendió sobre el mostrador.

—Demasiado tarde. Ya ha empezado.

Waldo cogió el papel y leyó deprisa la muerte de esa mujer en Galicia. El letargo en que lo sumía la nube del alcohol se esfumó deprisa.

—¿Estás seguro? Puede que sea una casualidad.

Francisco negó lentamente.

—La gente como tú y yo no acepta esa incógnita en la ecuación. Las casualidades no existen.

Waldo frunció el entrecejo.

—¿Vas a ir a la policía?

Francisco volvió a negar.

—No serviría de nada, y no pienso pasarme el

resto de mis días en la cárcel... En realidad, siempre he sabido que esto acabaría pasando, y tengo un plan.

Las personas viven aturdidas por lo que no entienden, asombradas, incrédulas cuando algo que son incapaces de controlar les estalla en la cara, y entonces buscan desesperadamente un plan, una ruta de huida, algo que los saque del atolladero, que los libre del caos.

—No hay plan, Francisco. Si esto significa lo que crees, solo puedes entregarte, contarlo todo.

Francisco cerró un instante los ojos. ¿Podía ser aquella una venganza absurda del destino por lo que hizo treinta años atrás? ¿Existían los ajustes de cuentas divinos? Si hubiera creído en ello, tal vez. Pero él sabía de números, cálculos de riesgos, estrategias para pagar menos impuestos, seguros de vida, de hogar, de coche, inversiones, sociedades. El mundo era un Excel, un balance donde se buscaba el equilibrio entre gasto e ingreso, entre riesgo y beneficio. Ganancias y pérdidas. No había más.

—Dentro de tres días, quiero que entres en mi casa, te dejaré una copia de la llave. Puedes disponer como quieras de mi biblioteca, es generosa y encontrarás algunas primeras ediciones que valen la pena. Si eres listo, podrás hacerte con un buen dinero vendiéndolas.

Waldo se alarmó.

—Hablas completamente en serio. Has llegado a la conclusión de los genios, ¿verdad? Todo lo escrito se reducirá a silencio cuando llegue el polvo del olvido. Por eso has citado a Bradbury. No pienso ayudarte a cometer una locura, si es lo que vas a pedirme.

La voz de Francisco sonó profunda y ronca, ajena a él mismo.

—Los locos, amigo, son los que tienen las razones más cuerdas para tomar ciertas decisiones. No te voy a pedir algo que no puedas hacer, pero sí algo que te pondrá en peligro.

Waldo estudió la expresión de su amigo. Estaba pálido, pero decidido. Nada le haría cambiar de parecer.

—Y supongo que te parece de buen amigo pedirme que me ponga en riesgo. ¿Sabes en qué se basan las amistades duraderas, Francisco? En que jamás se abusa de ellas.

De pronto, Francisco se sentía tremendamente cansado, como si de golpe se hubiera quedado vacío de energía. Y tenía miedo.

—Tienes razón, Waldo. Ha sido una estupidez. Perdóname. —Se dio la vuelta con dificultad, ayudándose del bastón. Renqueante, pero esforzándose por mantener la compostura, se dirigió hacia la puerta.

La voz de Waldo lo detuvo.

—La palabra de un borracho no vale mucho; pero tienes la mía. Haré lo que sea para ayudar.

Francisco se volvió hacia su amigo. Un gesto deformado, mitad dolor, mitad ternura, le adornó el rostro. Waldo se escupió en la palma de la mano y la tendió.

—¿Lo sellamos a la antigua usanza?

Francisco miró aquel escupitajo con desagrado.

—Déjate de tonterías, Waldo.

12

La doctora Andrea sabía por experiencia que las supuestas urgencias que debía atender por teléfono a horas intempestivas solían ser, en realidad, asuntos manejables que podían resolverse de manera convencional. Bastaba con calmar un poco la ansiedad del paciente, hacerle recuperar la perspectiva y citarlo en horario de consulta.

Sin embargo, aquella tarde de domingo, la voz de Francisco sonaba rarísima. La doctora dejó a su marido y a los dos perros en el sofá viendo la película y fue a la cocina a fumar mientras atendía al teléfono.

—Por favor, Andrea. Habla con ella, a ti te escuchará, confía en ti.

La doctora encendió el cigarrillo y utilizó un plato con los restos de la paella como cenicero. En alguna parte quedaba algo de vino del almuerzo.

—Esto es muy inusual, Francisco. No me puedes pedir algo así.

—Es mi hija.

—Y es mi paciente, y mayor de edad. Y no quiere verte, ya lo sabes. Estamos progresando mucho, y una visita tuya, ahora, sería contraproducente. No sé cómo reaccionaría ella.

—Es una situación excepcional, Andrea. No te lo pediría si no fuera así.

Andrea trató de contemporizar. Apuró un resto de vino y observó con resignación el estado lamentable de la cocina. Vasos, platos y sartenes por todas partes.

—Mira, llámame dentro de unos días; la tantearé, pero no te prometo nada. No puedo presionarla.

—Tiene que ser mañana, Andrea. No tengo días, tengo horas.

Lo primero que pensó la doctora fue que todo aquello le sonaba a melodrama. Pero entonces, algo hizo clic en su cabeza. Hacía tres años que trataba a la hija de Francisco, él era quien pagaba las facturas —a veces se preguntaba cómo—, y durante todo ese tiempo se había ceñido a las reglas. Nada de llamadas personales, nada de visitas. Andrea era la interlocutora entre padre e hija por expreso deseo de esta, así que cada cierto tiempo lo llamaba y lo ponía al día sobre los avances de ella. Nunca le había parecido que Francisco respondiera al tipo de padre impulsivo, histérico o impaciente. Jamás había dado señal alguna de mala educación, exigencia, o de ser alguien con tendencia a la exageración emocional. La urgencia era real.

—Hablaré con ella a primera hora. Pero repito que no te prometo nada.

La doctora volvió junto al televisor. Su esposo le hizo hueco.

—Has fumado.

Ella se acurrucó entre sus brazos, abriéndose espacio entre los perros.

—Y tú has dejado la cocina como Sarajevo... ¿Cómo va la peli?

—Magneto va a joder a Xavier.

Clara se negó en redondo.

—No quiero saber nada de él, y no hay nada que tengamos que decirnos.

Esa negación no era impulsada por el rencor, las cuentas pendientes del pasado o la necesidad de pasar página en la historia con su padre, con su madre, con la infancia y la adolescencia. No tenía que ver con los fantasmas contra los que todavía seguía manoteando. Era temor, miedo, a emprender de nuevo un viaje en vano, a volver a confiar en él y quedarse, otra vez, sola. No podría soportarlo de nuevo.

La doctora sabía que no debía presionarla. La mente de Clara era frágil y todavía estaba muy lejos del final del laberinto. Pero adivinaba en ella, en su interior, una fuerza y una voluntad incomparable respecto a todo lo que había visto en otros pacientes. Clara no tenía vocación de víctima, no deseaba quedarse enjaulada en la autocompasión; quería salir, curarse, empezar de nuevo. Para ayudarla en ese cometido tan difícil debía empujarla más allá de sus límites, aunque doliera. Pero debía hacerlo con mucho cuidado.

—La decisión es tuya, desde luego. Pero yo creo que sí hay cosas que necesitas decirle a tu padre.

Clara miró por la ventana. La lluvia, cada vez

más intensa, maleaba y hacía daño a las buganvillas del jardín. Desfiguraba los límites del muro de piedra y las edificaciones de alrededor. La vida cambiaba en un abrir y cerrar de ojos. Era una niña de ocho años en la cabalgata de Reyes y de repente era una toxicómana de poco más de treinta años intentando salir a flote.

—Él me traicionó cuando más lo necesitaba. Era mi padre, tenía que protegerme.

La doctora asintió. Los hijos y los padres dan por supuesto que los pactos de sangre deben llegar hasta las últimas consecuencias, al sacrificio supremo si es necesario. Otra cosa se considera una traición. Pero más allá de ese cliché están los miedos, las debilidades, las personas reales con sus flaquezas y sus errores.

—No lo hizo entonces, pero lo intenta ahora. Dale una oportunidad, Clara. Hasta que no lo mires, cara a cara, y le digas lo que necesitas decirle, seguirás intentando encajar en la realidad sin conseguirlo.

—No puedo perdonarle.

—Nadie ha hablado de perdón ni de justificaciones. No se trata de lo que necesita él, sino de lo que necesitas tú.

En un frontal del claustro había una pintura mural de un misionero impartiendo la bendición sobre un joven guerrero mexica con una rodilla en tierra. En el suelo estaban sus armas y su penacho de guerra con plumas coloridas. Francisco se fijó en los ojos del guerrero —oscuros y selváticos desde hacía mil años—. Esos ojos parecían hartos de batallas. Pero, en su gesto de derrota, aquel guerrero era trágico y magnífico al mismo tiempo: se había pasado la vida buscando certezas entre la niebla, enfrentado a las razones de hombres enanos, luchando sin hallar descanso, cuando, en realidad, todo resultaba más simple; trágico, pero simple. No importaba lo que sintiera, la fatiga, la náusea, el miedo. Simplemente debía aceptar los hechos, su derrota.

Quizá también Francisco se veía a sí mismo como alguien aplastado por fuerzas superiores, como ese guerrero que rendía la lanza y el escudo. O tal vez Remedios tenía razón y no era más que un cobarde, un manso que se había dejado arrastrar toda la vida sin oponer resistencia. En cualquier caso, quería convencerse de que no era tarde para un último acto de rebeldía, uno que le redimiera ante sí mismo. Ver lo que iba a pasar como un mal necesario, un acto inevitable que sirviera para reajustar los desequilibrios que sus actos habían causado desde aquella noche del 6 de noviembre de 1975. Como si ahora comprendiera claramente que todas las decisiones que tomó después no fueron más que el fruto podrido de aquella primera decisión, un encadenamiento de temores, negación y fingimiento que había arruinado su vida y la de su familia.

Se dio la vuelta. Entre los arcos de piedra apareció la doctora Andrea. Detrás de ella, parapetada como una niña asustada, estaba su hija, mirándole con una expresión que no lograba descifrar.

—Os dejaré solos. —La doctora se volvió hacia

Clara y le acarició el brazo—. Estaré cerca. Si me necesitas, solo tienes que hacerme una señal.

La joven asintió. Padre e hija se observaron a cierta distancia, incapaces de aproximarse al otro con el primer paso.

—Tienes buen aspecto —dijo Francisco—. Andrea me ha dicho que estás progresando muy rápido.

Querían ser palabras amables, pero solo resultaban ser eso, amables. Clara no dijo nada. Se sentó en uno de los bancos de piedra. Su pie derecho tamborileaba nervioso en el suelo. Francisco miró una vez más el mural. El guerrero parecía mirarle a él también: «Tu derrota es tan vieja como la mía, si eso te consuela».

—Es difícil empezar. Hay tantas cosas que querría decirte.

Clara ladeó hacia él la cabeza. Lo miró como si quisiera recordar hasta el mínimo detalle de su aspecto, buscar al padre que quería, en el que confiaba ciegamente muchos años atrás. Pero ya casi no quedaba nada de aquel hombre.

—¿Qué quieres, papá? —Incluso le costaba llamarle así. Solo era un desconocido que pagaba sus facturas, una sombra colgada en el armario de recuerdos difusos. Una ausencia.

Francisco le ofreció dócilmente una mano, pero ella la rechazó. Francisco recogió los dedos en el vacío.

—Siento no haber estado cuando me necesitabas.

—Estabas, pero cerraste los ojos —dijo Clara. No había reproche ni emoción alguna. Solo un eco que se perdía bajo el rumor de la lluvia que azotaba el jardín.

—No puedo cambiar el pasado, Clara.

Los ojos de Clara se humedecieron. ¿Qué significa el perdón cuando ya no puede cambiar nada? ¿A quién le servía ahora, a quién sanaba? ¿A su padre o a ella? Francisco se derrumbaba a ojos vistas, todo el andamiaje de su vida estaba colapsando en ese momento.

—Sé por qué te marchaste a México a hacer ese reportaje. Decías que querías salvar a otros, pero lo hiciste para huir de mí. Y eso te destrozó todavía más.

Clara movió la cabeza incrédula. Tanto tiempo después, y él seguía sin querer entenderlo. No había huido, nunca fue su intención. Solo pretendía llamar su atención, lanzarle un grito de auxilio, castigarle antes de poder perdonarle. Pero él hizo lo mismo que hacía siempre. Esconder la cabeza en un agujero. Si no era capaz de aceptar la verdad, de mirarla a los ojos y admitirla, entonces, ¿por qué estaba allí? ¿A qué había ido?

—Sigues tan ciego como entonces, papá. Perdiste a mamá, me perdiste a mí y continúas sin querer abrir los ojos.

—Puedo arreglarlo, Clara. Todavía puedo hacer algo bien. Y voy a hacerlo, hija.

Durante unos segundos, la mirada de Clara fue conmovedora. A pesar de todo, sentía pena por él. Estaba solo, viejo, perdido, atrapado en sus mentiras, en sus negaciones. Se puso en pie, contempló unos instantes el agua que desbordaba la fuente en el centro del jardín.

—Adiós, papá.

Francisco quería retenerla. Pero no sabía cómo

hacerlo. Sacó un sobre bastante grueso del bolsillo interior del abrigo y se lo tendió.

—Cógelo, por favor.

Clara miró el sobre con desdén.

—¿Qué es eso?

Francisco dio un paso al frente, le puso el sobre en las manos y le estrechó las muñecas contra el pecho. Su mirada se estaba despidiendo.

—Lo único que puedo hacer ya por ti.

Noche tras noche desde que leyó la noticia en el periódico, Francisco contemplaba las cosas de siempre sospechando que quizá las veía por última vez. Caras somnolientas y aburridas, alguien leyendo un libro bajo una marquesina, ojos oscuros, verdes, azules, personas altas y bajas, gordas y flacas, cielos ávidos, pasos de peatones descoloridos, amantes con algo azul en ellos, mendigos aliviando el vientre entre los matorrales de un parque, Barcelona observada como Atenas, hoplitas que se disponían a la masacre. Una ciudad que esperaba un buen espectáculo y héroes que llorar al final del día. Al mezclarse con los demás seres humanos, al fundirse con ellos en el anonimato, sabiendo que pronto dejaría de ser uno de ellos, Francisco percibía la tristeza que caminaba a su lado. Aunque quería ver alegría, no veía sino una vida despojada de ilusiones. Animales apretujados en un vagón de carga, esperanzas mentirosas, prisiones invisibles. Comer, dormir, amar y morir. Aferrados a un sentimiento de bondad o maldad demasiado vago, a la ilusión de una felicidad de recurso fácil, apocada, disminuida, confundidos por una retórica hueca que enmascaraba la verdad que él conocía. Habría querido gritarles que despertaran del sueño. Pero nadie le habría escuchado.

No sabía cuándo ocurriría ni quién sería. Pasaban los días, pero no se dejaba engañar. Alguien iría. Y cuando apareciese, estaría esperando.

Y por fin ocurrió.

Todavía estaba oscuro, los camiones de la limpieza recogían la inmundicia de la noche y algunos borrachos dormían entre los parterres. En un charco flotaba un preservativo. Por alguna razón, olía el aire a azahar en la plaza del Reloj. Como de costumbre, Francisco no podía dormir y había salido a pasear el insomnio. Se detuvo en medio de la plaza. Y entonces vio aparecer a un hombre por una de las bocacalles. Caminaba hacia él con tranquilidad. Vestía un traje elegante, con corbata y zapatos relucientes, y sonreía con amabilidad. No solo su boca, sino su cara entera parecía querer apaciguarle. Balanceaba un poco la cabeza como si estuviese disculpándose de antemano. Solo los guantes negros de sus manos desmentían aquella imagen bienhechora.

A Francisco le hizo gracia. Nunca habría imaginado que fuera alguien así, tan correcto, tan pautado. El hombre se detuvo a dos pasos de él. Se miraron a los ojos sin titubeos.

—Viene usted con las manos vacías —dijo Francisco como si matar requiriese alguna forma de herramienta.

El hombre sonrió con un poco de compasión. Tenía los ojos muy oscuros.

—Dígame dónde está lo que busco y terminaremos rápido.

Terminaremos rápido. Era aquella una amenaza elegante. Francisco se encogió de hombros. Debería estar temblando. Sin embargo, el miedo se había esfumado. Era una sensación nueva, liberadora. Casi eufórica.

—Yo no tengo prisa. Ya no voy a ir a ninguna parte.

Para los epicúreos la muerte no es más que el peaje por la vida. Para los que no tienen su bondad de pensamiento, en cambio, morir es un horror inevitable. Sobre todo cuando es una muerte lenta y muy muy dolorosa. Cuando sufres de esa manera tan horrible comprendes que lo que importa no es la muerte en sí misma, sino la agonía que la precede.

Gritar es humano, llorar, cagarse encima; no hay de qué avergonzarse. En este caso, la ignominia nunca debe recaer sobre la víctima. Él es inocente, haya hecho lo que haya hecho. ¿Y qué había hecho, a fin de cuentas, aquel cojo para merecer el tormento? Proteger a su hija. Hay algo romántico en los actos de altruismo. Romántico, pero inútil. Me di cuenta enseguida de que Francisco no suplicaría por su vida, sabía que sería algo inútil, pero en cambio deseaba que su muerte sirviera para salvar otra vida. No es algo en lo que yo deba entrometerme. No tengo hijos, jamás pensé que fuera capaz de asumir esa responsabilidad. La felicidad de otro. Cargar con sus errores, sacrificarme para que ellos vivan. Francisco no cedería como cedió Carmen. Antes se desharía entre mis dedos sin decir ni una palabra. O eso quería creer de sí mismo.

Mi trabajo fue demostrarle que se equivocaba. Y, aun así, mientras lo desmenuzaba por dentro con la conciencia de un verdugo chino, admiré su entereza. A pesar del martirio, se negó a negociar conmigo.

Al menos pude prometerle que no le haría daño a su hija; eso pude concedérselo. Luego, su cuello, como el de un pajarito, se quebró con un sonido insignificante. No dejé caer el cuerpo. Lo acompañé hasta el suelo y lo contemplé sobre las losas frías.

A lo lejos se escuchaban pasos y risas. Alguien regresaba de una noche de fiesta. Alguien seguía creyendo que la vida es hermosa.

Tercera parte

13

Galicia, verano de 1969

Gregorio observó las nubes. El cielo amaneció gris plomo. Eso significaba que se avecinaba cambio de tiempo. Taciturno, se caló bien la gorra y empezó el ascenso con el zurrón a la espalda. ¡Qué tierra tan caprichosa! Días en los que las tejas se resquebrajaban por el sol y los gorriones aprovechaban las vetas para huir de la canícula, en los que el calor te asfixiaba, te comía los sentidos, te quemaba la cara y te obligaba a suplicar por un pino o una brisa y días en los que la lluvia te encerraba escuchando el ulular del viento y el batir del mar, que nunca se helaba.

Desde los seis años, y ya tenía diez, remontaba la misma senda cada amanecer, hiciera el tiempo que hiciese. Se agarraba a la tierra polvorienta o fangosa como una cabra montesa, clavando las uñas en los repechos más empinados, agarrándose en los matojos y las piedras, soportaba el frío o el calor. Era un camino fatigoso, un paso adelante, dos atrás. A veces se caía y clavaba los codos, procurando no voltearse para no aplastar la empanada que llevaba en el zurrón. Era la comida de su padre, y su padre siempre decía que con las cosas de comer no se juega.

Gregorio no quería a su padre. ¿Cómo puede quererse a alguien que es pastor en tierra de marineros? No entendía que prefiriese el nauseabundo olor de las ovejas a la brisa del atardecer en una barca, como los padres de todos los demás. Había tantas cosas que no entendía de él... Y si uno no entiende a alguien no puede quererlo, solo puede tenerle miedo.

Cuando alcanzó el cruceiro vio a las ovejas diseminadas en los prados y a su padre rascándose la entrepierna. Fumaba esos cigarrillos bastos y malolientes de picadura y escupía bien lejos una hebra de tabaco que se le había quedado entre los dientes. A fuerza de golpes y de correa Gregorio había aprendido a estar sin decir nada delante de él, con la cabeza baja. A su padre le molestaba que le mirase directamente, lo consideraba un desafío, y los desafíos eran cosa de gente mayor, no de mocosos. Igual que escupir, insultar y dar bofetadas. Su padre era fuerte en eso de hacerse el macho. Gregorio también había aprendido a identificar cuándo estaba cabreado, lo notaba en el cosquilleo que se le desataba en el estómago al verle. Y aquella mañana lo presintió. Cuando su padre estaba de ese humor, lo mejor era alargarle el zurrón con el cuello encogido.

Su padre cogió la comida con un gruñido. Gregorio se apartó a una distancia prudente y se sentó en la base del cruceiro mientras su padre abría la fiambrera y sacaba el vino. De repente, se quedó mirando el interior del zurrón, muy quieto.

—¿Qué cojones es esto? —farfulló, poniéndose

de pie y lanzándole el zurrón a la cara. El chico palideció. A pesar del cuidado que había puesto, por el camino se había abierto la fiambrera y la empanada se había desmigajado, derramándose—. ¿Ni siquiera esto eres capaz de hacer bien?

Antes de que Gregorio pudiera ponerse a salvo, su padre lo alcanzó en dos zancadas y le dio una bofetada tan violenta que lo lanzó al suelo.

—Inútil. No sirves para nada.

La retahíla de insultos nunca se terminaba: desgraciado, engendro, bastardo... Y la violencia que se desataba contra él tampoco. No importaba el motivo, si es que lo había. La furia de su padre siempre encontraba consuelo en los frágiles huesos de su hijo. Después, de repente, paraba, como si la tormenta se alejara de sus ojos. Pero aquella mañana Gregorio se convenció de que, esta vez, su padre iba a matarlo a golpes. De haber podido se habría tendido en el suelo y se habría tapado con una manta para desaparecer.

—¡Basta ya! Vas a matar al chico.

El pastor detuvo en el aire el puño y se volvió hacia el hombre que se acercaba decidido, con un bastón en la mano.

—No te metas, Martín. Esto no es cosa tuya. Disciplino a mi hijo como me parece.

Martín Leal echaba chispas por los ojos.

—¿A eso le llamas tú disciplinar? Solo un mierda se ceba con quien no puede defenderse.

Algo más apartado, el hijo de Martín Leal, Julián, con apenas cinco años, contemplaba la escena. Al hacerse mayor la olvidaría casi por completo, pero en aquel momento sus ojos abiertos como platos absorbían cada detalle. Conocía a Gregorio, pero no eran amigos; los otros chicos, Fouliña, Carmen y Susana, no querían acercarse a él, decían que olía a cabra y a oveja, que estaba comido por los piojos y sucio como su padre. El chico estaba tendido en el suelo, balaba como un cabritillo, encogido sobre sí mismo entre las piernas de su padre. Sangraba por la nariz.

Horacio, el pastor, le daba miedo a Julián. Era un hombre bajo, achaparrado, cuadrado y con una cara odiosa, pelos que le salían como cerdas de la nariz y de las orejas y un cuello de buey. Se contaba que durante la Guerra Civil huyó a las montañas para no tener que ir al frente. El padre de Julián lo despreciaba por eso, pero no podía evitar que llevara a su rebaño hasta las lindes de su tierra. Nadie sabía por qué, pero el pastor estaba bajo la protección del Barón. Su padre decía que era por cosas del pasado. Cuando utilizaba esa expresión, *cosas del pasado*, significaba que eran cosas de las que no se debía hablar, que debían quedar en el silencio. El pueblo entero estaba lleno de cosas del pasado, y todas tenían que ver con esos años de los que nadie hablaba, la guerra y lo que vino después. Cada uno tenía su silencio y lo guardaba celosamente.

Martín Leal agarró por el cuello al pastor y lo apartó de su hijo, empujándolo contra el cruceiro. Alzó el palo por encima de su cabeza furioso:

—Pegar a las mujeres y a los niños se te da muy bien, Horacio. Igual que se te daba bien dedicarte al estraperlo, extorsionar a las mujeres, aprovecharte de la miseria y del hambre mientras otros nos partíamos el alma en el frente. Siempre has sido un mierda, escondido en las faldas de tu amo. ¿Por qué no te metes con alguien de tu tamaño?

El pastor se revolvió.

—¡Quítame las manos de encima, joder! ¿Qué quieres, buscarte más problemas con el Barón? Si me tocas lo sabrá, y no te arriendo la ganancia.

Martín Leal avivó el gesto del brazo con el palo en alto, pero la amenaza de irle con el cuento al Barón le hizo desistir. Finalmente, relajó el gesto y soltó al pastor, que se masajeó el gaznate mirándole con odio.

—Eres un mierda, Horacio... Coge tus putas ovejas y lárgate de mi propiedad.

—Tengo tanto derecho como tú a estar aquí. Son tierras del pueblo.

Martín Leal señaló un muro bajo que él mismo había levantado con la ayuda de su hijo.

—¿Ves esa linde? Es la que dice dónde acaba el poder del Barón. Y tus ovejas están cagando dentro. Sácalas de ahí y desaparece de mi vista.

Martín Leal echó una ojeada al chico, que seguía gimoteando en el suelo. Julián se había acercado a él e intentaba ayudarle a ponerse en pie.

—Déjalo, hijo. No podemos hacer más por él.

Julián se resistió.

—Le va a hacer daño en cuanto nos vayamos.

Martín Leal escupió en el suelo.

—Es su padre; no podemos hacer nada. Tendrá que aprender a defenderse solo.

A regañadientes, Julián obedeció a su padre e inició el descenso hacia la casa. Apenas habían dado dos pasos cuando la voz de Horacio, rabiosa, retumbó a sus espaldas:

—Andas siempre en el pasado, Martín. No te has enterado todavía de que ya no existe ese mundo tuyo. Guárdate tus medallitas, sargento, y espabila: no eres ningún héroe, a nadie le importa algo que pasó hace tanto tiempo.

Martín Leal se detuvo en seco. Volvió la cabeza hacia el rebaño que pastaba más allá del muro bajo. Algunos animales tenían la marca del Barón en la lana. Julián intuyó en la mirada de su padre lo que iba a pasar como si ya lo hubiese vivido antes. Conocía esa oscuridad que de repente se adueñaba de sus ojos, esa forma de tensar los músculos, el preludio de algo muy malo que estaba a punto de ocurrir.

—Papá, ¿a dónde vas?

Martín Leal no escuchó la voz de su hijo ni reconoció el tacto de su mano buscando sus dedos para retenerlo. De repente, echó a correr hasta el muro y lo saltó. Agarró uno de los corderos con la marca del Barón y lo arrastró hacia el borde del acantilado.

—¡Pero ¿qué cojones haces?! —gritó el pastor, corriendo hacia él.

Julián también corrió para intentar evitar la tragedia, pero llegó tarde. Su padre se acercó hasta el borde del acantilado, estiró el brazo y suspendió en el vacío al animal, que pateaba en el aire con los ojos girados de terror.

—Vividores, sois escoria, gente como el Barón, como tú, como esos contrabandistas. Garrapatas que vivís de la sangre que nosotros derramamos. ¿Qué mundo es este, donde son los corderos los que masacran a los lobos?

Gregorio se había puesto en pie a su vez y contemplaba la escena temblando. Odiaba a su padre, pero no odiaba a las ovejas y menos a los corderos. Ellos no tenían la culpa de nada. Se acercó a Julián y lo agarró del brazo.

—Dile que pare. Por favor, díselo.

Julián no quería que su padre hiciera aquello. Pero no hizo nada para impedirlo y tampoco habría sabido cómo. Su padre no era su padre en esos momentos, él lo sabía bien. Era otra persona la que venía del pasado y se apoderaba de su cuerpo. Como cuando gritaba por las noches en las pesadillas y se despertaba con el miedo en el cuerpo, mirando al cielo como si fueran a caer racimos de bombas.

La tragedia se consumó en un extraño silencio. Martín Leal abrió la mano y dejó caer al cordero al vacío. El animal tardó siglos en caer, remando en el aire con las patas como si pensase que si se esforzaba mucho podría volar. El chasquido de la carne al estrellarse contra las rocas quedó enmudecido por el romper de las olas. Empezó entonces una danza macabra entre el mar y la tierra, con el cuerpo del animal destrozado balanceándose al vaivén de las olas, atrapado entre las rocas, como si uno y otro se disputasen el trofeo.

Horacio, el pastor, miró a Martin Leal con un odio indescriptible.

—Así pasen mil años, te juro que nunca voy a olvidar esto.

Martín Leal sacudió la cabeza.

—Mejor, porque yo tampoco lo olvidaré.

Gregorio miró abajo. Le parecía oír el balido del cordero, o de su fantasma, esperando que bajase a rescatarlo.

—Está sufriendo —murmuró con los ojos llorosos.

Julián parpadeó, como si saliera de una alucinación.

—Está muerto... Solo es el mar lo que oyes.

—Te digo que está vivo. Que me llama.

Julián se exasperó. Su padre estaba bajando hacia la casa y lo llamaba desde lejos.

—Pues baja y la salvas, atontado —dijo sin maldad, como un niño que no cuenta el peso de las palabras.

Antes de que nadie pudiera detenerle, Gregorio empezó a bajar por el acantilado. La roca era resbaladiza, insegura y sin buenos asideros.

Para cuando los adultos encerrados en sus odios quisieron reaccionar, ya era tarde.

Ese era el último recuerdo coherente que Gregorio conservaba de su vida. Después la caída, el rugido del mar penetrando como un barrunto en su cabeza. Un porrazo contra una roca y un chasquido en el cráneo.

No murió aquel día. Al menos para los demás. Pero su mente se cerró a la vida. Desde entonces solo hubo neblina y oscuridad, y esa caída a la nada, una y otra vez.

14

Costa Ártabra, Ferrol, marzo de 2005

—Cuentan las leyendas que, hace miles de años, enormes mamuts medraban en estas tierras, tigres sables, leones gigantes, que hasta donde alcanzaba la mirada tierra adentro se extendían bosques impenetrables y que al volverse hacia el horizonte se veían cientos de ballenas azules lanzando al aire sus columnas de agua. Eran tantas que en el mar parecía cristalizar otro bosque efímero.

Gregorio agachó la cabeza. Costaba creerlo. Él solo veía estas paredes sin ventanas, sin aire. Ni siquiera podía acercarse a la puerta a mirar fuera. Fouliña se lo había advertido.

—No puedes dejarte ver.

—¿Cuánto tiempo?

—No mucho, hasta que todo se aclare. Pensaré en algo.

Gregorio solo quería irse a casa.

—Aquí no encuentro conchas ni guijarros. No puedo hacer figurillas.

Fouliña le acarició la mejilla, rasposa después de

días sin afeitar. Un hombre tan grande y débil. Si alguna vez llegaba a ser consciente de su fuerza, que Dios los cogiera confesados.

—No te preocupes ahora por eso. Anda, come un poco. El bocadillo es de mortadela, y te he traído una Coca-Cola.

Gregorio desenvolvió el bocadillo y se retiró a un rincón a comer con la fruición de un animal que teme que le arrebaten el bocado; era difícil penetrar en sus pensamientos, incluso para él, que lo conocía desde que eran niños. Quizá por eso Gregorio lo había buscado después de la muerte de Carmen para contarle lo que había visto. Y ahora Fouliña no sabía qué hacer con él.

—¿Estás seguro de que viste lo que viste? —Gregorio utilizaba los sentidos de forma caótica, vivía en un mundo en el que él era el único habitante. Quizá había deformado las cosas, construido un relato a base de detalles interpretados erróneamente.

—Vi lo que vi. —Y el gigante repitió los mismos detalles exactamente igual que hizo la primera vez, sin dejar resquicio a una posible conjetura.

La muerte de Carmen había dinamitado desde dentro los cimientos de una pequeña sociedad que vivía en la endogamia, donde se conocía todo de todos, y aquello que se desconocía se sospechaba o se inventaba. En pocos días se puso en marcha la rueda insensible de las mentiras, las exageraciones, los «ya te lo dije», «ya imaginaba algo así», «tenía que acabar mal»... En pueblos como este se lloraba a los muertos y se los vilipendiaba antes de que los cuerpos se hubieran enfriado bajo tierra. Las bajezas más grandes las cometen personas que se consideran a sí mismas honorables, porque no hay perro que se resista cuando se le lanza un hueso que roer hasta el tuétano.

No tardó en aparecer el nombre de Gregorio. Alguien afirmaba que los policías llegados de Ferrol para investigar el caso habían encontrado cerca del lugar en el que Carmen desapareció una de sus figurillas, un zarapito trinador. Por el momento, buscaban al hijo de Horacio, el pastor, para interrogarle como testigo, pero en esta tierra de vientos cambiantes nunca se sabía. Cuando la turba se mueve buscando una cabeza de turco, encuentra la más apropiada. Aquí eran expertos en la caza de brujas, y quien era inocente bien podía ser culpable si algunos dedos empezaban a señalarlo.

Gregorio empezó a sentirse acorralado, se escondió en las antiguas cuevas de los contrabandistas, pasó la noche al raso, despierto y aterrado. Al amanecer, huyendo por sendas y campo a través, se presentó, destrozado, tembloroso y sediento, en la casa de Fouliña. Si aquello llegaba a saberse, el pueblo entero estallaría en una oleada de rabia y venganza, como ya ocurrió treinta años atrás con Martín Leal. Ninguno de ellos, y Gregorio menos que nadie, estaría a salvo de ese fuego si saltaba la chispa.

—Hay que esconderle mientras pensamos cómo sacarle de aquí.

La idea fue de Susana. Nada de acudir a la policía. Fouliña ni siquiera cuestionó la decisión. Todo fue tan rápido —meterlo en el Land Rover, cubrirlo con una manta y llevarlo lejos del pueblo, a la vieja casona abandonada de los contrabandistas— que no tuvo tiempo de preguntarse si estaba haciendo lo correcto.

—Nos vamos a meter en un buen lío —le dijo aquella noche a su hermana.

Susana se acababa de duchar. Estaba hermosa con el pelo mojado y los ojos tan oscuros, que raramente perdían la serenidad. Fouliña la ayudó a sentarse en la silla de ruedas. Sobre la mesa había un montón de trabajos escolares por corregir, y sobre el montón sus gafas y un bolígrafo. Pensar en Rosalía de Castro y en estudiantes que apenas sabían formular un discurso por sí mismos —se les daba mejor copiar— era lo que menos le apetecía.

—Ya estamos metidos hasta las cejas, hermano.

Susana necesitaba pensar. Estar sola. Empujó las ruedas de la silla hasta el porche, buscó en el bolsillo el canuto de marihuana y exhaló una bocanada dulzona. La noche era fría, sin nubes. Miles de estrellas esperaban algo de ella. Apenas hacía unas semanas había compartido ese mismo firmamento con Julián. Un regalo inesperado. Intentaba no darle mayor importancia, no pensar más allá de lo que había sido, un arrebato, un paréntesis bonito, agradable, antes de volver a separar sus caminos y seguir con sus vidas. Su cabeza siempre encontraba las razones adecuadas, los pensamientos necesarios para enterrar lo que verdaderamente sentía.

Fuera lo que fuese, tendrían que resolverlo ella y su hermano. Como siempre.

—Maldita seas, Carmen, tú y tu maldita estirpe, siempre jodiendo todo lo bueno que me pasa —murmuró apurando el canuto de marihuana.

15

Barcelona, marzo de 2005

Las cámaras frigoríficas alineadas a lado y lado del pasillo y la luz blanca del fluorescente. Olía a desinfectante, todo bajo un silencio administrativo. Ahí estaba el cadáver para contar su historia. Muerto violentamente, había dejado en su expresión un gesto indignado, como si le echara la culpa a los que deberían haberle protegido y no habían sabido hacerlo. A la inspectora Virginia Ortiz le pareció que quería levantarse y señalarla con el dedo.

—Lo mató esta fractura —dijo el forense señalando una zona de las vértebras cervicales—. Un giro brusco y seco en el cuello. Pero antes de eso, se tomaron su tiempo —añadió, apartando la sábana que le cubría el torso. Cortes profundos en los costados, en el pecho, fracturas intercostales, rotura de dedos, síntomas de ahogamiento con una bolsa—. Todas heridas muy dolorosas, capaces de llevar al límite a los receptores nerviosos, pero ninguna mortal. No dejaron que muriese por ellas, no tocaron ningún órgano vital y no permitieron que perdiera la consciencia... —El forense movió la cabeza admirado—. Hay que tener mucha pericia para hacer algo así.

Virginia le miró de reojo, como si le reprochara que alabase esa técnica. Mientras tanto, Soria contemplaba el cuerpo sin saber qué hacer o qué decir. Se estaba poniendo pálido.

—No entiendo por qué seguimos haciendo esto. Venir a la morgue, mirarlos como si tuvieran algo que decirnos. No dicen nada, nunca lo dicen. Solo nos anuncian el futuro.

—No estoy de acuerdo —replicó el forense señalando partes de la anatomía del cadáver—. El cuerpo habla de sí mismo tanto si está muerto como si está vivo: la rigidez de las venas, la temperatura, el peso y la morfología de los órganos internos, el contenido del estómago, las piezas dentales, el cabello, la piel, las uñas... Hablan como cotorras, les encanta hablar de sí mismos. Solo hay que aprender a escuchar.

Diez minutos después estaban en el coche. Soria seguía renegando.

—Me gustaría entender qué lleva a alguien en su sano juicio a hacerse médico forense.

Virginia fumaba en el asiento del copiloto. Miraba el tráfico de la Gran Vía, pero no lo veía. Clavó la uña en la boquilla del pitillo. No quería volverse hacia aquel gordo seboso, no quería trabajar con él ni soportar su presencia.

—¿Qué sabemos del finado? —se limitó a preguntar.

—No mucho: Francisco Robles Romero, de sesenta y dos años, nacido en Lugo. Viudo. Su mujer se suicidó hace quince años. Él trabajaba en una gestoría de Gracia, pero hace años sufrió un ictus y se prejubiló. Sin antecedentes penales, ni una multa de tráfico pendiente. Aquí está su último domicilio conocido. Tiene una hija de treinta y un años, Clara Fité.

—¿Y ese apellido?

—Al parecer, se cambió el primer apellido por el de la madre. La chica está ingresada en una clínica de desintoxicación. También he encontrado la dirección.

Virginia bajó la ventanilla y lanzó el cigarrillo fuera. No parecía muy impresionada.

—Iremos a hablar con ella.

Soria asintió un tanto decepcionado. Le costó abrocharse el cinturón de seguridad. La barriga le obligó a echar hacia atrás el asiento.

—¿Qué tal un «buen trabajo, compañero»?

Virginia apretó los labios. Olía la trampa, pero no entendía la mecánica del cepo en el que el hijo de puta del comisario Heredia quería atraparla.

—¿Compañero? No puedes hablar en serio, joder. ¿Te crees que soy idiota, Soria? Primero el interrogatorio a Julián, y ahora nos dan este caso juntos. Heredia quiere utilizarme a mí para joder al inspector, y me ha cosido a la espalda tu sombra para que lo mantengas bien informado de cualquier paso en falso, así que no me vengas con la monserga, *compañero*. ¿Qué tal si nos limitamos a hacer nuestro trabajo y nos ahorramos las chorradas y las hipocresías?

Soria no se vino abajo. Conducía tranquilamente hacia la salida norte de la ciudad. Con la mano derecha se las apañó para sacar un caramelo, desenvolverlo y metérselo debajo de la lengua. Añoraba los tiempos en los que podía fumarse dos paquetes de Ducados sin sentirse culpable.

—Eres una buena investigadora, jefa, todo el mundo lo sabe. Una inspectora cojonuda, y eso te llevará lejos si no la cagas.

—¿Y tú eres el que va a evaluarme, subinspector? ¿El que tiene que dar el visto bueno?

—Búrlate si quieres, pero, ahora mismo, todo el que se acerque al inspector Leal corre el peligro de contagiarse de lepra. Hace años que Heredia va a por tu amigo, y con todo este asunto de Restrepo, el inspector le ha servido la excusa en una bandeja. ¿Qué coño le pasó por la cabeza para hacer algo así?

Virginia no sabía dónde meterse.

—No lo sé, ni siquiera ha querido hablar conmigo de eso.

Soria encogió los hombros.

—Si ese tipo muere en el hospital, puedo imaginarme a Heredia aullando de felicidad mientras afila el hacha.

Si Soria pretendía sonsacarla, obtener información que pudiera ayudar a Heredia a sacrificar a Julián, pinchaba en hueso.

—¿Qué tiene que ver eso conmigo? Hice lo que se suponía que debía hacer. Entregarlo. ¿Por qué entonces necesito que me vigile alguien como tú? ¿Qué es esto, un patio de colegio?

Soria negó con la cabeza.

—En realidad, es un juego mucho más serio, en el que hay gente que puede acabar en la cárcel y gente que puede verse arrastrada al pozo si no suelta amarras a tiempo.

—¿Por qué Heredia odia tanto a Julián?

Soria no lo sabía. O no quería saberlo.

—Corren rumores, algo ocurrió a finales de los ochenta, cuando Julián era agente de información en Vitoria y Heredia su jefe de grupo.

—¡Eso debió de pasar hace mil años!

Soria la miró de reojo.

—Hay algo que debes entender del comisario, jefa: no es estúpido, tiene un plan, un proyecto para sí mismo. Todavía no lo sabe mucha gente, pero dentro de un mes se hará oficial su ascenso al ministerio. Se habla de una subsecretaría. Lleva años esperando ese puesto y no piensa permitir que una acusación de brutalidad policial o cualquier sombra de encubrimiento le cierren el paso o enturbien su historial. De una manera u otra, Heredia va a acabar con Julián y a presentarse como Don Limpio. Es su cruzada personal, y tú estás en medio. Todavía no estás en el punto de mira del comisario, aún no sabe a qué atenerse contigo.

Virginia sonrió con amargura.

—Y para eso te ha puesto a ti como cancerbero. Para vigilarme... ¿Tú qué sacas de todo esto?

Soria arrugó la nariz. Qué ganas de fumar, maldita sea.

—Yo solo quiero jubilarme, marcharme a cuidar de los cabroncetes de mis nietos y pasar las tardes montando dioramas de la Primera Guerra Mundial.

—Pues todavía estás en esta guerra.

Soria chasqueó la lengua y escupió lo que quedaba del caramelo.

—No, esto solo es un *drôle de guerre*. Cuando empiecen las hostilidades de verdad, más nos valdrá a los dos haber encontrado un buen agujero en el que meternos.

Clara tenía un retrato de Tina Modotti. Las fotografías del periodo mexicano de la reportera italiana poseían una fuerza increíble. Especialmente la serie con niños en el río que colgaba junto al retrato, sobre el cabezal de su cama. Estudiando su trabajo Clara había aprendido lo que significaba captar la realidad sin caer en la trampa de los silogismos. Y de paso se había enamorado de México.

La doctora Andrea le había preguntado si era buena idea tener aquellas fotografías ahí. De algún modo la obligaban a revivir lo que le ocurrió en 2002. Lo que la doctora no podía comprender es que eso era, precisamente, lo que Clara pretendía: no olvidar las carreteras de Oaxaca, los moteles de Juárez, las luces legañosas del DF, la colonia de Valle Gómez, en Cuauhtémoc y los niños del Parque Calles. No quería olvidar la razón por la que su vida se había convertido en un infierno.

Aquella mañana, la doctora fue a verla fuera de la hora de consulta. Tenía algo que decirle. Algo importante, a juzgar por su expresión contrita, y no iba sola.

—Estos inspectores vienen a hablar contigo, Clara. Ha ocurrido algo terrible.

Detrás de ella aparecieron un hombre gordo y una mujer morena muy atractiva.

No se atrevía a moverse. Parecía estar en trance. Las palabras no le salían, sentía en el paladar algo parecido a la ceniza. Volvió la cabeza hacia aquellos dos extraños que la flanqueaban, interrogó con la mirada a la doctora, de pie junto a la puerta, como ida, sin comprender. No parecían ser reales, ni sus palabras. Se miró las manos, los pies, y le pareció que el suelo estaba cubierto con montones de hojas secas marrones y amarillentas. Su padre muerto. Su padre asesinado.

—¿Cómo es posible?

Una mujer joven y hermosa abrazada a una sombra. Eso es lo que intuyó Virginia en los ojos vidriosos de Clara, en su rictus congelado, sin lágrimas.

—Sentimos la muerte de su padre, pero necesito hacerle unas preguntas.

Clara asintió, en el borde de una silla con las manos en el regazo. A Virginia le dio la sensación de volver al colegio de las monjas, cuando la directora la llamaba a su despacho porque la habían pillado fumando en el lavabo.

—¿Hacía mucho tiempo que no veía a su padre?

Clara miró a la doctora, como pidiéndole permiso para contestar.

—Hace seis días. Antes de eso, hacía casi dos años que no nos veíamos, desde que ingresé en la clínica.

Soria se fijó en la reacción de Clara: al responder había enderezado la espalda y juntado más las rodillas.

—¿Y eso por qué?

—Mi padre y yo no teníamos una relación fácil.

Había algo discordante en su dolor, algo que se escapaba involuntariamente de sus gestos nerviosos y apocados.

—¿Se le ocurre algún motivo por el que alguien querría hacerle daño a su padre?

—Mi padre era un buen hombre. Todo el mundo lo apreciaba en el barrio. Desde que se jubiló se dedicaba únicamente a cuidar de su biblioteca, de sus cosas, tranquilamente.

La voz se le dobló involuntariamente. Entonces Virginia supo que estaba mintiendo. Su trabajo era juzgar a las personas y juzgar supone elegir: cuando tienes a alguien delante hay dos opciones, miente o dice la verdad. Existen cientos de detalles que escapan a la voluntad. Un gesto ambiguo, un dedo que tiembla, un ligero rubor junto a los labios. Esa manera de apartar el flequillo de la frente. Clara no decía la verdad, aunque la inspectora no estaba segura de cuál era la parte que ocultaba. Quizá se estaba protegiendo a sí misma. De quién y por qué eran las preguntas que debía responder.

Decidió probar una vía diferente.

—Si su padre y usted no se hablaban desde hacía tanto, ¿qué le motivó a hacerlo hace seis días? ¿Quería decirle algo en particular? ¿Cómo lo encontró? ¿Estaba preocupado, nervioso, asustado?

Clara tensó la mandíbula.

—Me dio la sensación de que venía a despedirse.

—¿Pensaba ir a alguna parte?

Clara, cada vez más inquieta, volvió a negar con la cabeza.

—No lo dijo, solo es una intuición. Ya le he dicho que no teníamos buena relación, nunca hablamos mucho.

—¿Recuerda, exactamente, cuáles fueron sus palabras? Cualquier detalle podría ayudarnos.

Clara se frotó los ojos. La doctora Andrea, que hasta el momento se había mantenido al margen, intervino.

—Creo que ya es suficiente —decidió—. Ahora deberían marcharse. No es algo fácil de asimilar.

Virginia pensó que Soria se alteraría, que saldría con aquello de que él decidía cuándo acabar un interrogatorio. Pero, sorprendentemente, el subinspector no replicó. No iban a sacar de Clara nada más, al menos por el momento. Le tendió una tarjeta a la joven.

—Aquí tiene mi nombre y la extensión de mi número. Si recuerda algo, le agradecería que nos llamara. Y de nuevo, sentimos su pérdida.

Cuando se disponían a salir, Virginia le hizo una última pregunta, aparentemente inofensiva.

—En el registro de DNI usted figura con el primer apellido de su madre, Fité... ¿Por qué decidió cambiarlo?

Clara se encogió de hombros y, por primera vez en toda la entrevista, parecía sincera.

—Mi madre se suicidó cuando yo tenía dieciséis años. Ella era lo único bueno que quiero conservar de esa época de mi vida.

—Entiendo.

Clara la miró fijamente. No, no entendía nada.

La doctora los acompañó a la salida.

—¿Clara recibe otras visitas? ¿Familiares, amigos? —le preguntó Virginia.

La doctora aceleró un poco más el paso. Era evidente que deseaba desembarazarse de ellos cuanto antes. No era una cuestión personal. Sencillamente, a menudo los terapeutas no congeniaban con los policías. Por algún extraño prejuicio, muchos de ellos consideraban que estaban en campos opuestos.

—No tiene familia ni amigos. Aunque la ha visitado un par de veces un hombre, alguien que ha conocido hace pocos meses.

—¿Eso está permitido?

La doctora alteró un poco el gesto.

—Esto no es una prisión, es una clínica privada. Los pacientes no son prisioneros. Aunque, desde luego, hay normas que cumplir, y se respetan.

—Hablando de eso —intervino Soria, desenvolviendo uno de sus inevitables caramelos con aire fingidamente despistado—. ¿Es habitual que un paciente pase tanto tiempo ingresado? Si he entendido bien, la señorita Clara lleva aquí casi dos años.

La doctora le dedicó una mirada rápida, sin detenerse. No le quedaba clara la intención de la pregunta.

—Algunas personas, como Clara, necesitan más tiempo que otras para superar sus adicciones y crear un entorno seguro al que regresar.

Soria asintió, como si diera por buena la explicación. Aun así, percutió un poco más.

—Y entretanto, aquí se siente protegida.

—Así es.

Soria sonrió con un punto de ironía.

—Una confortabilidad al alcance de pocos. He visto las tarifas de la clínica: el paquete básico cuesta 3.800 euros al mes, no imagino lo que debe valer el Premium. ¿Quién se hace cargo de pagar las facturas?

La doctora Andrea se incomodó.

—Soy psiquiatra, no contable. Para eso tendrán que hablar con Administración.

Soria intercambió una mirada con Virginia.

—Oh, lo he hecho. Resulta que los gastos los pagaba su padre. ¿No le parece raro que un jubilado con una pensión de 1.123 euros al mes pueda asumir ese coste?

A la doctora no le parecía nada. No era de su incumbencia. Pero sí lo era que aquel gordo que pasaba obsesivamente de un lado a otro de la boca un caramelo le hiciera una pregunta cuya respuesta ya conocía. La erotema es una de las figuras más detestables del sarcasmo.

Virginia, a su pesar, tuvo que reconocer que Soria se manejaba bien. Sus aparentes formas un tanto chuscas causaban en los demás la impresión de que era torpe e inofensivo, alguien fácil de sortear. Él lo sabía y jugaba con ese prejuicio para cobrar ventaja. Una caja de sorpresas, este Soria.

Llegaron a la salida y la doctora se despidió con un apretón de manos enérgico, pero expeditivo.

—Si no me necesitan, tengo que volver con Clara y ver cómo gestionamos todo esto.

Soria intentó congraciarse con ella:

—No le caemos muy bien, ¿verdad, doctora? ¿Entiende que solo hacemos nuestro trabajo?

La doctora chasqueó los labios.

—Entiendo que presionar a una joven que acaba de perder a su padre no es algo agradable, en efecto. Pero usted parece disfrutar con ello, subinspector.

Soria abrió las manos, como si se disculpara, y se alejó hacia el aparcamiento. Virginia se retrasó un poco más. No quería marcharse sin preguntarle a la doctora algo más:

—Ese hombre que visita a Clara, ¿podría decirme algo más de él?

La doctora aspiró con paciencia.

—No mucho. Un hombre alto, delgado, apuesto, cuarenta y tantos. Tiene unos bonitos ojos verdes y un mechón blanco en la nuca.

Virginia sintió un golpe repentino en la sien, un espasmo nervioso en el ojo derecho, como si la sangre se hubiera acumulado en tropel en el nervio óptico. Involuntariamente, la voz se le quebró al preguntar por su nombre:

—Julián. Creo que se llama Julián.

Clara se secó las lágrimas. ¿Por qué lloraba? ¿Qué sentía? ¿Qué era su padre para ella? Contemplaba los cambios de matiz en la luz que entraba por la ventana y se derramaba sobre el pequeño escritorio, junto a su cama. Ahí seguía, sin abrir, el sobre que le había dado unos días atrás.

16

Barcelona ciudad, aquella misma tarde

Julián sabía que no debía estar allí. Si alguien le preguntaba, sería difícil explicar por qué merodeaba tanto alrededor de aquel chiquillo, Chinchilla.

Observándolo en la fuente desde la ventanilla del coche, le pareció que era un apodo curioso. La chinchilla era un roedor andino, de grandes orejas, del tamaño de un conejo, con el hocico corto, un animal social, fiel a su grupo, codiciado por los peleteros. Se preguntó quién le había puesto un mote así al niño. Tal vez su padre, el Blusas, cuando andaba robando camiones de pieles. A lo mejor la Lagarta, su madre, porque siempre quiso uno de esos abrigos que nunca tuvo. Era extraño verle jugar solo: llenaba globos de agua y los estrellaba contra el suelo y luego se quedaba viendo cómo el agua despanzurrada se escurría entre los dedos de sus pies. A su alrededor se formaba un círculo vacío, de ausencia.

¿Por qué había elegido Restrepo a este niño en concreto y no a cualquier otro? Debió de darse cuenta de que no era como los demás, este era especial. Como

Tritón, esa luna que el padre de Julián no podía ver, pero que sabía que estaba ahí, en el punto del firmamento oscuro que señalaba con el dedo, a cuatro mil quinientos millones de kilómetros de distancia. La curiosidad de Tritón, además de la temperatura gélida, es que gira en una órbita retrógrada a la de su planeta, Neptuno. Empeñada en llevarle la contraria al gigante, Tritón estalla continuamente en enormes géiseres de gas y roca, se abre por la mitad, forzada por Neptuno, tratando de escapar de su órbita.

—Tarde o temprano —le decía su padre como si fuera una metáfora de sí mismo—, el gigante vencerá y acabará desintegrándola. Pero Tritón nunca dejará de tratar de escapar.

El niño se dio cuenta de que lo observaban. Se quedó mirando hacia el coche con un globo cargado en la mano. Una sonrisa maliciosa anticipó su intención. El globo salió disparado y se estrelló contra el parabrisas del coche. Cuando el agua dejó de correr, el niño seguía ahí, mirándole con sus ojos negros como pozos, muy abiertos ahora, y con un mohín desafiante en la expresión. De repente, como si oyera una llamada secreta, echó a correr calle abajo tirándose de los pantalones, que se le caían.

Virginia estaba nerviosa. Hacía más de una hora que intentaba tranquilizarse, repitiéndose toda clase de obviedades: «No seas tonta, es Julián; lo conoces desde hace años, es amigo de Luis —mejor no hablar de ese cabrón ahora— y las niñas lo adoran. Te ha sacado las castañas del fuego un montón de veces». Entonces, ¿a qué venía esa sombra de sospecha, esa inquietud sin nombre?

Alzó la mirada hacia el despacho de Heredia. El comisario había ido a Madrid, pero incluso de lejos seguía controlando los hilos de sus marionetas. Si Soria llegaba a averiguar lo que le había dicho la doctora, le tendería un puente de plata a todo tipo de sospechas.

Tenía que aclarar las cosas con Julián antes de que eso pudiera suceder.

La vieja cafetería detrás del Palau de la Música era su lugar de las confesiones. Desde hacía años, ambos se citaban allí cuando querían compartir algo personal, ajeno al trabajo, alejados de miradas indiscretas. Era un lugar estrecho y mal ventilado, sin mesas, solo un largo pasillo con taburetes alineados en la barra de madera. Tiempo atrás lo regentaba un matrimonio extremeño y servían cerveza fría con tapas gratuitas de migas, chorizo frito y cortezas de cerdo aceitosas. Ahora lo llevaba una pareja de chinos y cada aceituna costaba un ojo de la cara, servicias del turismo. Pero la inercia seguía convocándolos allí de vez en cuando.

Julián se esforzaba en interpretar el significado del silencio de Virginia. Desde lo de Restrepo se habían distanciado. Un pacto de confianza se había roto y era difícil recomponerlo. Empezó por lo sencillo, el espacio en el que ambos podían ser sinceros.

—¿Qué tal las cosas en casa?

Un leve murmullo de la sangre tensó las venas del cuello de Virginia. Hablar de la infidelidad de Luis era difícil. Odiaba dormir sola. Al despertar en la cama vacía experimentaba su nueva desnudez, sin la piel de Luis pegada a la suya, tatuada; esa piel que, aunque quisiera, no podía mudar. Añoraba esconderse con él bajo las sábanas, los juegos entre sus pliegues, cuando se entregaban los secretos del otro, a veces pequeños y fútiles, pero que representaban para ellos la felicidad compartida.

—Le he pedido que se vaya de casa, pero supongo que lo echo de menos. ¿Soy gilipollas?

—No eres gilipollas. Le diste tu confianza a alguien y la ha traicionado. Ahora no sabes qué hacer, cómo encajarlo. A veces, el orgullo tiene razones que el corazón no acepta.

Virginia enarcó una ceja. Resultaba extraño que esas palabras vinieran de Julián. Por lo que ella sabía, su amigo jamás se había enamorado de verdad. Siempre tuvo fama de ser el soltero de oro, el irreductible. Con los años, ese afán de libertad se había convertido en una manta de soledad con la que seguía cubriéndose. Pequeñas aventuras salteadas aquí y allá, parejas que ocupaban su espacio durante unas semanas o unos meses, pero nadie se quedaba mucho tiempo. O se iban o él las alejaba.

—Y tú, ¿cómo lo estás llevando tú? —le preguntó, removiendo con el tenedor una tapa de ensaladilla rusa de aspecto poco confiable. No había probado bocado. En lugar de comer, iba por su tercer cigarrillo.

Julián movió la cabeza. La piel destensada le aflojaba los labios.

—Tengo varios frentes abiertos. Tendrás que ser más específica.

Virginia sacudió la cabeza.

—No seas idiota, ya sabes a lo que me refiero.

—El riñón, entonces...

—El riñón.

—Las últimas analíticas no son muy alentadoras. La media de supervivencia para pacientes con carcinoma de células renales avanzado es de entre cinco y siete meses. Con una intervención aislada y la secuencia terapéutica de nuevos fármacos puede alargarse entre los doce y los treinta meses, dependiendo del estadio. El mío es estadio II T1, falta por saber si el cáncer se ha propagado a los ganglios linfáticos. Si eso sucede, será demasiado tarde para una nefrectomía.

Virginia lo miró sin saber exactamente qué decir.

—No es justo, joder... ¿Estás asustado? —Enseguida se arrepintió. ¿Qué clase de pregunta estúpida era esa?

A Julián se le ocurrió que echaría de menos la mirada de Virginia cuando se concentraba, el aroma de su perfume, el roce de su pierna y los segundos que demoraba en separarla. El calor que quedaba después en la piel. Sí, estaba asustado. Aterrado, en realidad.

—Si no acabo en el cementerio, probablemente acabe en la cárcel, así que estoy bien jodido.

Virginia no entendía su indiferencia.

—Eso no lo sabes.

—Claro que lo sé, Virginia. Y tú también lo sabes. Entretanto, brindemos por lo que nos queda.

Virginia echó la cabeza hacia atrás, como si tuviera delante a un extraterrestre que hubiera tomado prestado el cuerpo de su amigo.

—No te va el papel de resignado. Tú no eres así. Nunca te rindes sin pelear.

Julián apenas torció el gesto. Ya había oído eso antes, pero a fin de cuentas, él era tan previsible como cualquier otro; tenía derecho a compadecerse de sí mismo.

Se quedaron un rato callados, como si lo que se les venía encima fuera ya suficiente y se hubiera agotado toda posibilidad de decir algo más.

—Ese cancerbero de Heredia, Soria. Ten cuidado con él. Es un mal bicho —dijo, por fin, Julián.

—Lo sé. Me ha dejado claro que si no salto del barco me hundo contigo.

—Deberías hacerle caso.

Ella no encajó bien el comentario.

—Tampoco es que me estés ayudando mucho con tu actitud. Tú me metiste en esto cuando te presentaste en mi casa cubierto de sangre y me dijiste que tenías a un tío medio muerto en el coche. Lo mínimo que me merezco, creo yo, es una explicación.

Julián encogió los dedos sobre el vaso de cerveza.

—Estaba desorientado, no sabía a quién más acudir. Lo lamento. Siento haberte implicado.

Virginia alzó el tono, exasperada.

—No me has implicado tú. Me he implicado yo. Porque confío en ti, porque, aunque últimamente tenga la sensación de que ya no te conozco, me repito a mí misma que debe de existir una razón para todo esto, una que no alcanzo a comprender, que nadie comprende... No paro de darle vueltas, de hacer hipótesis, imagino maneras de exculparte y, mientras tanto, ¿tú qué haces? Quedarte ahí sin hacer nada, sin decir nada. Como si no fuera contigo todo esto. Ni siquiera ahora eres capaz de mirarme a los ojos. Sé que estás asustado y que la enfermedad está ahí, todo el tiempo, sobrevolándote. Pero no es excusa para que me apartes. Tienes que hablar conmigo.

Era una oferta tentadora. Desembarazarse de aquel peso que lo estaba aplastando, compartir con alguien más lo que había visto en aquella grabación, permitir que ella —quién mejor— lo ayudara a convertir las sospechas en certezas y los indicios en pruebas. ¡Qué liberador sería! Pero no era posible. No si quería mantenerla al margen.

—¿Cuánto tiempo hace que nos conocemos?

—Quince años.

—¿Somos amigos?

—Lo somos, o eso creía yo.

—Y en todos estos años, ¿te he dado la impresión de que soy alguien en quien no puedas confiar?

Virginia quería hacerlo, lo deseaba con todo su corazón. «Dame una razón para creerte y lo haré.» Eso decían sus ojos.

—Tienes que confiar en mí una vez más, Virginia. Te juro que lo entenderás cuando todo acabe.

La incredulidad se iba abriendo paso en esa mirada, agrietándola.

—¿Y cuándo acaba?, ¿en tu entierro o cuando el furgón te lleve desde los juzgados a la cárcel?

Julián entornó los párpados.

—De un modo u otro, será pronto.

Virginia tragó saliva. Medias verdades, medias mentiras, ya no sabía qué pensar.

—Conocías a Carmen Laín.

La afirmación desconcertó a Julián.

—Sí, ya hablamos de eso. Tu nuevo compañero me dejó muy claro que sospechaba de mí. ¿Ya habéis dado con Gregorio? Imagino que eso disipará sus dudas.

—Todavía no, sigue desaparecido.

Julián observó más de cerca a la inspectora. Había algo más.

—Casi puedo escuchar los engranajes de tu mente moviéndose. Suéltalo, sea lo que sea.

—Estamos investigando un homicidio. Francisco Robles Romero, nacido en Lugo. ¿Te dice algo ese nombre?

Julián ni siquiera lo pensó antes de mover la cabeza negativamente. Virginia desvió un instante la mirada hacia el cenicero humeante.

—Pero conoces a Clara Fité.

Julián frunció el entrecejo.

—Sí, la conozco. La conocí hace unos meses.

—¿Cómo la conociste?

—En una web de citas. Fuiste tú la que me dijo que tenía que relacionarme, la que me obligó a inscribirme en esa web, de hecho... ¿Qué tiene que ver?

Virginia dejó ir el aire despacio.

—Clara Fité es la hija de Francisco, el hombre asesinado.

Julián abrió los ojos, intuyendo lo que su amiga estaba insinuando.

—¿Qué estás haciendo, Virginia? ¿A dónde pretendes llegar?

Virginia se puso de pie y pidió la cuenta. Tal vez Soria y Heredia tenían razón; quizá estaba demasiado implicada emocionalmente, y el cariño y la admiración hacia Julián enturbiaban su juicio. Quería a aquel hombre, puede que en el fondo siempre hubiese sentido algo más —se habría acostado con él en aquel mismo momento si se lo hubiera pedido, para preguntarse después si lo hacía por deseo o por despecho—, sus hijas le llamaban tío, Luis lo llamaba amigo. Pero ya no estaba segura de nada.

—Dos muertes en menos de quince días. Y de un modo u otro tú estás relacionado con ambas. En mi lugar, ¿qué pensarías?

Julián había enmudecido. Sus labios dibujaban una línea fría y cortante.

—Lo que yo haría —murmuró al fin, ofendido— es buscar pruebas antes de lanzar conjeturas contra un amigo.

Virginia quería creerle, pero algo no encajaba, lo veía, lo intuía.

—Soria acabará enterándose de tu relación con Clara, y todos los que quieren tu cabeza, la fiscalía, los de Asuntos Internos y Heredia le harán un lazo a tu cuello. Intentaré cubrirte, no diré nada por ahora... Pero te juro que, si descubro que me estás ocultando algo más, si me jodes, seré yo misma quien te la corte y la eche a los cerdos.

—Yo no soy tu asesino, Virginia. Sea quien sea, anda por ahí suelto.

De putas, Julián. Así estaba yo mientras tu amiga empezaba a sospechar de ti.

Me gustan las putas. Ellas son los seres más auténticos que conozco. No fingen que no lo son, me miran y me calibran, del mismo modo que yo las miro y las calibro. No me importa que su coño sea tan frío como el Hel. A fin de cuentas, yo estoy tan muerto como ellas. Da igual si las desnudas como si les arrancaras la piel, si aúllas desnudo, como Harvey Keitel en *Teniente corrupto*, o si te comportas como Richard Gere en *Pretty Woman*. Seguirán mirándote como lo que eres: un capullo y un perdedor que paga por lo que debería regalarse. En todos los infiernos no hay reunida tanta desolación como en los gestos de una buena profesional. Y, sin embargo, nunca he sido capaz de estar con otro tipo de mujeres. Porque lo que más me gusta de ellas es el vacío que te dejan cuando se van.

Eyaculo groseramente, como si desease vaciar todo el veneno que llevo dentro. Luego me derrumbo sobre la cama. Ella se escurre por debajo de mi cuerpo. Se apiada de mí y cierra la puerta del baño para lavarse. Solo escucho el chorro del agua. Cuando sale, se viste sin decir nada. Le señalo mi cartera. Se lleva solo lo convenido.

Mientras fumo con el cenicero en el pecho observo la fotografía de Clara.

Joven, bella, triste. Parece inocente, pero nadie lo es al ciento por ciento. Parece preguntarme quién creo que soy, qué me da derecho a juzgarla con ojos que desprenden una tristeza inexpresiva que ni siquiera es tierna. No es que sirva de consuelo. Me pregunto si será consciente de lo que ha hecho su padre por ella, hasta dónde ha sido capaz de descender en un abismo que es insondable para salvarla. Me caía bien Francisco, entiendo por qué ha traspasado esa línea que uno se jura que jamás traspasará.

Hay días jodidos en este trabajo, días en los que te tiembla la mano, días en los que algo de lo que fuiste, hace mucho, asoma la cabeza ahí abajo, en el abismo, y te mira sin comprender en lo que te has convertido. En días así, lo único que puedes hacer es cerrar los ojos, respirar hondo, hacer lo que se supone que tienes que hacer y olvidarlo. Los hijos de puta también merecemos un sueño cumplido, tenemos derecho a envejecer en un velero y ver puestas de sol en alta mar; yo guardo el tríptico de un First Yacht 53 como si fuera mi última esperanza: mástil de aluminio, quilla de fundición y un calado de 2,25 metros, dos camarotes con camas dobles, cabina de aseo y portillos que aseguran la luz natural. Podría ser mi Tierra Prometida.

Me pregunto cuál era el sueño de Francisco. Debería habérselo preguntado.

17

Barcelona, dos años antes

Francisco se detuvo frente al neón luminoso del Jazz Club. El portero de la puerta lo miró como si se hubiera perdido.

—¿A dónde cree que va?

Francisco dio el nombre que Clara le había hecho memorizar. El portero lo miró de arriba abajo, tensó el cuello de toro y se hizo a un lado. Francisco bajó las escaleras del subterráneo abriéndose paso con su cojera entre los clientes que fumaban y bebían en los escalones enmoquetados. Tras las cortinas se escuchaba el rumor de la música. Era una música estridente y ensordecedora. Dentro estaba oscuro, y ráfagas de láser azul y verde giraban sobre la pista, poblada por bultos que se movían frenéticamente, sin rostro. La música parecía empujarlos a todos a un estado alucinógeno, alzaban los brazos y sus manos eran como ramas de árboles enfermos. Algunos ondeaban sus camisetas, gritaban, aullaban como si se estuvieran iniciando en una especie de ritual.

Francisco se sentía aturdido. Desconocía que su hija frecuentara lugares como este. Buscó un taburete algo apartado, junto a la barra. Una camarera con una peluca rubia y un top que tapaba menos de lo que enseñaba le preguntó con sonrisa irónica si le servía una manzanilla. Francisco se preguntó qué edad tendría. Apenas era mayor de edad.

—Una cerveza estará bien, gracias.

Cada vez había más gente, más humo y más ruido. Iban pasando los rostros y los códigos de un extraño juego que no alcanzaba a comprender. Intercambios bajo mano, idas y venidas a los servicios unisex, gesticulaciones, miradas, cuerpos que se movían con fingida sensualidad o con falsa indiferencia. Cada cual representaba un papel que a todos les parecía bien. Entonces la vio aparecer, como una especie de ángel sin alas. Unos treinta años de hermosura difícil. Tenía una manera de moverse capaz de humillar a cualquiera. Clara le había dicho que la reconocería por la cicatriz en la mejilla derecha. Francisco caminó directamente hacia ella.

—¿Eres Romina?

La mujer lo calibró con la mirada, sus labios entreabiertos alumbraron un gesto descreído. Un foco fugaz iluminó sus mejillas, medio cubiertas por los cabellos que le caían en desorden desde la frente.

—Depende de quién lo pregunte.

—Vengo de parte de Clara. —Y mientras lo decía, le mostró por lo bajo el fajo de billetes.

Una hora después, la pálida figura de su hija se abalanzó sobre él apenas oyó la llave en la cerradura.

—¿Lo tienes?

Francisco asintió fúnebre. Casi no le dio tiempo a sacar la papelina del abrigo antes de que Clara, hecha un manojo de nervios, se pusiera a registrarle los bolsillos. Cuando tuvo lo que quería, corrió descalza y en ropa interior a encerrarse en el baño. La puerta quedó entreabierta y Francisco tuvo la visión de la espalda huesuda de su hija, los golpes todavía sin curar y las heridas que se había traído de México. Todavía no se acostumbraba a tenerla en casa. Simplemente un día habían llamado a la puerta y ahí estaba, con su maleta en el suelo, convertida en un fantasma, destrozada, tras casi dos años sin saber absolutamente nada de ella.

—No tengo a dónde ir.

Francisco cerró la puerta del baño. Ver así a su hija era como dispararse en la sien. Esperó sentado en el sillón, sin quitarse el abrigo, a oscuras. Contempló el cenicero rebosante de colillas y ceniza, los vasos sucios con más colillas flotando, los restos de pizza en la caja grasienta, el teléfono móvil, el cargador. Su pie tocó una botella vacía. Era incapaz de asimilar todo aquello. En el mueble junto al televisor, el retrato de Remedios con Clara en la feria del Abeto de Espinelves parecía irreal. Esa niñita con un gorro de lana amarillo que apoyaba el rostro sonriente en la mejilla de su madre no existía. ¿Dónde estaba ese tiempo, la nieve, las risas, los trineos y el perro San Bernardo?

Pasaban los minutos y Clara no salía del baño.

Francisco se acercó con miedo y llamó con los nudillos. No hubo respuesta. Empujó suavemente la puerta. Clara estaba en la bañera, murmuraba adormilada con la saliva seca en los labios. En el suelo, la jeringuilla, la cuchara, el encendedor y el cinturón.

Francisco se apoyó en la pared y se cubrió el rostro con las manos. Sollozó como no había vuelto a hacerlo desde la muerte de Remedios. Esas manos con las que se cubría acababan de comprarle droga a su hija. No podía quitarse ese acto horrible de la cabeza. «Si no me la traes, me tiraré por la ventana, como mamá», le había dicho. Él se negó a hacerlo, no tenía derecho a chantajearlo con algo así. El odio que vio en los ojos de su hija fue indescriptible. Clara gritó, rompió sillas y muebles, arrancó la ropa de los armarios, lloró, imploró, amenazó, hasta que empezaron los temblores, los calambres, el vómito. Verla así, llorando, retorciéndose de dolor, sudando como si la fiebre le naciera en los ojos, suplicándole, fue demasiado. No pudo soportarlo y cedió.

«Cobarde, siempre fuiste un cobarde», le decía Remedios.

No podía volver a pasar por aquello otra vez. No podía volver a perderla.

A la mañana siguiente el mundo amaneció con esa grisura que queda tras las batallas. Francisco no había pegado ojo. Clara volvía de entre los muertos. Su padre le sirvió un café bien cargado. Era lo único que ella estaba dispuesta a desayunar.

—Déjame ayudarte, hija.

Clara observó el café humeante.

—Es un poco tarde para eso, ¿no te parece?

¿Cómo se refuta un relato repetido hasta la saciedad que se convierte en verdad marmórea? Francisco ni siquiera lo intentó. Se tragó la estocada sin pestañear, aplazó su propio dolor para mejor ocasión y acercó la pantalla del ordenador portátil a su hija.

—Es la mejor clínica del país. Aquí podrás curarte.

Clara apenas miró la web que le mostraba su padre. Por aquel entonces ya estaba más que convencida de que su enfermedad no tenía cura. Lo único que le quedaba por hacer era abandonarse cuesta abajo.

—Voy a darme una ducha.

Francisco la sujetó por la muñeca. A ambos les sorprendió el gesto. Hacía años que no se tocaban. La mirada de Francisco hervía. Por una vez iba a tener coraje, a asumir su parte. Al coste que fuera preciso.

—No tendrás que volver a verme nunca más, si es lo que quieres. Podrás fingir que estoy muerto para ti. Pero déjame hacer esto, por favor... Es lo que tu madre habría querido. Que vuelvas a ser tú, Clara.

—¿Y si no lo hago?

Francisco endureció el rostro. ¿Qué podía importar ya que su hija le odiase un poco más?

—Me he estado informando. Puedo pedir que te incapaciten judicialmente alegando tu situación psicológica; se conoce como patria potestad rehabilitada.

Clara, en contra de lo que su padre esperaba, no se puso a gritar ni montó en cólera. No le agredió ni le insultó como había hecho los días precedentes. Solo lo miró como si sus ojos se vaciaran y su rostro cayese a peso muerto. Sorbió el moquillo que le salía por la nariz con los ojos enrojecidos.

—No será necesario.

Dos días después, Clara ingresó en la clínica de desintoxicación. Francisco desembolsó prácticamente todos los ahorros que le quedaban. Pero con eso apenas daba para el alta y unos meses de tratamiento. Pensó en vender su biblioteca, pero Waldo, su amigo el librero, se lo desaconsejó. Apenas obtendría un par o tres de miles y el dolor que le causaría desprenderse de sus libros sería mucho peor. En cuanto a vender la casa, la agente inmobiliaria que le hizo el peritaje le confirmó lo que ya imaginaba: era un piso demasiado viejo, necesitaba reformas importantes y en ese momento había saturación de oferta en el barrio.

—En cualquier caso, si se decide a vender, el tiempo de espera puede variar. Tal vez un mes, quizá tres, seis...

—Necesito el dinero ahora.

—Pues eso es lo que hay, a menos que quiera regalarlo.

Ninguna entidad quiso concederle un préstamo sustancioso. No tenía suficientes ingresos para afrontar las cuotas y, además, los intereses se lo habrían comido en poco tiempo. Estaba desesperado, pero decidido. Tenía que dar con una opción. Y una tarde, mientras contemplaba el viejo álbum de fotografías en el que aparecían él y Remedios recién casados, dio con ella. Una opción a la que renunció hacía treinta años y a la que pensó que jamás volvería a recurrir.

Aquella misma tarde sacó un billete para Ferrol.

Quedaron en la ciudad. Carmen estaba sentada en un banco de la Alameda de Suances, bajo un cedro. Enfrente tenía el edificio Herrerías del Arsenal Militar. Su padre solía llevarla de niña a pasear hasta la plaza de las Angustias, donde había un quiosco de castañas asadas. Le pareció que era el sitio adecuado para encontrarse con Francisco Robles. La llamada del antiguo compañero de su padre la había sorprendido. Apenas recordaba nada de ese hombre; él y su mujer se habían marchado del pueblo poco después del incendio en la casa de Martín Leal y, por lo que Carmen sabía, lo hicieron con el rabo entre las piernas.

Sin embargo, fue ella quien le reconoció primero al verle aparecer cojeando por el paseo. No podía ser otro. Tenía ese aire que gastaban los antiguos indianos gallegos cuando volvían a casa décadas después de haberse marchado a hacer fortuna a América. Delgado, viejo —o, más bien, desgastado—, con un traje demasiado liviano para ese tiempo, de un color hueso y un sombrero fedora de color marrón. Usaba chaleco a juego, corbata de nudo ancho, antiguo, y un bastón con un pomo labrado. Carmen sonrió con incredulidad: le faltaba el bigote prusiano, el monóculo y la leontina para parecer un personaje de las novelas de Tolstói.

Él miró alrededor desorientado, hasta que ella se puso en pie y alzó el brazo desde lejos. Francisco se acercó con gesto adusto y le estrechó la mano sin énfasis.

—La última vez que te vi eras una niña. No te habría reconocido.

Carmen decidió tomarse esas palabras como un elogio.

—El tiempo ha pasado para todos, ¿verdad? Me ha sorprendido mucho tu llamada.

Francisco la invitó a dar un paseo, ofreciéndole su antebrazo. Aquel gesto, caballeroso, vino a confirmar la primera impresión de Carmen: Francisco se había convertido en un personaje de novela del siglo XIX.

—No sabía a quién recurrir —dijo él con una voz serena, medida—, ya no sé quién está vivo y quién está muerto en el pueblo. Pero imaginé que El Cerso seguía existiendo. Tu padre gobernaba sin Gobierno desde este lugar; lo lógico ha sido pensar que tú has tomado el relevo. Sois algo así como la casa real de un no reino.

Carmen encogió los labios.

—¿Lo somos? Las cosas han cambiado mucho desde la época del Barón.

—Pero si alguien sigue manejando los hilos en el pueblo, esa es tu familia, no me cabe duda. Por eso acudí a ti.

Francisco le explicó con concisión el motivo de su

llamada: conservaba la propiedad de su familia en el pueblo. Una casona en la carretera de La Coruña con unas pocas hectáreas de terreno cultivable. En esa casa vivió y se casó con Remedios, ahí murieron su padre, su madre y su abuelo, pero no había vuelto a pisar esas tierras desde que se marchó a los treinta y dos años. Ahora pretendía venderlo todo al mejor postor, y esperaba que Carmen pudiera ayudarle.

—Tú conoces a todo el mundo, y es una buena tierra. Algo se podrá hacer.

La Baronesa no tardó en rebajar sus expectativas.

—Hace mucho que no pasas por las tierras de tu padre, me temo. La casa y los campos son una ruina después de tanto tiempo abandonados. Ese suelo no vale nada y la casa debería ser demolida hasta los cimientos. No creo que consigas demasiado... Quizá yo podría hacerte una oferta, puede que me sirva como una inversión. Con el Camino de Santiago, pasan peregrinos, turistas. Tal vez podríamos hacernos socios, montar un hospedaje, una casa rural.

Francisco estaba decepcionado.

—No era lo que tenía en mente. La verdad es que necesito liquidez de forma inmediata.

—¿Cuánta?

—Mucha, me temo.

Carmen lo estudió con curiosidad. Una idea disparatada se le estaba dibujando en la mente. La gente desesperada está dispuesta a hacer cosas desesperadas, y Francisco lo parecía. Además, no era un completo desconocido y ella sabía algo sobre él.

—Tú andabas en el negocio del contrabando con mi padre, ¿verdad?

Todas las sonrisas esconden un lado oscuro. Eso pensó Francisco al ver la expresión que de repente adquiría el rostro de aquella mujer. Debería haberlo imaginado, que el pasado estaría ahí, con la guadaña afilada, mirándole con esa media sonrisa, diciéndole: «¿De verdad creías que me he olvidado de ti?». Carraspeó incómodo.

—En aquellos tiempos todos, de un modo u otro, trabajábamos para tu padre.

—Eras parte del círculo íntimo, si mal no recuerdo: estabais mi padre, Toño, Horacio el pastor y tú. Eras el más joven.

Francisco sintió que la corbata le apretaba el cuello.

—De eso hace ya mucho tiempo.

—Cierto, pero hay cosas que no prescriben. Nadie se ha olvidado de lo que pasó en el cruceiro con Martín Leal. Se dice que tú fuiste uno de los cuatro encapuchados.

Francisco se apartó de ella. Él ya no era aquel hombre. Se había repetido ese mantra durante treinta años, hasta enterrar muy hondo la parte más horrible de sí mismo.

—Hubo una investigación oficial y quedamos exonerados. La policía concluyó que el incendio y la muerte de Martín Leal fueron accidentales.

Carmen asintió.

—La policía y los jueces bebían en la mano de mi padre en aquella época. Dijeron lo que se les ordenó. Podrías haberte quedado en el pueblo, nadie os culpaba de lo sucedido; es más, en secreto erais los héroes, todos os susurraban que habíais hecho lo que debía hacerse. Martín Leal era un traidor a su propia gente, un chivato. Por su culpa murieron muchos hombres en la noche del naufragio. Podrías haber prosperado con mi padre, ser su mano derecha. Pero decidiste marcharte. ¿Por qué?

La mente de Francisco divagaba entre diferentes pasados, de forma difusa, como si estuviera bajo el efecto de un somnífero: la noche del 4 de noviembre, cuando empezó el enfrentamiento con la Guardia Civil, el naufragio de la chanela que él manejaba, los ahogados expuestos en el muelle al amanecer; la noche del 6, en El Cerso, los cuatro borrachos, sin parar de beber, cada vez más, la ira, la furia sin poder detenerse... Ni siquiera fue un plan premeditado, no hubo alguien que dijera «vamos a hacerlo», solo aparecieron las garrafas de gasolina junto al muelle y subieron allí. Nadie sabía lo que iba a pasar. O tal vez sí lo sabían. Todos los viejos odios, rencores antiguos de los que él no sabía nada —Toño y la traición a su compañero de armas, Horacio y los rencores de la Guerra Civil y aquella afrenta del cordero, el Barón y su sentido de la justicia de Fuenteovejuna—, cobraron forma esa noche.

Él era el único que no tenía deudas pendientes con Martín Leal, pero no supo negarse, no fue capaz de enfrentarse al Barón y los demás.

—Después de aquello, no podía seguir cruzándome por la calle con Marisa, la esposa de Martín, y su dedo señalándome, sus insultos, sus gritos en plena calle: «¡Asesino, asesino, asesino!».

—Todo el mundo sabe que se volvió loca.

Loca, sí, desesperada, clamando por una justicia que nunca le sería concedida. Luego miraba a su chico, Julián, tan callado, con esos ojos tan verdes acusándole o interrogándole. Ver cómo los trataba el pueblo, la ley del silencio, cómo se mofaban, los aislaban, los despreciaban y, al final, los ignoraban.

—Quería dejar todo eso atrás.

Francisco pedía un imposible. Nacer de nuevo, libre de culpa. Sin remordimientos. No podía ser, esa carcoma ya se había metido dentro e iría consumiendo lentamente cada paso, cada decisión, cada acto de su vida en adelante.

—La culpa no sirve para nada —dijo Carmen. El remordimiento no era más que un obstáculo, una debilidad que impedía coger lo que estaba al alcance de la mano. Se lo enseñó su padre siendo muy niña: «No pidas permiso, no inclines la cabeza».

Sin darse cuenta habían salido del parque. Estaban frente al número 136 de la rúa María, frente a un edificio que pasaría desapercibido de no ser por las placas conmemorativas que se avistaban sobre el balcón del primer piso. Un bajorrelieve de bronce recordaba que allí había nacido Franco, *Caudillo de España y Generalísimo*.

—Todos somos culpables de algo —señaló Carmen observando aquella casa, cerrada a cal y canto—, los que están arriba y los que estamos abajo, pero ellos son mucho peores porque roban de otra manera, disimulando, fingiendo, escondidos detrás de la honorabilidad, la ley, la política y los privilegios con sus coches, sus pazos y sus criados y se niegan a reconocer lo que son. Al menos la gente como nosotros no es tan cínica.

—¿Quiénes somos *nosotros*? No quiero faltarte

al respeto, pero ya te he dicho que para mí aquel pasado es historia. Yo no soy así. Ya no.

Carmen lo estudió con ironía.

—¿Y cómo eres, Francisco? He oído que se te dan bien los números. Organizar, el papeleo. ¿Necesitas el dinero de verdad? Pues olvídate de las migajas y cógelo a manos llenas. Estamos a punto de coronar algo muy grande, y alguien como tú nos vendría muy bien en este momento. Trabaja conmigo y tendrás el que quieras y mucho más. Lo único que tienes que aceptar es lo que eres, lo que siempre fuiste, lo que está escondido detrás de esa apariencia tuya con la que te disfrazas.

Paradoja.

Hermosa palabra. Se refiere a un hecho que parece contrario a la lógica. Visto de ese modo, buena parte de lo que nos rodea y de lo que somos acabaría resultándonos paradójico. Nosotros mismos lo seríamos. Seres paradójicos, nos comportamos y existimos contra toda lógica.

Paradoja mayúscula que Clara sea una yonqui en rehabilitación y que su padre se metiera, a propuesta de Carmen, en un avispero de traficantes e intermediarios para sacarla de ese infierno. Resulta trágico convertirte en algo que odias para salvar a alguien que te odia. Casi es un chiste de mal gusto necesitar dinero de la droga para pagar la cura de la droga. Humillarte, caer en lo más abyecto, para que tu hija tenga una nueva oportunidad sin que ella llegue a saberlo nunca.

Lo absurdo es que raramente obtenemos el resultado esperado de nuestras acciones y mejores intenciones. Queriendo salvar a su hija, Francisco la ha acabado condenando, arrojándola en mis manos.

Tal vez, de todas las paradojas, la más trágica y absurda sea que queramos seguir viviendo, aunque nunca acabaremos de entender para qué.

18

Clínica de desintoxicación, provincia de Barcelona, marzo de 2005

Clara estudió el esqueje. El secreto para que el ciclamen sobreviva al invierno está en regarlo sin que el tuberobulbo se moje. Igual que las begonias, son plantas extremadamente sensibles a la podredumbre y a la humedad. Una vez que los tallos se reblandecen cuesta mucho enderezarlos, pero, al mismo tiempo que necesitan la cantidad justa de agua, también piden claridad y aire fresco en su justa medida. Así que dejarlas a la intemperie era correr el riesgo de que murieran. Un riesgo, por otra parte, inevitable.

Aquella planta caminaba en ósmosis con la propia Clara.

La carta que le había escrito su padre estaba abierta sobre la cama. La llave que la acompañaba, en su mano. No sabía qué sentimientos eran los que se habían adueñado de ella tras leer aquellos dos folios escritos por una sola cara con una letra clara, escrita sin titubeos, sin faltas de ortografía ni tachones, sin que un solo renglón escapase al pulso firme de su padre.

Todo lo que decía en ella era nuevo, sonaba a nuevo. El estilo, las palabras escogidas, lo que decían. La confesión —¿eso era?— de un hombre desconocido. La relación con el hombre que ella conoció, al que llamó «padre» en vida, siempre fue un juego de tensiones entre el afecto y la distancia. Una infancia sin saber a qué atenerse, dominada por el miedo y la incertidumbre bajo la presencia amada y temida de una madre enferma, errática, incapaz de dominarse a sí misma. En sus ojos aparecían deseos que demandaban satisfacción inmediata, más allá de la racionalidad o de la oportunidad, tomaba lo que quería, y cuanto más grande fuera la ofensa, con más voluptuosidad la disfrutaba. Cada comida, cada cruce de miradas en aquella casa se convirtió en un grano de pus a punto de reventar y dejar ir toda la porquería que encapsulaba dentro. Clara buscaba esa explosión, la deseaba, como una forma de venganza tardía, pero su padre fingía no darse cuenta, rehuía la batalla, se escondía en sus papeles y sus libros.

Cuando murió su madre, Clara lo culpó a él. Le reprochó no haber sido capaz de pararla en el camino hacia la ventana por la que acabaría saltando, un camino de pocos metros que su madre tardó años en recorrer mientras él disimulaba perfeccionando su papel de buen vecino, buen esposo y mejor padre.

Cuando empezó a trabajar en el periódico, a viajar por el mundo, siempre a lugares peligrosos, poco recomendables, en busca del artículo perfecto, no tardó en ganarse fama de ambiciosa. Quería hacerse un nombre rápido, a golpes de efecto que proyectaran rápidamente su carrera, saltándose todos los pasos intermedios que hacen de un periodista un buen periodista, y de uno bueno uno excelente. Eso era lo que pensaban todos en el medio, pero lo que Clara buscaba en realidad era la negación de esas sensaciones profundas, dañinas, inhibiéndolas, mandándolas a lo más recóndito de su interior. Esas pulsiones aparecían siempre disfrazadas de otra cosa: obsesiones, agresividad, poca paciencia y una distancia física respecto a los hombres que acabaría dinamitando sus relaciones sentimentales.

Podría haber pedido ayuda, reconocer que no estaba bien. Una ayuda que venía pidiendo en silencio desde hacía años, una llamada de socorro a la que nadie respondió. Así que Clara decidió dejarse arrastrar por la euforia imperativa, la orden de vivir sin nada que le recordase al pasado. Por eso aceptó aquel encargo como *freelance* en México. Para castigarlo a él con su ausencia, borrarse y desaparecer.

¿A quién había castigado, en realidad? Tenía sensaciones contradictorias.

Observó su habitación, lo que había constituido su refugio en los últimos años. El aire conventual, la protección de los muros. ¿A dónde iba a ir si dejaba atrás la clínica? Ahora, aquel era el único lugar donde podía sentirse un poco segura. Ahí fuera todo era peligroso. Empezaba a comprender por qué, durante siglos, generaciones enteras de mujeres habían elegido la clausura y los votos de monja en un mundo que solo quería despedazarlas. No podría soportarlo si se perdía de nuevo, y ni siquiera sabía si tendría la fuerza para no hacerlo.

Para volver al exterior necesitaba contagiarse de

un nuevo entusiasmo, algo que la empujara a vivir de nuevo. Y su padre, el hombre al que ella odiaba, se había sacrificado para ofrecérselo:

> Clara, hija mía, nosotros nunca hemos sido muy sentimentales el uno con el otro, y no será ahora cuando empiece a serlo. Supongo que los dos sabíamos que las cosas acabarían más o menos así. Nunca nos hemos engañado al respecto.
>
> Sé que hay que centrarse en lo que ahora importa, y mi tarea es, en la medida de lo posible, ponerte a salvo. Creo que las emociones me distraerían de ese objetivo primordial, pero aquí estoy, escribiéndote sin poder evitar una profunda tristeza. Tal vez sea porque es de noche y llueve, o porque tengo frente a mí la única fotografía que me enviaste desde México, esa en la que apareces rodeada de todos esos chiquillos en un parque del Distrito Federal. Se te ve feliz, hija, libre de cualquier daño que nosotros pudiéramos haberte hecho en el pasado. Y me doy cuenta de que el camino de los hijos para no hundirse en las heridas de sus padres es algo heroico, y tú, al menos en esa instantánea, parecías haber roto la cadena para convertirte en ti misma. Al ver tu expresión, el modo en el que abrazas a esos pequeños, el amor con el que los miras, no dejo de preguntarme de dónde salen esos sentimientos tuyos, esa capacidad de entender y abrazar sus vidas. Recuerdo que tu madre solía reprocharme mi frialdad, mi falta de cariño. Yo siempre me escudaba en el compromiso. En que cumplía con mi parte. Trabajaba, me ocupaba de la familia y de mis obligaciones. Cumplir, compromiso, ocuparme, obligaciones. No

son palabras que suenen a algo que tenga que ver con el amor. Quizá solo necesitabas encontrar a alguien en quien verter toda esa necesidad de querer para aprenderlas. No fui yo quien te las enseñó.

No seré hipócrita ahora, no tiene sentido. Nunca fuimos una familia amorosa, y ni tú ni yo fuimos buen padre y buena hija. Aprendimos a mirarnos con cierta distancia, conformándonos con no interferir en el espacio del otro, cada cual en un extremo opuesto del círculo cuyo centro ocupaba tu madre. Nos limitábamos a no dejarnos absorber por su fuerza gravitatoria, preservando nuestra propia integridad. Y sé que no fue justo para ti; yo era el adulto y tú la niña. Me correspondía protegerte, aunque yo me hundiera con ella. No tuve el carácter ni la voluntad. Preferí mirar a otro lado, callar y seguir adelante. Sinceramente, me alegré cuando te marchaste de casa, por los dos.

No te pediré perdón, sé que no puedes ni quieres dármelo. Tampoco sería capaz de aceptarlo. He intentado buscar en mí mismo razones para explicar lo que te hice, mi abandono y mi laxitud, mi cobardía, pero las excusas se desvanecen.

En estos años, desde que volviste de México, he pensado a menudo que estoy pagando una deuda del pasado. Ojalá me hubieras conocido mejor; ojalá hubiera sido capaz de mostrarte mis propias heridas, las cosas que hice cuando era joven, y de las que nunca te hablé. Pero no tiene sentido. De nada sirve juzgar el pasado desde el presente, señalar con el dedo acusatorio sin saber nada, sin comprender nada. No sería justo hacerte eso.

No quiero que pienses que he hecho todo esto porque me siento en deuda contigo o con tu madre. Y tampoco quiero que creas que lo he hecho para redimir mi pasado protegiéndote. No hay nada de eso, sino algo mucho más natural que siempre estuvo ahí, pero que reprimí con disciplina durante tu niñez y tu adolescencia. Eres mi hija, te amo y punto. Sin cuestionar nada de lo que haya sucedido. No te culpes, Clara. Tú eres tan víctima como esos niños sobre los que querías escribir. Los monstruos están ahí fuera, no dentro. Eres lo único bueno que dejaré en este mundo, y ni siquiera ha sido mérito mío, sino tuyo. Juzga si quieres mis métodos. Piensa que soy el hombre más detestable de la tierra, ódiame un poco más por haberme implicado en este mundo sórdido, cruel y egoísta que te destruyó. Si me preguntas cómo ha sido posible que me convierta en esto, la única razón es que quiero arrebatarles todo aquello que te arrebataron en México y devolvértelo.

En el anexo tienes las indicaciones sobre lo que hacer con esta llave que adjunto; solo debes recordar aquel día en el que cumpliste los doce años y aquel libro: *La historia interminable*.

Puede que no me creas, y que tu dolor desconfíe de mí, nada puedo hacer, excepto darte un nuevo principio, devolverte tu vida.

Es lo único que puedo dejarte.

No la había firmado. Clara solo podía pensar en ese detalle; faltaba su firma, el trazo elegante de su nombre y la inicial de su primer apellido con la pluma y el giro amplio del trazo que la envolvía. Admiraba esa firma, el modo en que la dibujaba, rápidamente y sin titubear, firma de escritor o de filósofo. Pero pese a sus lecturas, su padre siempre fue un hombre de números, cálculos, lógica y distancia.

Debía de haberle costado un esfuerzo enorme escribir aquella carta.

Dos días después, el autobús apareció en la curva. Clara guardó la carta y la llave en el bolso.

—¿Estás segura, Clara? —La doctora Andrea la había acompañado hasta la marquesina junto a la parada. Estaba más emocionada de lo que podía permitirse expresar.

Clara la abrazó con cariño.

—Tengo que hacerlo. No puedo esconderme aquí toda la vida.

—Si hay algún problema, si necesitas hablar, si sientes que te fallan las fuerzas, llámame. A la hora que sea. ¿Lo prometes?

Clara asintió. Cogió la maleta y subió al autobús.

—Uno para Barcelona, por favor.

No miró atrás. Se sentó junto a la ventanilla, respiró hondo y cerró los ojos.

Cuarta parte

19

Barcelona, abril de 2005

Chinchilla se había quitado los zapatos. Le apretaban demasiado y de todas maneras estaban tan agujereados que se le mojaban los pies. Mejor así, pisando descalzo el suelo encharcado. Sin pensarlo, se quitó también la camiseta y los pantalones, quedándose en calzoncillos. Le gustaba sentir la lluvia en todo el cuerpo, metiéndose por la rabadilla, en la boca abierta, en las orejas. Y era como si los truenos se le metieran dentro también. Así se sentía diferente, limpio por dentro, y a ratos podía olvidarse del hombre con la máscara de lobo, del colchón mugriento y del techo de uralita.

—¿Pero tú qué eres, un animal o una persona? —le gritó alguien desde la ventanilla de un coche estacionado en la esquina.

Chinchilla se volvió y se quedó mirando al Blusas desde una distancia prudente.

—¿Eres tonto o eres sordo? ¡Te he hecho una pregunta!

No dijo ni que sí ni que no. Tampoco se movió

de su sitio cuando su padrastro bajó del coche y se acercó, bamboleándose, con los ojos enrojecidos. Tenía una forma de andar rara, apoyando el peso en la punta del pie sin dejar caer del todo el talón. Al llegar a su altura, el Blusas movió la cabeza, echó un vistazo resignado hacia las chabolas, detrás del polígono y, sin más, le dio una bofetada con la mano abierta. El oído empezó a zumbarle.

—Vístete, coño. Estoy harto de que te comportes como un salvaje. Ahora eres mi hijo, así que no vas a ir por ahí dejándome en ridículo.

El niño volvió a ponerse la ropa.

—Sí, señor.

«Ahora eres hijo mío.» Eso le gustaba ir diciendo por ahí al Blusas. Que ahora la Lagarta era su mujer y él su hijo, que las cosas iban a cambiar, que hacía falta mano dura, un hombre con los cojones bien puestos en esa casa. Se comentaba por el barrio que le iba bien fuera del polígono desde que se había asociado con los Cantero. Se decía que ahora tenía amigos importantes, gente que le debía un favor. Nada de andar con el menudeo, se acabaron las esquinas vendiendo papelinas y los asaltos a los camiones en las áreas de servicio de la autopista. Ahora jugaba en las ligas mayores, se creía el rey y le había dado por comprarse trajes italianos y por ir a un peluquero fuera del barrio. Se paseaba con un coche nuevo, soltando palabras en inglés sin ton ni son, como un gánster de pacotilla: *darling*, *morning*, *money*, *always*.

Charo, la abuela del niño, pensaba de él que era un hortera, con sus camisas de colores chillones y esas enormes gafas que se ponía al salir por la puerta hiciera sol o estuviera nublado. Un pelagatos que no merecía a su hija. Se rumoreaba que le había echado el mal de ojo a su nuevo yerno. Eso significaba que, aunque el Blusas no lo supiera, su suerte ya estaba echada. Maldecido como el gallo de Morón. El niño no podía decir que lo sintiera. Él también tenía atravesado al Blusas como una espina en la garganta. Ojalá su madre se librase de él.

—¿Cómo va a soltarlo si es el que le da el vicio? —se quejaba la abuela.

Desde que el Blusas se había instalado en casa, abuela y nieto tenían que dormir en el pequeño cuarto detrás de la cocina, en una cama estrecha con un colchón de muelles que se les clavaban en los riñones. La abuela se ponía junto a la pared, de lado, para dejarle al niño el mejor sitio, donde se hundía menos el colchón, y más espacio. Cuando el Blusas y la Lagarta discutían, se insultaban y se pegaban en el otro cuarto le tapaba los oídos o le contaba historias para distraerlo.

—Tu padre, el de verdad, ese sí era un buen hombre.

—Mi madre dice que nos abandonó cuando se quedó preñada de mí.

La abuela refunfuñaba. Eso no era verdad.

—Cuando tu madre se quedó embarazada eran unos críos. Ella tenía dieciséis y él diecisiete. Otro sí se hubiera largado sin más. Pero tu padre no; era un muchacho de ley, bueno, y os quería a ti y a esa idiota de mi hija, que siempre ha tenido más tetas que seso. Lo que pasó fue que tu padre se marchó a Francia a buscar trabajo. Pensaba reunirse con vosotros en

Toulouse cuando lo tuviera todo arreglado. Pero un camión echó de la carretera su bicicleta y le pasó por encima. Se murió... Si la muerte es abandono, él poco tuvo que ver. Más abandonado os tiene ese cabrón del Blusas y no sale de casa si no es para ir al bar o a sus trapicheos.

Si no estaban la abuela o su madre, cuando el Blusas aparecía por casa con alguno de los Cantero, el niño tenía que largarse y no regresar en un par de horas. No le importaba, le gustaba caminar entre los raíles de la vieja vía hasta el antiguo apeadero. Sobre todo, los días que llovía y los raíles brillaban. El olor de los travesaños mojados y de los hierbajos le encantaba y de vez en cuando hasta encontraba algún sapo entre la hierba que crecía en las veredas. Allí nadie le preguntaba nada ni le molestaba.

Desde que había pasado *aquello*, lo del hombre lobo, su abuela y su madre lo miraban de un modo diferente; ya no lo trataban como antes. Su madre se mantenía distante, se apartaba de él como si tuviera la peste, aunque a veces le cogía un arrebato y lo abrazaba y lo llenaba de besos, como si fuera un perrillo abandonado, lloraba y le decía entre sollozos que era una mala madre, que todo había sido culpa del vicio y que algún día, cuando fuera mayor, lo entendería.

La abuela Charo lo observaba más atentamente. Como si lo estuviera estudiando, o esperase que fuera a pasarle algo, que se convirtiera en un bicho o algo así. Nunca mencionaba lo ocurrido —todos tenían la boca cosida por orden del Blusas—, pero de vez en cuando se sentaba a su lado, le cogía las manos entre las suyas y le preguntaba cómo estaba. Otras veces, como sin querer decir mucho, le explicaba que no todo el mundo es malo, que algún día él podría irse del barrio y tener otra vida.

—Una buena vida, que es lo que te mereces —decía, y a escondidas de su madre y del Blusas le metía en el bolsillo un billete bien doblado—. Escóndelo bien. Tienes que ahorrar para estudiar, ser un hombre de bien. Mi nieto no va a acabar como mi hija. Eso te lo juro por lo más sagrado.

Pero lo mejor era cuando compartían la cama estrecha y ella le ponía los dedos en los párpados para que se quedase dormido. En tiempos, la abuela Charo tuvo fama de ser una gran sanadora y de tener el don de la visión. De vez en cuando, le leía la mano y le decía que veía grandes cosas, aventuras, que viajaría por todo el mundo rompiendo corazones, y que acabaría siendo el orgulloso padre de una buena familia, que cuidaría bien de sus hijos y que tendría una mujer que lo querría y lo protegería.

—Te morirás viejo, feliz y en tu cama, rodeado de los tuyos.

—Yo no quiero morirme, abuela.

—Lo harás, como todos. Pero primero vivirás una vida larga y buena.

El Blusas le recriminaba que le llenase la cabeza de pájaros.

—Lo mimas demasiado. Lo estás amariconando.

La abuela removía la saliva en la punta de los labios.

—Si queda una pizca de justicia en este mundo, ese hijo de puta tiene que pagar por lo que ha hecho

—murmuraba. Y volvía a mirar a su nieto de aquella forma tan extraña y a acariciarle la mejilla sin venir a cuento.

El antiguo apeadero goteaba como un árbol viejo. El niño se sentó en el andén desierto para ver pasar el tren de mercancías. Siempre pasaba a la misma hora, sin detenerse, con estruendo de hierros; vagones y más vagones de colores marrones, grises y verdes con letras y números pintados que se bebían el aire a su paso y levantaban remolinos de polvo que tardaban en caer otra vez al suelo. En ocasiones, el maquinista hacía sonar la sirena y saludaba sacando la mano por la ventanilla. El niño se ponía en pie y le devolvía el saludo, y se quedaba ahí, al borde de la vía, hasta que las luces rojas del último vagón se perdían y el ruido desaparecía. Luego quedaba un extraño silencio y algo triste en su cabeza.

Pero aquel día, cuando pasó el convoy y la nube de polvo se deshizo, vio en el andén del otro lado a un hombre que le miraba. El niño lo reconoció. Era el mismo que había estado vigilándole en las últimas semanas. Nunca decía nada, solo le observaba desde lejos. Era la primera vez que Chinchilla lo veía tan de cerca. Era alto, parecía un muerto, con esa cara delgada, el abrigo negro y el pelo revuelto sobre la frente.

—No te asustes. No voy a hacerte daño.

Debería haber echado a correr, haberse metido en los cañizos y escapado hasta el barranco. Pero no lo hizo. Decidió quedarse quieto cuando el hombre bajó a la vía y la cruzó hasta él.

—Yo no tengo miedo —dijo con una voz que le quedaba grande, aprendida del Blusas y sus mamporreros.

Sí lo tenía, ahora siempre lo tenía, pero se mantuvo a pie firme cuando el hombre saltó al andén con dificultad y lo tuvo a pocos centímetros. Tenía los ojos más verdes que el niño había visto nunca y una sonrisa bonita, con todos los dientes muy blancos, no como su madre; cuando la Lagarta se reía parecía una cortina rota.

—Me llamo Julián —dijo el hombre tendiéndole la mano.

Chinchilla estudió esos dedos delgados y el color pálido de la piel. Tenía unas manchitas azules, como cardenales o derrames. Le gustó que le tratara con respeto y la estrechó con un gesto firme. La abuela Charo decía que se conoce a los hombres por el modo de estrechar la mano. Hay gente que parece un puré y otros que quieren rompértela. Ni lo uno ni lo otro. Decidido, breve y en su justa medida. De esos te puedes fiar.

—¿Por qué me espías? Te he visto por el barranco.

Julián lo contempló detenidamente. El niño todavía no tenía los límites definidos, era todo huesos queriendo crecer, ojos oscuros y grandes, orejas separadas del cráneo, pelo durísimo y negro. Pronto le aparecería la primera sombra de vello en el bigote y sus músculos empezarían a reacomodarse. Sin duda iba a ser un muchacho guapo, arrogante, orgulloso; aprendería a ocultar la herida que ahora asomaba en su mirada, el temblor en el labio, cualquier síntoma de ingenuidad, inocencia o flaqueza. Lo enterraría tan adentro que llegaría a creer que no había sucedido. Pero por las noches, cuando estuviera solo, la memoria volvería a recordar lo que le habían hecho.

Le recordaba un poco a él mismo a su misma edad. Ciertos niños, que viven ciertas cosas, son siempre el mismo niño, aunque tengan rostros distintos, sin que importen la época o el lugar.

—Me gustaría ayudarte, si me dejas.

El niño retrocedió con recelo.

—Yo no necesito que nadie me ayude... ¿Eres policía?

Julián torció el gesto.

—Técnicamente, no lo soy.

—¿Y eso qué significa? Uno es drogadicto o no, no medio drogadicto. ¿Eres madero o no?

Julián sonrió.

—Bien visto. Soy policía, pero me he metido en un lío y estoy suspendido.

—¿Eso significa que te han echado?

—Más o menos.

—¿Y qué has hecho? El Blusas dice que todos los policías son unos mangantes, unos cabrones y unos hijos de puta.

Julián lo miró fijamente.

—¿Y tú te fías de lo que dice el Blusas?

El niño se quedó pensativo.

—Yo solo me fío de lo que dice mi abuela.

—Y haces bien. Seguro que tu abuela te ha dicho que en el mundo hay gente de todo tipo. Yo soy de los buenos.

El niño empezaba a mirar a un lado y otro.

—Eso es lo que tú dices. Pero yo no lo sé. Eso dijo el otro; el que vino a buscarme y me metió en el maletero y luego me encerró en un cuarto no más grande que una perrera.

Julián se inclinó hacia él.

—Sé lo que te ha pasado, Chinchilla. Y quiero coger a los hombres que te hicieron eso. Pero necesito que me ayudes un poco. El hombre con la máscara de lobo que te hizo daño... ¿Puedes decirme algo de él?

El niño se alarmó. Dio dos pasos atrás. Recordaba la advertencia del Blusas: «Tú no sabes nada, no te acuerdas de nada, y si alguien te pregunta te pones un punto en la boca o te las verás conmigo. ¿Tú quieres que les pase algo malo a tu abuela y a tu madre? Claro que no. Pues ya sabes lo que tienes que hacer».

—Yo no tengo que ayudarte con nada. No sé de qué hablas.

Julián cometió el error de querer sujetarle por el brazo. Solo pretendía calmarlo, pero consiguió el efecto contrario: el niño lanzó un rodillazo que le impactó directamente en la entrepierna. No fue demasiado doloroso, pero bastó para que el chiquillo cobrara ventaja y pudiera saltar a la vía y alejarse corriendo.

Virginia siempre se lo decía: «Los niños se te dan fatal, Julián».

El comisario Heredia detestaba los hospitales. Se jactaba de haber gozado toda la vida de una salud de hierro: ninguna enfermedad grave, ni una sola intervención, ni un hueso roto, apenas algún que otro resfriado. Y todo el mundo sabía que los hospitales eran un nido de bacterias y de gérmenes, por mucho que desinfectaran o pusieran cuidado en la higiene del personal. No sería la primera vez que alguien cogía una septicemia en un quirófano o cualquier otra cosa en esas salas. A pesar de su aprensión, en los últimos dos meses visitaba asiduamente la habitación 22 de la UCI del hospital del Valle Hebrón. Junto a la puerta había un solo agente de custodia, que se levantó de la silla y dejó el teléfono móvil en cuanto le vio aparecer por el fondo del pasillo. Como de costumbre, el comisario se entretuvo unos segundos en el mostrador con las enfermeras y el personal de planta. A continuación, consultó el listado de visitas, que los agentes que se repartían la custodia en turnos de ocho horas debían rellenar exhaustivamente. Los mismos nombres se repetían con asiduidad: la esposa, el hijo mayor, un hermano y el propio comisario. La fecha exacta, la hora de llegada y la hora de salida. Heredia firmó en el registro que le tendió el agente.

La habitación era pequeña, apenas cabía la cama, un sillón poco cómodo y toda la parafernalia médica que monitorizaba las constantes vitales de Restrepo. Un tubo le conectaba a un respirador artificial y una vía lo alimentaba con suero. Los médicos eran poco optimistas. Tanto tiempo en coma dejaría secuelas en el paciente, suponiendo que despertara. La lista de lesiones con las que había ingresado era devastadora, podía considerarse un milagro que el equipo de urgencias del Valle Hebrón le hubiera salvado la vida. Ahora, lo único que se podía hacer por él era mantenerlo estable y esperar.

El comisario Heredia no parecía impresionado, sin embargo. En su opinión habría sido mejor desconectarlo de todos esos tubos y esas máquinas. Uno no puede creer que está vivo por el simple hecho de respirar o porque el corazón siga bombeando sangre, pero los médicos decían que era pronto para una decisión tan drástica y la esposa no quería ni oír hablar de tal posibilidad.

—Lo que tiene que conseguir usted es que el hombre que le ha hecho esto a mi marido pague todas las consecuencias.

El comisario Heredia se lo había prometido, aunque esa promesa no tuviera nada que ver con el sentido de la justicia, el honor o la ley. Para Heredia era una cuestión personal. Se la tenía jurada al inspector Leal desde hacía años.

Exactamente, desde 1979, un año que Heredia prefería olvidar. Suárez le había dado el Ministerio de Defensa a un civil, y lo que quedaba del antiguo régimen se hundía muy deprisa: ETA acababa de matar en Madrid al teniente general Gómez de Hortigüela junto a otros tres militares, incluyendo un soldado de reemplazo. Muchos españoles brindaban en sus casas con cava por ello. Mientras, los del Batallón Vasco Español eran denunciados a la policía por periodistas izquierdosos, y los militares tenían que soportar sonrojados las ironías de *El Papus*. Una época difícil, había que joderse y aguantar a todos esos mamarrachos que, de repente, se sentían libres de hacer y decir lo que les viniera en gana. Con todo, lo que más le encrespaba el ánimo era que, teniendo las manos atadas, Heredia perdía toda su capacidad de persuasión. De buenas a primeras, cualquier detenido te salía con sus derechos constitucionales.

—Vaya, aquí tenemos al típico listillo. ¿Y qué te parece si te meto la constitución por el culo a trocitos bien pequeños para que puedas cagarla sin problemas?

Fue difícil adaptarse, cambiar las formas. Sobre todo para los de su generación, los que se habían formado en la época más dura del franquismo. Y encima, llegaron los nuevos oficiales, había que soportarlos, recién salidos del horno, con sus caritas de curas, sus modales y esas ideas absurdas que les inculcaban en la academia, el Estado de derecho, las libertades individuales... Sus lecciones de ética y ese aire que se gastaban de superioridad moral. Pensaban que se podía arreglar el mundo regalando flores y buenos consejos. Blandos, ortodoxos del manual y los procedimientos. Y resentidos.

Cuando conoció a Julián en 1985 pensó que sería diferente a los otros. A él la caída del franquismo le había tocado en el lado más doloroso. Su padre fue un militar condecorado durante la Guerra Civil, militante falangista de primera hora. A su hijo debería haberle enfurecido ver que todo por lo que había luchado su padre se estaba desvaneciendo, pero no fue así. Heredia se dio cuenta muy pronto de su error. Julián se había hecho policía, como tantos otros, creyendo que desde dentro podría minar el sistema más rápido.

El trabajo de Heredia en aquellos años de Vitoria

fue demostrarle que se equivocaba. Si buscaba justicia, se había equivocado de sitio.

—Si lo que quieres es mejorar el mundo, mejor hazte jesuita misionero.

Tuvo que enseñarle desde la base los principios de la realidad: había que falsificar pruebas para encerrar a los culpables, tragarse la dignidad con los de arriba, buscarse algún que otro chanchullo para ganarse un sobresueldo, y procurar que todo no se fuera a la mierda. Le enseñó lo que era el equilibrio. El verdadero sentido del poder.

—Los ignorantes creen que los poderosos lo son porque tienen dinero, y que la finalidad del poder es ganar más dinero todavía. Pero se equivocan, no entienden la verdadera naturaleza del poder. En primer lugar, todos esos jueces, políticos, empresarios corruptos creen que lo tienen, y no se dan cuenta de que son sus esclavos. Bien pagados, pero esclavos. En segundo lugar, el poder no te da solo dinero, te da algo mucho más importante y útil: te da impunidad, te sitúa por encima del bien y del mal. Dejas de ser como el resto de los mortales. Por eso es tan adictivo.

Heredia también empezó siendo un iluso, hijo de militar, creía defender y proteger un sistema, el que le habían enseñado a querer. Recordaba haber visto a su padre, un simple teniente coronel, estrecharle la mano a Franco y emocionarse como un niño, las charlas en casa sobre el progreso de España, todo lo que el Régimen había hecho por este país de pan duro y alpargata, las autopistas, los pantanos, el INE, la Seguridad Social. España era una balsa de aceite donde no chistaban ni las moscas, un país de orden, religión y familia. ¿Acaso no era lo que toda la gente decente podía querer? Era necesario preservar lo ganado, evitar otro caos, otra guerra, la desfachatez de la República. Y los hombres como Heredia estaban llamados a defender esos valores en primera línea, con los medios necesarios. Napoleón, su héroe, tuvo que bombardear Zaragoza para traer la modernidad. De los muertos, ya nadie se acordaba. Solo del progreso.

Pero el paso de los años fue diluyendo las imágenes de aquella primera juventud. Seguía creyendo, pero creía también, con desaliento, que la libertad era un camino difícil de comprender. En Vitoria lo vio claro: todas esas manifestaciones, los proetarras, los guardias civiles asesinados, la gente confundía libertad con libertinaje, Heredia veía a esos jueces que desde su atalaya decían lo que era bueno y lo que era malo sin conocer la realidad, criminalizando por sistema o por herencia a los policías más veteranos; veía a esos jóvenes que se creían con derecho a tenerlo todo a cualquier precio sin ofrecer nada a cambio; veía a esa gente que consideraba la libertad de forma provinciana, como algo suyo que no tenía por qué compartir... Cada uno iba a lo suyo y, al final, también él aceptó que era hora de cobrarse los servicios prestados. Un atajo como el que tomaban los demás, con la diferencia de que él conocía y manejaba el engranaje de la máquina.

¿Se arrepentía? Pocas veces, casi ninguna, en realidad. Tenía una buena vida, un seguro en Suiza y otro en un banco de Andorra, los mamones de sus hijos podrían añadir a su currículo el nombre de una universidad inglesa, la estúpida de su mujer podría seguir viajando por todo el mundo sin enterarse de las maravillas que la rodeaban, pidiendo solo hoteles de lujo con aire acondicionado y comprando cosas inútiles en las *boutiques* de los Campos Elíseos, en el paseo de Gracia o en la Quinta Avenida.

¿Y él?, ¿qué había de él? Bueno, tenía su palco en el Camp Nou, una biblioteca exclusiva con todo lo publicado sobre el bonapartismo, el chalé en Begur y acceso a gente que era inaccesible. Pronto, además, cruzaría el umbral para entrar en el templo sagrado, Madrid, el paseo de la Castellana número 5. Y no pensaba pararse ahí. Cada cadáver, real o ficticio, había abonado su camino y él no había mirado atrás. Si no puedes cambiar el mundo, al menos aprovéchate de él. Si alguien tiene que llorar, que sean los demás y no tú.

Todo eso estuvo a punto de irse al traste a finales de los ochenta, en Vitoria. El cabrón de Julián, que nunca se manchaba los puños de la camisa con la mierda, el del expediente impoluto, no se dejaba malear, fingía, decía que sí, que tragaba, que condescendía y hacía la vista gorda, pero no tocaba nada que pudiera incriminarle: ni putas, ni drogas ni sobornos. No hubo manera de meterle la lazada, se olía todas las encerronas y se las apañaba para escabullirse sin mojarse. Al menos, pensaba Heredia entonces ingenuamente, no se metía en lo que hacían los demás, era demasiado listo para buscarse enemigos, un puto cortesano que sabía manejarse a izquierda y derecha, pero que no se salía del camino recto. Heredia pensó que podía mantenerlo al margen, tenerlo controlado, darle chucherías, casos pequeños en los que ocuparle.

Pero entonces pasó aquello, lo del confidente que se *arrojó* por la ventana de la comisaría. Un jodido heroinómano que no le importaba a nadie, un mierda que a cambio de unas papelinas denunciaba a Dios y a su madre si hacía falta. Un perrito faldero que comía de la mano de Heredia y le mantenía al tanto del menudeo en la ciudad, de quién era quién, a quién había que apretar, a quién dar rienda suelta y a quién sacar del negocio. Pero hasta los caniches se creen que pueden morder esa mano, y aquel imbécil pensó que podía extorsionarle, sacarle más, amenazarle. Se hizo lo que había que hacer, y todo hubiera quedado en una simple investigación que el juez adecuado habría archivado sin consecuencias si el jodido Leal no hubiera metido las narices, si no hubiera empezado a preguntar lo que no debía en las calles, si no se hubiera creído a la altura para medirse con él.

Casi lo jodió todo, el chiringuito entero. La denuncia en Asuntos Internos no prosperó, no pudo hacerlo, y tampoco la denuncia en el juzgado. Julián no entendía que Heredia jugaba en campo propio. No pudo demostrar nada, pero consiguió un ascenso a inspector jefe y un traslado a Barcelona, en el destino que él eligiera. Todo santo tiene su precio. A Heredia le pusieron, en cambio, la peor de las penitencias, la más amarga: no podía tocarle, no podía vengarse ni joderle. Las aguas debían volver a estar tranquilas. Tenía que olvidarse del inspector Julián Leal.

Pero Heredia nunca olvidaba. Era como una de esas larvas que pueden hibernar años bajo la tierra seca, esperando que la lluvia oportuna las devuelva a la vida. Siguió acumulando poder, ascensos, influencias, haciendo y cobrando favores, tejiendo su telaraña, cada vez más densa, más impenetrable, fingiendo que aceptaba los accidentes en el camino como parte del juego. Sin rencor. Y por fin consiguió lo que quería, ser nombrado comisario jefe de la unidad en la que servía Leal.

Todo héroe tiene su debilidad, y el comisario había encontrado la del inspector jefe. No fue sencillo, incluso reconocía una parte de fortuna, de azar, pero el caso Restrepo le había servido la ocasión en bandeja. Otra vez había estado a punto de joderlo todo, el muy cabrón, pero esta vez Heredia estaba preparado. Al final, había resultado una bendición. Uno nunca sabe qué hará saltar los resortes más animales de un ser humano.

Desde luego, había que averiguar cómo el inspector había dado con Restrepo, quién le había puesto sobre la pista de las grabaciones, qué sabía, hasta dónde le había contado el empresario, sometido a tortura. Por ahora, lo único que había trascendido a la prensa era que un policía condecorado había golpeado casi hasta la muerte a un ciudadano ejemplar, sin antecedentes. Nadie entendía las motivaciones, todo el mundo se preguntaba por los motivos. El terco silencio de Julián le favorecía. Heredia no entendía por qué callaba. Le daba igual. Esta vez no se iba a conformar con expulsarlo del cuerpo. Tenía que destruirlo, para siempre, borrarlo del mapa. Y hacerlo sin dejar ni un rastro. Por eso tenía que actuar con prudencia. Un inspector condecorado no podía aparecer con un disparo en la nuca o con un tajo en el cuello, levantaría demasiada polvareda. Mejor una condena en la cárcel, larga, a poder ser por homicidio. Si era posible, por más de un homicidio. ¿Por qué no matar dos o tres o cuatro pájaros de un tiro? Un héroe caído de los altares, eso le encantaba a la gente. Destruir los mitos que ellos mismos crean. Y quién sabe, en la cárcel la gente aparece colgada en su celda, un policía que no ha resistido la presión y se ha suicidado, o un pincho en el patio, una reyerta que acaba en muerte.

Luego tendría que ocuparse de esa inspectora, Virginia. Era fiel como un perro mastín, brillante, leal y con buenos contactos en la cúpula. Su padre era un reputado empresario, buena familia. Le había conseguido a Julián el mejor defensor posible, Fonseca era un hueso duro de roer. Heredia no acababa de entender por dónde iba esa, si tenía algún tipo de lío amoroso con Leal, si solo era una cuestión de principios, si era vulnerable a la presión. Para eso estaba Soria, para informarle, para dibujarle un plano de cómo lidiar con ella.

El comisario debía manejar todo el asunto con pulso de artificiero. La mierda no podía salpicarle justo ahora, a un mes de su designación para el ministerio. Era necesario cortar el mal de raíz y borrar cualquier huella que pudiera relacionarle con el asunto de las grabaciones y del hombre lobo.

Observó las gráficas en el monitor. El latido del corazón de Restrepo funcionaba en ciclos regulares. Sería mejor, para todos, que se muriera.

—¿No estás cansado? —murmuró acercándose a ese rostro pétreo—. Demasiados hilos que controlar, demasiados flecos que no pueden quedar sueltos. Piénsalo. Poder rendirte, alejarte de todo esto.

El comisario Heredia sonrió. Pronto, muy pronto, él también dejaría atrás todo, pero no porque fuera a morir en una triste cama de hospital. No, él iba a ascender tan alto que apenas le alcanzarían los rumores de lo que ocurría bajo sus pies, el lejano murmullo de los obreros que trabajaban para sostenerle en la cúspide de la pirámide. Solo tenía que aguantar un poco más, resistir, no equivocarse.

«Un mes, Heredia, y serás uno más en la fraternidad de los intocables.»

20

—¿Mamá?

Virginia se volvió. Tenía el rostro desencajado y tardó unos segundos en recomponerse. Su hija Maika, la mayor, la miraba desde la escalera.

—¿Qué haces despierta? Mañana tienes clase muy temprano y son las tres de la madrugada.

—Te he oído llorar.

Virginia contempló a su hija, una mujer que ya no quería ser abrazada como antes, que tenía su vida al margen de ella, amistades, relaciones, secretos. Y, sin embargo, ahí plantada, con aquel pijama de cuadros al que le tenía tanto apego, a pesar de que ya le quedaba pequeño, seguía pareciéndole la misma niña que por las noches se metía en la cama entre ella y Luis. Se quitó los guantes y hundió la barbilla en la camiseta sudada. Le dolían todos los músculos, había golpeado con toda la furia el saco, pero no se sentía mejor.

—Estoy bien. Solo necesitaba un poco de ejercicio.

Maika fue a sentarse a su lado en la banqueta del garaje.

—Lo vuestro se arreglará, ¿verdad? Papá volverá a casa. Ya os habéis peleado otras veces y al final lo acabáis solucionando.

Virginia movió la cabeza desconcertada. La sensación de que una etapa de su vida terminaba y otra, todavía incierta, se acercaba. Sin referentes, sin brújula, sin mapas. De repente se sintió sola.

—Llegaremos a una solución, la mejor posible para la familia.

Miró el reloj en la pared. Casi era la hora de ir a trabajar. No valía la pena volver a meterse en la cama.

Soria alzó la cabeza por encima de su escritorio.

—Parece que te haya pasado un camión por encima, jefa. Menudas ojeras.

Virginia lo miró con desprecio.

—Naciste sin el don de la oportunidad, ¿verdad, Soria? No sabes cuándo hablar y cuándo callar.

Sin embargo, su antipatía no le impedía ver ciertas virtudes de su nuevo compañero. En el aspecto profesional, tal vez no era demasiado ortodoxo, pero Soria era capaz de ponerse en el rastro de la presa como el mejor de los sabuesos.

—Yo tampoco duermo mucho, será cosa de la edad. Pero aprovecho las horas que me regala el insomnio. He estado investigando los registros bancarios de Francisco Robles, sus llamadas telefónicas, su historial de la Seguridad Social, cualquier cosa en la que apareciera su nombre. —Soria chupaba uno de sus caramelos mientras le pasaba una serie de documentos impresos. Como si la paciencia se le hubiera agotado, el caramelo crujió entre sus dientes.

—¿Tienes que hacer eso?

—Preferiría fumar, pero le prometí a mi mujer que lo dejaría. Leí uno de esos libros de hipnosis.

—¿Funcionó?

—Más o menos... Lo dejé, pero sigo pensando, soñando, que fumo. Y cada vez que me meto en la boca uno de estos caramelos me siento un poco más desgraciado.

—No seas dramático. Hay que tener fuerza de voluntad para dejar algo así.

Soria ladeó la cara con una fingida consternación.

—¿Eso es un elogio?

—No te pases, Soria... ¿Hay algo inusual en lo que has visto?

Soria asintió con una ligera sonrisa de satisfacción. Detalles. Los detalles eran fundamentales.

—Si pintas mal la insignia de un fusilero de determinado regimiento, todo un diorama puede echarse a perder. Para que el conjunto sea verosímil (eso es lo más cerca que se puede estar de una veracidad recreada) cada detalle debe encajar con el resto. Para recrear un escenario de la Primera Guerra Mundial se requiere paciencia, tenacidad, búsqueda infatigable y, sobre todo, contexto. Cada árbol, cada obús, cada edificio, soldado, uniforme, trinchera, animal, debe estar exactamente en el lugar que le corresponde.

Virginia puso los ojos en blanco.

—Te gusta jugar con soldaditos, muy bien. Y eso qué tiene que ver con la investigación.

Soria no se desalentó.

—Veamos el contexto: un jubilado como Francisco necesitaba ingresos muy por encima de su capacidad para mantener a su hija en la clínica. Nunca se había retrasado en el pago y, sin embargo, no se aprecia un incremento sustancial en sus movimientos bancarios. Eso solo puede significar dos cosas: o bien la clínica recibía las mensualidades en negro, o bien alguien estaba pagando en su nombre esas facturas. La primera opción tiene pocos visos de ser creíble, sería como introducir a un jinete cosaco en la batalla del Somme. La clínica es privada y muy elitista, seguramente está bajo el escrutinio permanente de Hacienda y no correrían el riesgo de un escándalo. Así que dudo que aceptasen esa clase de pago. De modo que nos queda la segunda opción: alguien ha estado haciéndose cargo de esos gastos. Pero ¿quién? Francisco no tiene amigos ricos ni familiares vivos.

—Quizá tenía otra identidad ficticia, o un hombre de paja a cargo de esa segunda cuenta bancaria. Es una hipótesis difícil de demostrar, los bancos son reticentes a filtrar datos de sus clientes, pero pediré ayuda a los compañeros de delitos financieros.

—Ya lo he hecho yo.

Virginia lo fulminó con la mirada.

—¿Sin consultármelo?

Soria se encogió de hombros.

—¿Te lo consulto ahora? Tardarán días en saber algo.

—¿Algo más?

Soria asintió.

—Siempre hay algo más. Una cosa lleva a otra si

tiras del hilo con cuidado de no romperlo: coincidiendo con el regreso de Clara de México empieza a aparecer en los gastos de Francisco uno recurrente, de poca cuantía, 75,70 euros, siempre en las mismas fechas y con cargo a la misma empresa: ALSA. Es una empresa de autocares, cubren largos recorridos. Han sido amables conmigo y me han comentado que el código de esos billetes siempre tenía el mismo origen y destino.

Virginia se impacientaba.

—¿Quieres repique de tambores o vas a soltarlo ya?

—Desde hace dos años, Francisco Robles ha estado viajando a Ferrol, ida y vuelta. Nunca pasaba allí más de una noche.

Virginia irguió el cuello. Soria sonrió.

—¿Ya he captado tu atención? La mujer muerta, Carmen Laín, era de allí. Francisco iba allí. A la mujer la torturan. Tiene antecedentes por tráfico de drogas. Quince días después aparece muerto, también torturado, nuestro hombre. No puede pagar el tratamiento carísimo de su hija, pero los recibos se pagan religiosamente. —Soria se recostó en la silla, que crujió peligrosamente, y cruzó los dedos sobre el regazo, mirando con expresión de triunfo a la inspectora—. Mi teoría es que Francisco Robles trabajaba para Carmen Laín. No sé qué tipo de trabajo, pero intuyo que era más que un simple correo. Si se tratase de un camello sin importancia, su asesino no se habría tomado tantas molestias.

—¿Podemos probarlo?

—Solo estoy cavando la trinchera, jefa. La batalla va a ser larga. El 11.º Batallón del Regimiento de

Cheshire frente al 2.º Ejército de Fritz von Below en Ovillers-la-Boisselle.

—¿Y eso qué significa?

Soria hizo un gesto ambiguo.

—Cosas mías... Seguiré rascando, a ver qué más encuentro.

Tener un móvil no te conduce automáticamente al autor de un asesinato. Pero te acerca mucho a él. La sombra empieza a dibujar su perfil, a hacerse más real, aunque todavía difusa. Empezar a observar a Francisco como parte de un entramado de narcotraficantes gallegos en lugar de como una víctima azarosa acotaba el terreno de juego.

Tal vez en el barrio podrían encontrar alguna miga de pan.

A Soria le resultaban ajenos aquellos barrios por encima de la Diagonal. Se crio en Les Roquetes, uno de esos lugares nacidos de la especulación de los años cincuenta. Recordaba su niñez sin calles, casas levantadas de cualquier manera, sin alcantarillado ni tendido eléctrico. Cuando llovía, los arrabales se volvían una ciénaga de barro, basuras y ratas que descendían por delante de su puerta. Aunque no todas las imágenes eran desagradables: estaban los partidos de fútbol en el campo de la Montañesa, las sesiones dobles del cine Paladium en la Guineueta, y una primera novia que vivía casi en el cerro, en la calle de las Torres; solían ir al parque del Laberinto para meterse mano y entumecerse los labios con tanto besuqueo... Al recordarlo, no sentía pena de que aquella niñez hubiese desaparecido. A fin de cuentas, uno tiene que aceptar que todo acaba convertido en recuerdo.

—Nos vamos muriendo y ya está —murmuró, sin darse cuenta de que estaba pensando en voz alta.

—¿Cómo dices?

Soria parpadeó.

—Nada, tonterías que se le pasan a uno por la cabeza.

Su expresión melancólica aconsejó a Virginia no preguntar. Soria carraspeó dejando atrás aquel momento de ausencia.

—¿Por dónde empezamos?

—Cerca de su dirección está la plaza de la Virreina. Preguntaremos en las cafeterías y los bares.

—Me parece bien. Me estoy meando. Últimamente, mi cantimplora no aguanta mucho.

Virginia puso cara de fastidio.

—¿Y también me vas a contar los detalles?

Tuvieron suerte en el tercer lugar en el que preguntaron. El dueño reconoció la fotografía de Francisco. Normalmente esos clientes no le gustaban porque ocupaban sitio y no hacían apenas gasto, pero Francisco no era como los otros jubilados; era un tipo agradable, consumía cafés razonablemente y nunca se quedaba más de lo necesario.

—Solía sentarse ahí, pedía un café americano y pasaba un rato leyendo y tomando notas en su cuaderno. De vez en cuando le acompañaba su amigo Waldo, el librero. Ese es harina de otro costal: pendenciero y borracho. Por aquí nadie entiende que pudieran ser tan amigos.

—¿Dónde podemos encontrarlo?

Era fácil pasar de largo sin darse cuenta. La puerta de la librería era estrecha, sin cartel ni escaparate. Había que mirar a través del cristal para ver las estanterías de libros a lado y lado de un estrecho pasillo, con un escritorio que hacía las veces de mostrador al final. Al empujar la puerta hacia dentro sonó una campanilla. El sitio estaba en penumbra, mal ventilado, y con una fina capa de polvo que flotaba alrededor de los volúmenes, organizados de una forma aparentemente caótica. Todo evocaba una antigua biblioteca poco visitada. En los huecos que dejaban las estanterías de madera ennegrecida colgaban amarillentos carteles de escritores clásicos —Dostoievski, Camus, Hesse, Zola— y viejos anuncios promocionales —*Cien años de soledad*, *El gran Gatsby*, *Las uvas de la ira*.

Waldo echó una mirada por encima del libro que estaba leyendo —*Orlando*, en una edición de tapa dura de *El País*— a los recién llegados, aunque sin prestarles demasiada atención.

—Buenos días. ¿Es usted Waldo?

Waldo no contestó, siguiendo con la lectura como si no hubiera oído nada.

Virginia y Soria intercambiaron una mirada.

—Somos el subinspector Soria y la inspectora Ortiz. Querríamos hacerle unas preguntas.

Waldo cerró el libro de mala gana, adelantó el rostro hacia el subinspector, acercándose tanto que Soria pudo olerle el aliento. Apestaba a vino.

—¿Va a comprar un libro? No tiene pinta de haber leído uno en su vida.

Soria enrojeció y sus párpados se afilaron. Le

gustaba la gente que no le tenía miedo, pero a veces había que ponerla en su sitio.

—¿Cómo dice?

Virginia le tomó el relevo.

—¿Conoce usted a este hombre? —Puso sobre el mostrador una fotografía de Francisco.

Waldo observó a la inspectora con algo más de interés. Era muy atractiva; un concepto abstracto, desde luego, el atractivo. No responde a ningún canon, es una cuestión de percepción.

—Las preguntas retóricas son una pérdida de tiempo. Si están aquí es porque ya saben que Francisco y yo éramos amigos.

Virginia no perdía fácilmente los nervios.

—Solo intentamos hacer nuestro trabajo.

—¿Y a mí qué, su trabajo? Yo también tengo el mío, y ustedes están molestando a la clientela.

Soria era una especie de caldera a punto de explotar.

—Yo no veo a nadie por aquí, excepto a nosotros.

Waldo le dedicó una mueca de asco.

—Conozco a los de su calaña. Son como una viñeta que ya no encaja en ninguna parte, ¿verdad? Apuesto a que echa de menos otras épocas. Lo veo en su mirada. Le gustaría pasar a este lado del mostrador y abofetearme un par de veces la cara para *ablandarme*. Me marché en los ochenta de Argentina huyendo de gente como usted.

Soria apretó los labios. Ya les habían advertido que aquel tipo era un auténtico gilipollas, pero aun así era difícil reprimir las ganas de darle la razón.

—¿Por qué está tan nervioso?

Waldo se rascó la mejilla.

—¿Cree que tengo algo que ocultar? Lo que yo tengo que ocultar está debajo de mi bragueta. ¿Quiere verlo?

Virginia tuvo que imponerse antes de que aquel cruce de idioteces acabase mal.

—¿Podemos hablar como personas civilizadas? Su amigo Francisco ha sido asesinado.

Waldo relajó un poco la tensión del rostro.

—Leo los periódicos.

—Y nosotros queremos saber quién lo mató y por qué. Somos así de curiosos, los policías —añadió con ironía Soria. La inspectora lo crujió con la mirada. De mala gana, Soria retrocedió dos pasos y se puso a ojear en la estantería más cercana.

—Usted le conocía bien.

Waldo negó con la cabeza, sentándose de nuevo tras el mostrador. Buscó entre los papeles que se acumulaban encima un encendedor y un paquete de cigarrillos.

—Eso es mucho decir —dijo encendiendo un cigarrillo—. Conocemos de los demás lo que quieren mostrarnos, y aun así solemos malinterpretarlo. Después de tantos años compartiendo charlas, apenas alcanzaría a decir qué lecturas eran sus preferidas, qué filósofos, cuáles sus tendencias políticas. Apenas puedo aventurar que era un buen hombre. Reservado, un poco distante, como si no encajara del todo en ninguna parte, ¿sabe? Venía por las mañanas, se sentaba, leía algo, comentábamos y se iba. Pero no sabría decirle nada de su infancia, si quería a sus padres, si tuvo hermanos, cuál era su color preferido, cuál su vicio inconfesable o si les tenía alergia a los gatos. No conocía su talla de ropa, su número de calzado, cuál era su peor miedo o cuál su mayor esperanza...

—Entiendo —lo atajó Virginia—, pero, por lo que usted sabe, ¿le parece que pudiera tener enemigos, advirtió si su comportamiento últimamente era extraño?

—Todos tenemos enemigos. A veces nos los creamos sin quererlo, pero están ahí, esperando a que nos caigamos para pisarnos el cuello.

—Me refiero a si tenía algún enemigo concreto y visible.

—Eso no lo sé. Pero ya le he dicho que no era la clase de hombre que parezca tener una vida complicada. —Waldo miró de reojo a Soria, que había cogido un grueso volumen con las obras completas de Jim Thompson—. La última vez que lo vi, me pareció el de siempre.

—¿Le contó alguna vez por qué viajaba tanto últimamente a Galicia?

Waldo salió del mostrador, le quitó el libro de las manos a Soria y lo colocó en su sitio.

—Si no va a comprarlo, mejor no lo manosee; esto no es una biblioteca. —Se volvió hacia la inspectora de mala gana—. No me contó nada de ningún viaje. No me dejaba su agenda de ministro por aquí... Si no quieren nada más, les agradecería que se marchasen de mi negocio.

Soria fue a replicarle, pero Virginia lo detuvo con la mirada.

—Ya nos vamos, no se preocupe. Solo una cosa

más. —Waldo puso cara de verdadero fastidio, pero Virginia no se dio por enterada—. ¿Qué puede decirnos de Clara Fité, su hija?

Waldo se encogió de hombros, como si no entendiera la pregunta.

—¿Que tener hijos es encadenarte a lo que les pase de por vida?

Virginia sonrió para sus adentros. Ella no lo habría definido mejor.

—¿Puede ser más específico?

—Una chica brillante, periodista, pero se torció. No levantó cabeza desde el accidente en el que murió la madre.

—¿No es demasiado eufemístico llamar accidente a un suicidio? —soltó Soria.

Waldo observó el comentario con desprecio.

—Debería usted leer más a Séneca... En cualquier caso, supongo que tanta desgracia sobrepasó a la chica. Se marchó hace tiempo y se cuentan muchas cosas, pero no se sabe nada seguro. Dicen que está en una clínica de desintoxicación.

—Ya no lo está. Pidió el alta voluntaria hace diez días. Me gustaría que nos llamase si viene por aquí. Queremos volver a hablar con ella. ¿Podrá hacer eso por nosotros, Waldo?

Waldo los miró y movió la cabeza.

—Por supuesto que no. No cuenten conmigo para nada.

Los acompañó hasta la puerta, casi los empujó fuera.

—Menudo capullo —mascullÃ³ Soria, ya en el coche.

Virginia no respondiÃ³. No querÃa decirle a Soria que la hija de Francisco y JuliÃ¡n se conocÃan. Sin embargo, todo su instinto de policÃa se rebelaba contra esa decisiÃ³n.

Waldo esperÃ³ a verlos alejarse calle abajo para cerrar por dentro y bajar al pequeÃ±o sÃ³tano que servÃa de trastienda. Montones de libros se apilaban por todas partes. La Ãºnica iluminaciÃ³n la proporcionaba una bombilla sin tulipa que colgaba del techo, proyectando sombras alargadas en las paredes mal pintadas. En el fondo del sÃ³tano se apilaban varios palÃ©s con cajas. Waldo tuvo que abrirse paso por el estrecho espacio entre ellos.

—Ya se han marchado. Puedes salir.

Clara estaba escondida en un rincÃ³n, como una bestia asustada. Waldo le tendiÃ³ la mano y la ayudÃ³ a erguirse.

—¿En quÃ© lÃos andaba metido tu padre, muchacha?

Clara no estaba segura, pero sabÃa que era peligroso y que su padre habÃa confiado en Waldo para ayudarla. El libro de Ende le dio la clave que necesitaba: Waldo le habÃa contado que encontrÃ³ por casualidad aquella ediciÃ³n exclusiva de *La historia interminable* con notas manuscritas del propio autor que su padre le habÃa regalado para su duodÃ©cimo cumpleaÃ±os. Fue en una subasta por un lote de un piso sin testar en la zona de Pedralbes. Waldo pujÃ³ por una caja fuerte Hallet Marshall con dos puertas macizas de hierro colado, una auténtica preciosidad. Al abrirla, encontró dentro aquella joya olvidada. La caja fuerte seguía allí, en el sótano, entre cartones, libros y todo tipo de trastos sin uso. ¿Qué otro lugar podía ser más seguro? Nadie buscaría allí algo a menos que supiera de su existencia.

Clara utilizó la llave que su padre le dejó con la carta y se retiró. Los pistones retrocedieron con un chasquido. En el estante superior había tres paquetes, del tamaño de un ladrillo, perfectamente envueltos en plástico negro y recubiertos de celofán. En el de abajo dos pasaportes, varios fajos de euros y de dólares y un cuaderno de tapas negras.

Durante unas décimas de segundo las pupilas de Clara se dilataron y su ritmo cardíaco se aceleró.

—No lo hagas, Clara —le aconsejó Waldo—. No lo toques, apártate de eso.

Deberías haberle hecho caso, Clara. Todo puede ser destruido por un instante de debilidad. Es la historia de la humanidad. ¿Cuántos instantes de codicia han costado millones de muertos desde que el hombre aprendió a desear más?

Todo lo que viste en esa caja fuerte te había destruido. Era el fruto del sufrimiento y la miseria por la que tú ya habías pasado. Y tuviste miedo. Te aterraba el pensamiento de que ellos —y ellos era yo— te descubrieran, que todo volviera a pasarte de nuevo. El secuestro, las torturas, las violaciones repetidas y los pinchazos que te convirtieron en una perra amansada. Durante semanas, Clara. Aquello duró semanas. Y no querías volver a pasar algo así.

Pero, reconócelo, lo que te paralizaba de verdad, lo que más te aterraba, eras tú misma. Esa voz que te decía que tenías derecho a cobrar lo que se te debía. Ese brillo lujurioso que asomó un instante en tus ojos.

Todo ese veneno a tu alcance, ahora que creías haberlo superado. Quién puede reprimir esa pasión cuando nos arrebata. Cómo explicar esa sensación de efervescencia cuando algo se adueña de nuestras entrañas y se fija en nuestras pupilas. Sin duda, tuviste que hacer un esfuerzo sobrehumano para imponer la voluntad al deseo. Recordar lo que te hicieron, en lo que te convirtieron.

21

Ciudad de México, tres años antes, julio de 2002

El taxista se adentró en una maraña de callejuelas que se habían ido formando pared contra pared de modo natural a medida que nuevos inquilinos levantaban sus barracas junto a las que ya había antes. Los días pasados había estado lloviendo y las calles se habían convertido en un barrizal. Algunos vecinos habían montado una especie de pasarelas con tablones para poder cruzar de un lado al otro. Los tablones, hinchados por la humedad, se hundían en aquella especie de marisma de lodo, de modo que casi ya no se distinguían del suelo.

—Hasta aquí puedo traerla —dijo el taxista—. Más allá no es aconsejable, señorita.

—Estaré bien, gracias —dijo Clara, cogiendo la cámara fotográfica.

—Un consejo le doy. Aquí es mejor hablarle chido a la gente, tenga mucho cuidado.

Clara pensó que el miedo exagera siempre las posibilidades de que algo terrible ocurra. Llevaba recorriendo el país cerca de tres meses, y aunque le habían estafado en Chapultepec y robado en Guadalajara, no había sufrido mayores percances. Era periodista, tomaba precauciones y procuraba no meterse en líos con gente en la que no pudiera confiar. La investigación que estaba llevando a cabo era peligrosa, pero contaba con buenos apoyos, funcionarios hartos de tanta corrupción, policías que querían limpiar su nombre, asociaciones civiles que le procuraban una red de seguridad.

Jamás se habría aventurado a entrar a ciegas en Tepito.

Su contacto la esperaba junto a una torre eléctrica. Era poco más que un adolescente desgarbado. Tenía el cuello y las manos cubiertos de quincalla y un tatuaje que le asomaba por encima del cuello de la camisa. Clara receló al verlo. Su aspecto no inspiraba ninguna confianza, pero le habían asegurado que era un buen chico, un antiguo pandillero redimido que peleaba por sacar a otros chicos de la cloaca. Si alguien conocía a fondo las aguas oscuras de Tepito era él.

El joven no quiso darle su nombre, «por seguridad», dijo. Tampoco podía hacerle fotografías ni mencionarle en el artículo que pensaba escribir.

—Aquí me juego el cuero, ¿entiendes?

Clara aceptó sin rechistar sus condiciones.

Durante buena parte de la mañana se dejó guiar por el barrio enjambre, fotografiando y conversando con niños de la calle que jugaban a ser niños en una fuente pública, colgándose en un triciclo a motor o en la caja de carga de una camioneta; los fotografió lavando parabrisas en un semáforo, vendiendo mazorcas en un cruce, fumando hachís, mostrando cicatrices de macheteadas, de disparos, bebiendo alcohol de garrafa: niños matones, niñas emputecidas, perros fieles con los ojos sarnosos a sus pies. Niños que no importaba si desaparecían, reclutados para los laboratorios de la droga o para los ejércitos de sicarios, o para el vicio de quien pudiera pagarlo, para quien quisiera cazarlos como a conejos en un rancho de la frontera.

Se entrevistó con el párroco, un hombre joven, mestizo, chaparro y de mirada cansada. También con un grupo de madres que trataban de organizarse para proteger a sus hijos de la calle, con varios tenderos que se quejaban de lo difícil que era ganarse la vida honestamente, con vendedores ambulantes que soportaban la extorsión, el robo y las palizas de uniformados corruptos. Preguntó por los laboratorios de la droga, por los nombres de quienes gobernaban el barrio, por los reclutadores. ¿Qué hacían con los chicos que secuestraban? ¿A dónde se los llevaban? Ahí, todos callaban.

—Ya es mejor que se vaya; tiene suficiente —le dijo el guía. Estaba nervioso. Demasiado ruido, demasiadas preguntas. Estaba llamando la atención y el hormiguero se removía inquieto. Se avino a sacarla de aquel laberinto de calles que no iban a ninguna parte. Dieron vueltas y más vueltas entre callejones sin nombre, descampados, montones de basura. Clara estaba completamente desorientada.

—¿Por aquí hemos venido? ¿Dónde está el taxi?

El joven aceleraba el paso instándola a no detenerse.

—Ya casi estamos llegando.

Por fin desembocaron en una plazoleta sin asfaltar. Lo que Clara recordaría después fueron los cables que colgaban de un extremo al otro, entre las casitas bajas pintadas con colores chillones, y un árbol grande, no sabía de qué tipo, en el centro. De las ramas colgaban decenas de pares de zapatillas anudadas por los cordones. Parecían trofeos de caza, restos de sacrificios humanos.

En la plaza había una furgoneta aparcada. No tenía matrícula, los cristales estaban tintados y el portón estaba abierto. Dos hombres bajaron y fueron directamente a por ella. Clara se volvió espantada hacia el guía. El joven había mudado de expresión.

—Mejor te vienes con nosotros —dijo, dándole un puñetazo en el mentón.

Los hombres la arrastraron hacia la furgoneta. Clara intentó pedir auxilio, pero el guía la sujetó del pelo.

—Aquí todos son ciegos y sordos, pendeja.

Le pegó tan fuerte en el estómago que le cortó la respiración antes de empujarla como un fardo dentro de la furgoneta.

Aquel fue el principio de una pesadilla sin días, con imágenes borrosas y cuchilladas de la mente, amaneceres grises y sucios y un tañido frío que se agarraba a los huesos con insistencia y le enervaba la piel. No quería olvidar esa campana, en alguna parte había una iglesia, la gente iba a misa mientras a ella la violaban, la torturaban y la drogaban. Nunca era el mismo, nunca a la misma hora, nunca del mismo modo. A veces era uno, otras eran más. No la dejaban perder el conocimiento, no escuchaban sus súplicas, no se conmovían con sus gritos ni su llanto.

Al cabo de un tiempo, todo dejó de importar.

Y entonces apareció. Era una mujer, y le hizo gracia que eso sorprendiera a Clara.

—¿En serio eres de esas? Quizá crees que una mujer es incapaz de ordenar semejantes atrocidades. O igual piensas que con una mujer iría mejor. Deja que te abra los ojos, bonita: si esperas una especie de solidaridad de género te equivocas.

Las primeras veces, la mujer se limitaba a observar cómo la golpeaban y la vejaban. Aparecía de vez en cuando y se sentaba en una silla sin inmutarse cuando la sujetaban por el brazo para inyectarle la heroína. Luego, empezó a suministrársela ella misma. Una mañana la arrastraron hasta una habitación con los ojos vendados. Cuando le quitaron la venda vio a la mujer sentada. Colocaba fotografías sobre la mesa como las cartas del Tarot. Desvelando el futuro.

—Son muy buenas, Clara. Tienes mucho talento.

Las había revelado todas, todos los carretes que Clara había escondido entre la ropa, en la maleta, en los lugares más inverosímiles. Habían entrado en la habitación de su hotel —le sacaron la dirección a golpes—, sus manos habían tocado sus bragas, sus sujetadores, su intimidad, revuelto en sus cosas.

—Los niños, ellos son lo más importante, ¿verdad? —continuó la mujer, asintiendo con cada imagen, observándolas con verdadero interés—. Su inocencia, su integridad, su derecho a ser niños un poco más. Y tú has venido a salvarlos, ¿no es cierto? Desde España, tan blanca, tan guapa, tan joven. Quieres abrirle los ojos al mundo de allá, contarles lo que pasa, despertar conciencias. Y te admiro, Clara, de verdad que te aplaudo. Pero ¿sabes qué pasa, niña? Que el mundo ya sabe, pero no quiere saber. Que, si pasa lejos, no pasa. ¿Entiendes eso?

Y de verdad parecía dolerle, y Clara sentía que ella iba a entenderla, a ayudarla, a sacarla de aquel horror. Porque no podía ser como los otros, no con aquella mirada, esos ojos, esa sonrisa triste.

—Menudo problema nos has montado, Clarita. Aquí hay gente muy ruda, gente pesada. Y tú les has metido el dedo en el ojo. Pareces una chica inteligente... ¿qué creías que iba a pasar?, ¿que te dejarían hacer sin más? ¿Escribir un libro, prenderle fuego a México? Igual ganarte un Pulitzer, desde luego que te lo mereces. Pero seguro que ahora piensas que no valía la pena, que ojalá te hubieras quedado en tu Barcelona bonita, con las mierdas que, seguro, allí también tenéis. ¿Por qué venir a basurero ajeno, Clara?

Solo quería que acabase. Podía quedárselo todo, no publicaría nada, no contaría nada.

—No, Clara; me lo vas a contar todo, con pelitos y señales, hasta que ya no me quepan más nombres en la lista. ¿Cuánto crees que vale recuperar tu pasaporte y un billete en primera para volver a casa? ¿Qué harás por mí si te abro esa puerta y te saco de encima a estos perros que te quieren devorar?

Lo que hiciera falta. Haría lo que la mujer le pidiera. No podía soportarlo más.

Delató a todas sus fuentes, amigos, contactos, conocidos, taxistas, campesinos, periodistas, hasta policías que creyeron que ella podría hacer algo: «Eres europea, ahí se respeta. Con suerte, esto llega a la ONU o al TPI».

Vendió sus vidas, las sacrificó una tras otra, familias enteras. Y ni siquiera eso fue suficiente.

Pasaban los días y no la liberaban. Siguieron pinchándola en todas partes: en los brazos, entre los dedos de los pies, en la ingle... El tiempo se convirtió en una nebulosa.

—¿Liberarte? —se burló uno de sus guardianes—. ¿Eso te dijo la jefa? No, rubita. Vamos a matarte. Te vamos a cortar a trocitos y vamos a darle tu carne a los perros.

—Está muy buena —dijo el que le acompañaba en la guardia—, yo le haría un apaño o dos, y me conozco a un par que pagarían bien por tenerla un rato para jugar con ella. Menuda hija de puta. Desperdicio rajarla así, sin más, sin sacarle beneficio.

—La jefa lo ha dejado claro. Matarile y a los perros.

—¿Y quién se va a enterar? Piénsalo. Unos cientos para cada uno. En esas fiestas las dejan para el arrastre y luego las echan al basurero. No le va a venir de unas horas.

La metieron en una camioneta. No recordaría ni la marca ni la matrícula. Solo les contaría a los agentes federales que la interrogaron después que hacía frío. Que los dos hombres bebían mucho y estaban muy colocados. Que uno quiso salir por una calle y el otro dijo que por la otra, que empezaron a insultarse y a pelearse. Y entonces vio unas luces muy grandes, oyó el claxon de un camión y sintió un impacto que la estrelló contra el lado contrario, una lluvia de cristales. Todo giró muy violentamente y muy rápido.

Lo último que recordaba era estar sentada en un bolardo a pie de la carretera, tapada con una manta y luces de emergencias por todas partes.

Una semana después alguien pasó una nota por debajo de la puerta de su habitación en el hospital: «En la boca cerrada no entran moscas, Clarita. Un regalito, por las molestias causadas. Mira en el armario».

Una jeringuilla y una papelina.

A la mañana siguiente se subió en el primer vuelo para Barcelona.

22

Barcelona, abril de 2005

Julián no tardó en dar con la vieja. Todo el mundo conocía a Charo. Solía rondar por el descampado, cerca de la vía. Cuidaba un pequeño huerto y tenía algunas gallinas y conejos.

—¿Es usted la abuela de Chinchilla?

Charo se apoyó en el mango del rastrillo y alzó la cabeza. Era muy mayor, pero derrochaba vitalidad. Tenía en los ojos mil lunas vistas. No parecía sorprendida por la visita, tampoco aliviada.

—Te has tomado su tiempo, inspector.

Julián observó el vallado del huerto, alzado con rejillas, telas y maderas. En un rincón había una vieja bañera de plástico. La anciana había plantado judías. Un poco más lejos, dos surcos bien delineados mostraban el indicio de lechugas.

—¿Sabe quién soy y a lo que vengo?

—¿Lo sabes tú? —La anciana se frotó las manos con el delantal. Sacó del bolsillo una cajetilla de cigarrillos y buscó el taburete cercano para sentarse y fumar. Julián se acercó y le tendió la nota anónima que tres meses atrás alguien había dejado en su casa.

—La escribió usted, ¿verdad? Y me envió la grabación. El niño que aparece en ella es su nieto. He tenido que mover mucho para dar con usted.

—Pues aquí he estado todo el tiempo, sin moverme.

La anciana leyó moviendo los labios: «USTEZ TIENE QUE ALLUDARLE POR FABOR. NADIE MAS PUEDE SAVERLO».

—Una de las cosas que más pena me da es no haber tenido un poco de instrucción. Aprender a escribir bien, leer un poco mejor. Pero en mi tiempo las cosas eran así. A los seis años ya te echaban al campo a trabajar, y a los doce ya te estaban buscando un marido. Parir hijos como una coneja es lo único que he hecho toda mi vida. Pero tengo el único regalo que lo compensa todo. Mi nieto. —La anciana arrugó los labios para darle una calada al pitillo. Se notaba que era un vicio nuevo que todavía no dominaba. Una rebeldía de última hora.

A Julián le recordaba un poco a la hermana mayor soltera de su madre, su tía Milagros. Cuando su madre lo repudió y lo envió a Barcelona tras la muerte de su padre, Milagros se convirtió en su única familia. No fue fácil acostumbrarse a aquella mujer desconocida que le estaba esperando en la estación de Francia, que le llamó sobrino y le abrazó como si quisiera exprimirlo. Milagros también empezó a fumar tardíamente, pasados los cincuenta, y a beber más de lo que el hígado estaba dispuesto a soportar. Y como la anciana, también tenía la mirada de quien no se engaña y conoce las reglas del juego: lo que te quita la vida no es nada comparado con lo que te da, pero más vale que no te aferres a ello.

—¿Cómo dio conmigo? ¿Cómo supo que la ayudaría?

La anciana lo miró de soslayo. Era desagradable ver el hilo de saliva que quedaba cuando chupaba, más que aspirar, la boquilla del cigarrillo. Había algo irónico en su expresión.

—¿Quieres decir *una vieja como yo*, que no sabe ni escribir, que vive en la cloaca de la ciudad? Te sorprendería lo que una abuela puede hacer con la motivación necesaria. Todo lo que es humano se puede corromper. Y no hay nada más hediondamente humano que la Administración Pública. Multas, registro de empadronamiento, número de la Seguridad Social. Puedes pagarle a alguien para que encuentre a quien buscas. Esta ciudad no es tan grande.

—Podría haber acudido a la policía y presentar una denuncia.

Charo dejó caer una risita mordaz.

—¿Y tú qué eres, estibador? ¿Por qué no lo hiciste tú? ¿Por qué no acudiste a tus compañeros o abriste una investigación oficial en vez de ir por tu cuenta?

Porque lo que había visto era algo cuya lógica costaba comprender. Porque la intuición le decía que la advertencia del anónimo era cierta. Nadie más podía saber lo que contenía aquella grabación; no hasta que lo resolviera.

La anciana lanzó al suelo el cigarrillo y se frotó la boca con el dorso de la mano. Sus ojos, hasta entonces mortecinos, se avivaron con un resplandor efímero.

—No te acuerdas, ¿verdad? Supongo que es normal, ha pasado bastante tiempo. Pero uno debería acordarse de las buenas acciones que hace en la vida; a menos que sea un santo, serán la excepción a la regla. Y santo, tú no lo eres.

—¿De qué debería acordarme?

—Yo ya no era joven, pero no era tan vieja. Entonces trabajabas en la comisaría de San Andrés.

Julián abrió un poco más los ojos.

—Hace más de ocho años de eso.

La anciana asintió.

—Mi marido de entonces, que bien muerto está, maldita sea su estampa, tenía el vicio de dejarme preñada y romperme las costillas. Alguien debió de avisar cuando una noche se le fue la mano más que de costumbre. Me dejó bien molida, el muy cerdo. Y entonces apareciste tú, con esos ojos verdes y ese mechón de pelo blanco, todo un figurín. Eras joven y distante, frío, pero me sacaste fuera de la casa y aguantaste mi llorera hasta que pude tranquilizarme y contarte lo que me pasaba. Luego entraste en la casa y te quedaste a solas con mi marido. No sé lo que le dijiste, no sé lo que le hiciste. Pero se marchó para no regresar, me dejó en paz.

—Era mi trabajo.

—No lo era. Lo vi en tu mano, cuando te pedí que me dejaras leértela. Al principio no quisiste, pero al final no supiste negarte. Y lo vi: era algo más, algo personal. Tu pasado de ojos marinos y fuego. Te hicieron daño. Hiciste daño.

Antes de que Julián reaccionara, la anciana agarró su mano por la muñeca, con la palma para arriba. La estudió detenidamente.

—Has cambiado. La oscuridad de entonces es más oscura ahora.

Julián retiró la mano y la cerró.

—Como cualquiera que viva lo suficiente.

—Te expulsaron. Tu madre te desterró de su corazón. Y ese niño abandonado reclama una justicia que se parece a la venganza. Lo vi entonces. Lo veo ahora.

Él fingió desinterés.

—¿Y cómo acaba el cuento?

La anciana lo miró con tristeza.

—Como acaban todos los sueños: despertando. Y será pronto. Tú lo sabes y yo lo sé. Está escrito en tu cara y en tu mano, asoma en tus ojos. A un hombre decente se le ve detrás de las heridas.

—¿Y yo soy un hombre decente?

—No lo eres, claro que no. Pero, al menos, lo intentas. No eres malo, pero no eres bueno. Sabes y callas, no sabes y buscas. Estás arriba y abajo, entre el sueño y el abismo. No estás muerto, pero no estás vivo. Algo te come por dentro. Y cada uno debe cumplir con su propósito.

Julián guardó silencio. Todo esto le sonaba a disparate.

—¿Por qué yo, Charo?

Charo se puso en pie con un suspiro. Una bandada de estorninos formaba una nube sobre sus cabezas. Iban y venían en una sincronía perfecta.

—Yo no conozco a nadie porque los conozco a todos. Y así tiene que seguir.

—Lo entiendo.

La anciana negó despacio.

—No lo entiendes porque no puedes entenderlo. Hay gente muy poderosa, seres capaces de hacerle a mi nieto cualquier cosa para obligarle a callar. Pueden destruir a mi hija, todo lo que me importa.

El inspector empezaba a comprender:

—Acudió a mí porque yo, bueno, no importo. Soy prescindible.

—Tengo mis recursos, inspector. Te he estado observando durante mucho tiempo, más del que puedes imaginar, antes de decidirme a enviarte esa grabación y esa nota. No estaba segura de lo que harías, pero decidí arriesgarme.

—¿Por qué?

La anciana negó con la cabeza.

—Te pasó algo terrible, y ahora quieres salvar a mi nieto para salvar al niño que eras tú. Sabes que enfrentarte a las consecuencias es obligar a la tierra a girar en sentido contrario. Pero no te importa, harás lo correcto. No tienes nada que perder. Por eso acudí a ti. Porque sé que no te pararás cuando te pidan que lo hagas. Lo supe cuando diste con Restrepo y leí en la prensa lo que le habías hecho... Tú ya no perteneces a este mundo ni a sus reglas. A alguien que no quiere nada, no hay nada que pueda ofrecérsele.

Heredia estaba sentado en una terraza del puerto viejo. Parecía ensimismado con las golondrinas, esas embarcaciones que paseaban a los turistas hasta la bocana.

—¿Comisario?

Heredia ni siquiera se volvió.

—Llegas tarde.

El Blusas se disculpó.

—He dado unas cuantas vueltas para asegurarme de que nadie me seguía, como me ordenó.

Heredia se puso en pie.

—Demos un paseo.

El Blusas caminaba a su lado. Buscaba con avidez una intención en los ojos de aquel hombre, pero solo veía sombras.

—Oiga, me ha llamado y aquí estoy. Diga lo que tenga que decir y acabemos ya.

Heredia lo miró, imperturbable. Sin hostilidad, lo tomó por el brazo acercándose mucho. El Blusas notó la presión de su mano caliente y la sequedad en su propia carne, como si al tocarla se hubiese podrido.

—¿Qué tal te llevas con tu suegra Charo?

La angustia del Blusas se acentuó.

—¿Mi suegra? —Parecía desconcertado—. Pues ni bien ni mal. La aguanto y ya está. ¿Por qué lo pregunta?

A Heredia le gustaba ser comprensivo, guardar las formas en la medida de lo posible, ser civilizado cuando podía permitírselo, pero eso no podía confundirse con debilidad. Con él no había ilusiones posibles. Miró a lado y lado para asegurarse de que no había nadie a la vista. Sin cambiar la expresión, sin un movimiento previo que advirtiera al Blusas, le propinó un terrible puñetazo en el estómago que lo dobló por la mitad. Sin dejarlo caer del todo, lo sujetó con fuerza del cabello tirando de la cabeza hacia atrás y le aferró con violencia la mandíbula. Sus manos eran como una tenaza. Hubiera podido romperle todos los dientes sin esfuerzo.

—Se supone que tú lo tienes todo controlado, ¿verdad? Eres el que manda en el barrio, el delegado de los Cantero. Y se supone que nada se te escapa. Eso es lo que me juraste. Entonces también tengo que suponer que sabes que tu suegra, esa vieja arpía, ha estado hablando con el inspector Leal y que me lo ocultas. O que eres un imbécil que no se entera de lo que pasa en sus narices. Si es el caso, entonces, ¿para qué te necesito?

—¡Le juro que no sé de qué me habla!

Heredia cerró los ojos inspirando. Todos los implicados en el asunto de Restrepo se estaban jugando mucho, pero unos más que otros. Y desde luego, él no iba a permitir que esa mierda lo engullera. Antes dejaría un reguero de cabezas cortadas si era necesario. Niños y viejos incluidos.

—Más te vale ponerle remedio, ahora que todavía estás a tiempo. Si tenemos que volver a vernos, no será para tener una charla tan *amigable*.

De vuelta en el coche, el Blusas se miró la cara en el retrovisor. Tenía el rostro pálido. Se levantó con cuidado la camisa y se palpó el estómago. Dolía, ese hijo de puta sabía cómo hacer daño. Pero lo que le aterraba no era Heredia, sino los que estaban detrás de él, en la sombra. Había sido un necio al pensar que podría manejar a esa clase de gente. Él solito se había metido en la trampa al aceptar la propuesta de Restrepo. Venderle el niño al hombre lobo.

A menos que hiciera algo, y rápido, su vida, tal y como la había conocido, se había terminado.

El cuerpo de Charo apareció en un descampado, por debajo del depósito de aguas del Ter. Alrededor solo había cactus y pinos raquíticos. La anciana tenía las manos atadas a la espalda y la cara deformada por los golpes. Un poco más abajo se encontró el arma homicida. Un martillo de punta roma en el que se habían quedado pegados restos de pelo blanco y de hueso.

Aquella misma noche, el Blusas y su hijastro, Chinchilla, desaparecieron del poblado de chabolas. Nadie sabía nada. Nadie había visto nada.

Como de costumbre.

23

El comisario colgó el teléfono y se quedó pensativo.

—¿Va todo bien, señor comisario?

Heredia ladeó la cabeza. Soria le preguntaba con su tono complaciente acostumbrado. Aquel viejo subinspector, con su rudeza mental, era incapaz de comprender la complejidad de las cosas. El comisario se pasó la mano por la frente. Era difícil estar ahí arriba, en la cima, gestionando el caos.

—Me convocan en Madrid.

—Eso es algo bueno, ¿verdad? Supongo que van a anunciar su nombramiento como subsecretario. Podrá dejar atrás todo esto.

Heredia frunció el ceño, sorprendido, pero no contrariado. Soria no podía sospechar la razón que tenía.

—¿Hay avances en el caso de Francisco Robles? Se nos acaba el tiempo, subinspector. No quiero dejar mi cargo con esa mancha en mi historial. Quiero resolverlo.

Soria dijo que la muerte de Francisco presentaba enormes incógnitas y una evidencia.

—Sospechamos que se trata de un asunto de drogas, y que esa es la relación entre su asesinato y el de Carmen Laín.

—¿Esas sospechas tienen fundamento?

—Es una hipótesis, una línea de investigación. Estamos en ello.

—Creo que esa no es la línea que yo le apunté cuando le asigné el caso, subinspector. ¿Qué hay de las pruebas contra Julián Leal?

Soria se removió inquieto en la silla.

—Son solo circunstanciales, no hay nada sólido que lo implique. Seguimos esperando noticias de Ferrol. Si dan con ese testigo fugado, Gregorio, podremos saber más.

Al comisario le disgustaba lo que no podía controlar. Una vez forjada una opinión era difícil hacerle cambiar, por más detalles que aparecieran, contradiciendo su elección. Llegado a este punto, ya no le interesaba la verdad compleja, sino una más sencilla que apuntalara su verdad escogida. No quería dedicarle tiempo a un análisis en profundidad. Quería una confirmación.

Sin embargo, Soria no parecía operar con la lógica esperada:

—Todo esto es un poco extraño, ¿sabe? Tengo la sensación de que tras estas muertes hay más, mucho más. Y creo que ese testigo es la clave. No podemos precipitarnos con una imputación sin base contra el inspector Leal.

El comisario Heredia estudió atentamente a Soria. ¿De repente se le había despertado el instinto policial, a estas alturas?

—¿La inspectora Ortiz le ha contagiado su veneración por el inspector?

Soria disimuló su sobresalto. Sabía que la cacería

emprendida por Heredia contra Julián era algo personal, y comprendía exactamente cuál era el papel que se le había asignado, pero incluso a él, que ya no se sorprendía por nada, le parecía excesiva esa obsesión.

—Si lo que quiere es la cabeza de Julián Leal, la agresión a Restrepo es más que suficiente. ¿Por qué buscar incriminarlo en esas muertes?

Heredia apretó las mandíbulas.

—No lo entiende, ¿verdad? No tengo tiempo para esperar. Me marcho en unas semanas, y no pienso dejar a ese individuo en las calles. ¡Lo quiero en la cárcel!

Soria no entendía por qué el comisario se empeñaba tanto. Empezaba a darse cuenta de que no solo odiaba a Julián. Había algo más. Heredia temía al inspector.

—¿Aunque tenga que forzar la mano? Si lo que me pide es que falsifique pruebas...

Heredia enarcó una ceja atónito. Se preguntó, por segunda vez aquella mañana, si Soria era una tortuga que apenas sacaba la cabeza del caparazón, esperando su jubilación, o si se había equivocado al juzgar su grado de laxitud.

—Lo noto cambiado, subinspector, más suspicaz.

—Solo intento hacer mi trabajo.

—Creo que tenemos un acuerdo, ¿verdad? Antes de irme a Madrid, dejaré firmado su ascenso y en la próxima convocatoria podrá marcharse a casa con un expediente inmaculado. Podrá dedicarse a esos juguecitos de guerra, a sus nietos o a lo que le dé la gana. A cambio, usted me da a Julián Leal. Si no quedó claro la primera vez que entró en este despacho y prefiere que le retire del caso, dígamelo ahora.

«Vete a la mierda, tú y tus obsesiones, tus cacerías de brujas y tus pajas mentales.» Soria pensó, durante una milésima de segundo, soltarlo. Y luego pensó en demasiadas cosas más y ladeó la cabeza como un perro acobardado al que le han enseñado la correa.

—No hay problema, comisario. Solo digo que necesitamos saber qué vio ese testigo desaparecido. Si denuncia a Julián, tendrá su cabeza. Se lo aseguro.

Camino del coche se metió un caramelo en la boca y llamó a Virginia. No contestaba. Cabreado, le dejó un mensaje en el contestador.

—Si quieres dejar de darle hostias al saco y prefieres dárselas a los malos, me llamas. Hay novedades... Joder, coge el puto teléfono, jefa. Es importante.

Colgó y se detuvo ante un estanco. Miró hacia el interior y se pasó la lengua por el paladar. Estaba hasta los cojones de los caramelos de menta.

—A tomar por culo —gruñó, escupiendo el caramelo. Entró en el estanco—. Deme tres paquetes de Ducados.

24

Costa del cabo Prior, Ferrol, abril de 2005

Rompiendo la niebla aparecía un barco con el casco oxidado. Sus motores no hacían ruido ni levantaban a su paso la punta de olas cortadas. Parecía un barco fantasma, avanzando sin que la quilla rozara siquiera el agua, levitando sobre el mar. En la cubierta, una hilera de siluetas humanas asomaba por la borda. Sus rostros eran inexpresivos, cetrinos. Estaban muertos. Hombres, mujeres y niños petrificados, como si la lava los hubiera eternizado en esa última y extraña forma. En el puente de mando un loco, vestido con un sambenito, canturreaba una nana acunando a un bebé con cara de viejo. En la proa, una mujer con el pelo tan largo que las puntas rozaban sus tobillos fornicaba con un hombre con cabeza de carnero.

Fouliña abrió los ojos. Solo era una pesadilla, se tranquilizó. Podría decirse que esa es la forma que tiene la culpa de emerger mientras se duerme, los gusanos mentales que aprovechan las horas de sueño para salir a la luz. Se frotó la cara para despejarse y desentumeció el cuerpo. Estaba amaneciendo. Desde el asiento del coche observó la lengua de playa a lo lejos, ahora desierta, y la fuerte marejada que en unas semanas aprovecharían los surfistas. Velas, tablas de surf, sombrillas y chiringuitos. ¿Quién iba a decirlo treinta años atrás, cuando atracaban allí las chanelas cargadas de tabaco y alcohol? Casi echaba de menos aquellos días. Salió del coche y tomó la abrupta senda que descendía hacia la parte más escarpada del risco.

La caseta se veía al fondo, en una breve explanada sitiada por el océano.

Gregorio estaba sentado fuera. No lo vio llegar.

El cartel —Cerrado por defunción— seguía en la persiana echada de El Cerso desde la muerte de Carmen. Las flores que algunas personas habían dejado en la acera se habían marchitado. Los primeros días alguien se ocupaba de reponerlas, pero ya nadie lo hacía. La vida tenía que continuar. Los periodistas y los policías también habían desaparecido. Poco a poco, con una naturalidad que dejaría atónito a cualquier forastero, el pueblo recuperaba su pulso. Así eran sus paisanos, pensó Fouliña: estoicos supervivientes; seguro que fue un gallego el que inventó eso de «A rey muerto, rey puesto». Por ahora, el trono de la Baronesa seguía vacante. A falta de otro bar en el pueblo, algunos antiguos clientes visitaban la minúscula cafetería restaurante de la casa de huéspedes en la carretera de La Coruña. La casera y su marido parecían tan desbordados como contentos.

No tardó en llegar hasta allí la noticia: unos pescadores habían recuperado en Santa Comba el cuerpo sin vida de Gregorio, el hijo de Horacio, el pastor. Por ahora no se sabía mucho, al parecer se había caído de una peña y se había ahogado.

—Su padre nunca quiso enseñarle a nadar. Una desgracia ser pastor en tierra de mar —dijo alguien como si diera consistencia al rumor del ahogamiento.

Otros dieron rienda suelta a las teorías conspiratorias.

—A ese lo han matado para cerrarle la boca. Dicen que vio al que mató a la Baronesa.

Unos pocos se apuntaron con timidez a la teoría del suicidio.

—Se sabe que estaba enamorado de ella, aunque Carmen lo tratase a patadas.

Ni un lamento, ni una palabra de compasión ni un gesto de ternura.

—¿Y tú qué dices, Fouliña? Era amigo tuyo. Seguro que a ti te contó algo.

Fouliña no decía nada. No había nada que decir. Lo único que su mente proyectaba era la voluminosa humanidad de Gregorio, un gigante con alma de niño, por las calles del pueblo, ofreciendo a unos y otros sus animalitos hechos con conchas y guijarros de la playa. Evocaba las raras veces en las que él parecía el más sabio de todos ellos, cuando se quedaba mirándolos con unos ojos tan grandes y callados y de repente sonreía, como si los niños fueran los demás. Niños que no sabían que lo eran. Niños que habían olvidado su niñez. Siempre los cinco juntos, la cuadrilla del cruceiro donde estaban grabados sus nombres con una navaja: Carmen, Susana, Fouliña, Julián y Gregorio. Una hermandad juramentada. Una familia elegida, eso era la amistad; la promesa de que ninguno de ellos estaría solo frente al mundo, que se protegerían unos a otros. Que no se harían daño. Que no se traicionarían.

Salió de allí porque no quería que nadie le viera llorar. ¿Quién llora por un gigante tonto que a nadie le importa?

Al volver a casa, Susana lo estaba esperando junto a la entrada. Fouliña vio en su expresión compungida que ya se había enterado de la noticia.

—Ya está —dijo Fouliña con dureza. Susana trató en vano de sujetarle el brazo.

—Tú no tienes la culpa.

Fouliña se revolvió furioso.

—¿Y quién la tiene, entonces? ¿A quién acudió para contarle lo que había visto? ¿Quién le convenció de que no podía decir nada? ¿Quién le dijo que tenía que esconderse, ocultarse como una rata? ¡Él no era culpable! Solo estaba donde no tenía que estar y vio lo que no tenía que ver.

—Intentaste salvarlo.

Fouliña se dejó caer en la mecedora del porche. Contempló sus manos como si no las reconociera.

—Sí —murmuró—, y ahora está muerto. Igual que Carmen. Estoy cansado de este maldito pueblo, de su gente, del pasado, de todo.

Susana se acercó y le sujetó la mano.

—Acabará pronto. Aguanta, hermano.

Fouliña miró a su hermana. La quería más que a

nadie en el mundo, y lo último que deseaba era hacer algo que la hiciera sufrir. Lo había intentado, pero ya no podía más. Se libró de la mano de Susana y se puso en pie.

—¿Qué vas a hacer? —le preguntó ella.

—Lo que sigue. Lo que debería haber hecho en cuanto Gregorio vino a verme.

25

Barcelona, abril de 2005

La Lagarta estaba a lo suyo, a sacarse algo de dinero con el poco cuerpo que le quedaba. La droga la estaba consumiendo. Montada a horcajadas encima de cualquiera se la veía chiquita, casi una niña mujer con las costillas muy marcadas y los pechos pequeños y oscuros. Alguna vez fue una joven hermosa y todavía guardaba un resquicio de ese esplendor en la curva de la espalda, en las nalgas y en las piernas. Pero de eso hacía mucho tiempo.

Fue el tipo que la estaba montando el que se dio cuenta de la presencia de Julián y se la sacó de encima con un empujón violento.

—¡¿Pero a ti qué te pasa?! —protestó ella.

Luego, siguiendo la mirada de espanto del cliente, vio al tipo con cara de muerto que había entrado en su casa.

Julián le hizo una señal al cliente, que recogió su ropa a toda prisa y salió sin rechistar. Luego acercó una silla y se sentó frente a la cama. La Lagarta se medio cubrió con la sábana. Tenía moratones por todo el cuerpo y marcas recientes de correas en el cuello y en las muñecas. Debajo del pecho derecho vio una marca de dientes.

—¿Y esos golpes?

—Me he caído.

—¿Y el suelo te ha mordido?

Ella lo miró con odio.

—¿Qué quieres?

—¿No me vas a preguntar quién soy o lo que hago aquí?

Ella se quedó mirándole con veneno en los ojos.

—Sé quién eres y lo que haces aquí. Mi madre me lo contó todo. Y ahora está muerta, y mi hijo desaparecido... Todo por tu culpa.

Julián la observó con desinterés, como si fuera parte del mobiliario de la habitación. Conocía a la gente como la Lagarta. Se derrumbaban a las primeras de cambio. Bastaba con un poco de presión, o con algún aliciente para hacerlas hablar. Sacó del bolsillo una bolsita con polvo y lo dejó a los pies de la cama.

—Siento lo de tu madre. Supongo que esto te aliviará un poco la pena.

Ella miró con ansiedad la droga. Le costó un enorme esfuerzo no abalanzarse sobre ella.

—Eres un hijo de puta sin conciencia, ¿verdad? No conoces la decencia ni la compasión.

Julián no disimuló su repulsión.

—Vendiste a tu hijo a Restrepo. Sabías lo que iban a hacerle y no te importó. No me des lecciones.

Ella sacudió violentamente el cuerpo.

—Eso lo dices tú. Yo no he hecho nada. No puedes demostrarlo.

Julián se abalanzó sobre ella y la sujetó con fuerza por la barbilla. Sus ojos eran como garfios que querían removerle las entrañas a la Lagarta.

—Que no pueda demostrarlo no significa que no lo hicieras. Lo hiciste, ¿verdad? ¿Qué te dieron a cambio? ¿Unos pocos gramos? ¿Cuánto vale para ti ese chico?

La Lagarta negó con la cabeza, visiblemente desesperada. De pronto, la furia de sus ojos se derritió y sus hombros se convulsionaron con una violenta sacudida. Su tono de voz se hizo lamento hondo, un llanto sin fin.

—Tú no lo entiendes.

Julián la soltó.

—¿Qué es lo que hay que entender? ¿Que tu propio hijo se convierta en una mercancía para ti?

La Lagarta pasó la lengua por el eccema del labio y se rascó los muslos desnudos. Al erguirse, descubrió el vientre. Tenía una fea cicatriz desde el ombligo hasta el nacimiento del vello rizado y oscuro. Toda ella temblaba encogida, sin atreverse a mirar a Julián a la cara. Durante un instante asomó otra chiquilla, cuyo verdadero nombre ni siquiera conocía el inspector, otra historia más del barrio, otro fracaso. Se sorbió los mocos y se frotó los ojos con el antebrazo.

—Fue el Blusas —dijo por fin, derrumbándose—. Él me obligó.

Desde niña, Irene no había conocido otra cosa que las privaciones. Creció con la idea de que nadie regala nada, y de que para vencer al hambre hay que ser más listo que ella. No tardó en ganarse el apodo de la Lagarta porque aprendió muy rápido a sacar provecho de su expresión inocente, de su voz agradable y de su indudable encanto para conseguir lo que se proponía con toda clase de zalamerías y artimañas. Cuando empezaron a desarrollársele las caderas y los pechos, el apodo cobró otro significado.

Como todos los niños, la Lagarta tuvo durante un tiempo sueños propios. Quería ser peluquera, enfermera, doctora, bombera, astronauta, tener una casa grande en Vallcarca, una casa grande en Ocata, un perro negro, un perro blanco, un gato... Sus sueños saltaban al ritmo de sus ojos inquietos y de su imaginación, incapaz de conformarse con una elección. Volaba al capricho del Todo. Más tarde esos sueños propios fueron sustituidos por los sueños prestados, las migajas que el mundo le arrojaba a los pies en el poblado de chabolas. Eso era: barro y ropa barata, buscavidas de uñas postizas, las canciones de Malú en un coche que pasaba con la música a todo volumen y la ventanilla bajada. Y los sábados por la tarde, con su pandilla, los cigarrillos en el vagón del metro, El Corte Inglés de plaza Cataluña, las palomas muertas en la fuente de los peces frente al Portal del Ángel. Las peleas con su madre, que ya no la entendía, aprender en propia carne lo que significaba ser hija en tierra de hombres, las primeras alucinaciones del ácido en la Carretera de las Aguas y sentirse parte de una canción de Loquillo con Barcelona iluminada a sus pies mientras su novio la dejaba embarazada a los dieciséis años. ¿Cuántas veces se habrá repetido esa misma historia en el asiento trasero de un Opel Corsa que jamás será la carroza de Cenicienta?

Él era bueno, lo bueno que se es sin saberlo. Sin preguntárselo. El padre de su hijo era bueno porque lo era, estaba en su raíz, en sus actos, en sus gestos y en la determinación de su mirada. Apenas era un poco mayor que ella, diecisiete años escondidos en tatuajes, camisas abiertas hasta el pecho y oro del que cagó el moro en el cuello y los lóbulos de las orejas. Quería ser Tomatito, y a veces Santana o Mark Knopfler. Su sueño era una guitarra negra Fender, pero no le daba miedo no ser algo. Pocos entienden que un sueño es lo que te acompaña cuando estás despierto. Se presentó en casa de Charo y dijo: «Quiero a su hija y voy a querer a su nieto, mi hijo. Bendígame, señora». Y se fue a Francia porque le habían dicho que al otro lado de la Junquera manaba oro de los grifos, que el futuro se puede comprar con voluntad y trabajo. A lo mejor él ya sabía que eso era mentira cuando lo atropelló aquel camión en Toulouse, pero qué más da si la mentira te ayuda a convertirte en algo de verdad.

Y ahí estaban, en el poblado, detrás de la ciudad: la Lagarta y Charo, dos viudas atrapadas en un círculo. Y ahora iba a venir otro niño al mundo. Nadie puede saberlo, aunque diga que sí, que lo entiende. No a menos que la realidad te muerda en la carne viva. Por eso la droga, que no era una escapatoria ni una ilusión, sino una derrota por adelantado. Cuando ya no eres capaz de ver más allá de los pilares del puente y tus pies están hundidos en el fango, cuando tu mirada ya es solo veneno y pena sin nombre. Marcharse despacio, en cada pinchazo, en cada hepatitis, bronquitis, paliza, abuso. Ya nada importa porque ya no eres nada.

Así se crece, hueco por dentro, zarandeado por fuerzas que no se comprenden, por injusticias que dejan de doler a fuerza de repetidas. Solo quedan los breves instantes de alegría, efímeras risas con un mal chiste, unas bombillas de verbena, algún recuerdo al paso del autobús. El niño creciendo y ella que lo miraba y lo veía a él, a su padre. También era bueno sin saberlo, sin estropearlo.

Y entonces aparecieron aquellas cámaras en el barranco, los políticos y las sonrisas. Querían hacer un documental de la Barcelona que todavía les avergonzaba, la de la trastienda. Venían elecciones municipales y los habitantes del poblado eran los figurantes en el decorado para lanzar las promesas de un cambio que nunca llegaría. Las promesas de quien no conoce son hojas al viento. Un hombre acompañaba a la comitiva y se demoró cuando el candidato pasó de largo repartiendo apretones de manos. Se le acercó y acarició la mejilla de su hijo.

—¿Cuántos años tiene?

—Ocho.

Y aquel hombre enseñó los dientes del lobo.

—Este chico tiene *algo* especial. Cuídalo mucho.

Y la Lagarta sintió un estremecimiento, porque le acobardaban los hombres que saben hablar, tienen modales, visten bien y huelen mejor. Ellos son los dueños del mundo y los demás el circo que los entretiene. Los amos del mundo quieren un buen espectáculo.

A los pocos días apareció en la casa Restrepo acompañado del Blusas. El sobrino de los Cantero era ahora su nuevo marido. «Nos casamos por la Iglesia, como manda Dios.» Dios no le había pedido opinión a ella, pero en la dote venía heroína sin cortar mucho, dinero para tener algún que otro capricho y más de lo mismo. Violencia y silencio. ¿Por qué no iba a aceptarlo ella? ¿Qué diferencia había con cualquier otro? A los veinticuatro años Irene ya no existía, solo era un saco de huesos moviéndose entre la realidad y la ficción. Al menos, el Blusas existía.

Dijo que el hombre que le acompañaba era alguien importante y que podía ayudarles. Se llamaba Restrepo y vestía con las prendas del triunfo. Puso un fajo de billetes en la mano de la Lagarta con esa certeza arrogante de quien sabe que todo tiene un precio. Y prometió que habría más. Cuando ella preguntó qué quería a cambio, sonrió.

—Es a tu hijo a quien quiero. Alguien se ha fijado en él. Yo solo soy el intermediario.

La Lagarta irguió el cuello, se abrazó el pecho, rascándose una costra en el codo.

—Contó un montón de cosas, pero yo no entendía su jerigonza. Que era productor de cine, que Chinchilla tenía lo que se necesita para que la cámara se enamore, que iban a hacerle unas pruebas.

—¿Y tú le creíste?

Por un momento, la Lagarta apartó la vista de las drogas sobre la cama y miró a Julián.

—Uno cree lo que quiere cuando le conviene. Yo sabía que algo no estaba bien, me lo decía el instinto. Pero ¿qué podía hacer? El Blusas ya había tomado su decisión y nadie puede decirle que no a ese animal.

Era imposible saber si sus lágrimas eran sinceras o no, ni qué las motivaba, si la culpa, el odio o la autocompasión. Julián no estaba allí para consolarla ni le correspondía a él redimirla.

—Y le diste tu hijo a un desconocido.

La Lagarta se balanceó adelante y atrás, dudaba, sabía que no debía, conocía las consecuencias, pero la visión de aquel BMW llevándose a su hijo seguía atormentándola. El dinero en la mano seguía quemándole.

—¿Sabes lo que es ser adicto? ¿Puedes entender qué se siente cuando tienes en la sangre un millón de hormigas hambrientas? Ya no eres nada, no puedes razonar, ni sentir ni tener sentimientos que escapen a la necesidad de alimentarlas.

Fugazmente, Julián pensó en Clara. Ella había usado tiempo atrás una metáfora distinta para explicarle lo mismo: «Imagina que tus venas se vuelven de cristal. Un dedo puede hacerlas estallar. Y vives con ese miedo al estallido y al dolor que lleva aparejado permanentemente. Millones de esquirlas clavadas detrás de los ojos, en el cerebro, en los intestinos, en la planta de los pies».

—El niño volvió a casa una semana después. Pero ya no era el mismo.

—El *niño* es tu hijo. ¿Tanto miedo te da reconocerlo?

No era miedo. Era vergüenza. Necesitaba desdoblarlo, alejarse de ese concepto. Si no era su hijo, si era cualquier otro, era más soportable.

—Fue como si le hubieran cortado a trozos las mejores partes y me hubieran devuelto una carcasa. No hablaba, apenas dormía y se sentaba ahí a mirarme con los labios apretados. No podía aguantar esos ojos clavados en mí.

Por casualidad, una mañana, el Blusas dejó abierto su ordenador. Era tan idiota que utilizaba su alias como contraseña. Había un archivo de algo menos de dos minutos.

—Cuando vi aquello, ya no pude seguir mintiéndome. Lo que había imaginado estaba ahora delante, era evidente. No sabía qué hacer, cómo quitarme eso de encima, ese tormento, esa culpa. Se lo enseñé a mi madre, le conté todo. No podíamos decir nada. No podíamos hacer nada. El Blusas o alguien peor que él nos habría matado a los tres. Tampoco podíamos huir. ¿A dónde, cómo, con qué?

Nadie es capaz de imaginar lo que significa vivir en el disimulo sabiendo algo así. Soportar en la mesa al Blusas mientras cenaba, cuando la llevaba al cuarto para follarla, cuando hacía un chiste, cuando estaba cagando en el baño. Y ver al mismo tiempo a su hijo, sentado en la misma mesa. Mirándole sin decir nada.

—Pensé en matar al Blusas yo misma muchas veces. En clavarle unas tijeras en los ojos mientras dormía, en arrancarle de un mordisco el prepucio cuando me metía la polla en la boca. Pero no tenía valor. Solo quería que me diera lo mío, encerrarme en el cuarto, pincharme y dormir. Dormir y no despertar. Hasta que unas semanas más tarde mi madre me llevó a un aparte. «Tienes que conseguirme esa grabación», me dijo. Yo me negué. Si se daba cuenta, el Blusas era capaz de cualquier cosa. Mi madre me dio dos hostias que me voltearon la cara. No había vuelto a pegarme desde los doce años. Nunca había visto esa rabia y ese desprecio en sus ojos. «Esos hijos de puta tienen que pagar por lo que le han hecho a mi nieto. Y yo sé quién nos va a ayudar...» Se refería a ti. Fue idea suya lo de mandarte la nota anónima. Ella te fue guiando hasta Restrepo.

La Lagarta se quedó callada un momento. Necesitaba respirar.

—Mi madre confió en ti. Yo no. Le dije que no lo hiciera, y no me quiso hacer caso. Ahora está muerta, y mi hijo está en manos del Blusas.

—¿A dónde se lo ha llevado?

La Lagarta se mordió los labios y se echó hacia atrás, como un perro apaleado.

—Me matará, cuando sepa que he hablado, me matará.

Julián se acercó a ella y le sujetó la muñeca.

—Y si no lo haces, matará a tu hijo. Tienes que elegir.

Cinco minutos después, Julián se marchó sin volver la vista atrás, ajeno al llanto de la Lagarta.

«Tienes que elegir», le había dicho a la madre de Chinchilla. Todos debemos hacerlo, en un momento u otro. No siempre podremos inhibirnos, no siempre podremos fingir que no vemos lo que vemos, ignorar lo que sabemos, aparentar que no nos concierne.

Ya había ido demasiado lejos para detenerse ahora.

Al secuestrar a Restrepo, Julián Leal había hecho su elección. Recordaba cada detalle: Restrepo estaba sentado en el borde de una silla con las manos atadas a los tobillos, obligándole a permanecer inclinado hacia delante, en una postura dolorosa, con la cabeza entre los testículos. Intentó acomodarse mejor, pero notó una punzada en el costado, como de hueso astillado clavándose cada vez que respiraba. Aguantó la respiración y después empezó a soltar el aire poco a poco, como si silbara, para amortiguar el dolor. Pero le sobrevino la tos y todo el esternón se sacudió como resquebrajado por un terremoto. Estaba desnudo, tiritaba como si estuviese helándose y a la vez toda su piel destilaba sudor.

El instinto empezó a superar a la conciencia adormilada. Miró alrededor. Le resultaba imposible comprender cuánto tiempo llevaba así y dónde estaba. Lo último que recordaba era el rostro de ojos verdes que le había abordado en la calle al salir de su despacho. Movió desesperadamente la cabeza a izquierda y derecha, trató de liberarse porfiando con las ataduras, pero nuevamente el dolor del costado, probablemente una costilla rota, le hizo desistir del intento. Poco a poco una luz fue abriéndose en su discernimiento, la sospecha de que quien lo tenía sabía lo que hacía.

De vez en cuando se escuchaban pasos, se encendía una luz que se colaba tras la rendija de la puerta. Entonces sentía el corazón acelerándose, las venas de las sienes bombeando frenéticamente, el sudor salado mordiéndole las heridas de la cara. Al cabo de unos segundos la luz se apagaba y los pasos desaparecían. El corazón exhausto aminoraba el ritmo de los latidos y la sangre volvía, dejándole un terrible dolor de cabeza. Después de que esto se repitiera dos, tres, cuatro, diez veces, su capacidad de permanecer alerta había desaparecido. Quedó sumido en un estado letárgico. Su mente se negaba a seguir en ese estado de tensión. Aunque un hilo de consciencia le decía que seguía despierto, su cerebro se empeñaba en negarlo. «Todo es una pesadilla, solo estás durmiendo.»

Por fin, los goznes de la puerta se doblaron poco a poco. Hubiera jurado que gritó, no estaba seguro, cuando el tipo de los ojos verdes avanzó hacia él parsimoniosamente. Sintió que se reclinaba detrás de él.

—Eres precavido, Restrepo. Pero todo el mundo comete fallos. Un pago con tarjeta de crédito en una gasolinera, alguien que repite un comentario oído en alguna parte, la huella digital en la web oscura. Siempre queda un fleco suelto, ¿verdad? Me ha costado meses, pero aquí estás. Es hora de que hablemos... ¿Te gustan las películas en las que violan a niños?

Restrepo tenía la espalda entumecida después de permanecer tanto tiempo en una postura tan forzada. Le costaba erguir el torso, como si temiese escuchar un chasquido al partirse la columna.

Y entonces notó las tenazas en el dedo del pie. Gritó. Pero nadie podía oírle.

Las tenazas se retiraron sin arrancarle el dedo. Oyó los pasos alejarse, la puerta se abrió y volvió a cerrarse. De nuevo solo, en la oscuridad, se echó a llorar, aterrado. Se había meado encima y se estaba formando un charco de orina entre sus piernas.

Aquella escena se repitió varias veces. El hombre de los ojos verdes entraba, le preguntaba algo, le amenazaba y salía dejándole solo. Uno tras otro, los nervios de Restrepo fueron rompiéndose.

—Solo soy un hombre de negocios —sollozó.

Julián Leal estaba sentado frente a él, en mangas de camisa.

—Blanqueas dinero y satisfaces las perversiones de la gente que puede pagarlas. Las leyes del mercado, ¿no es cierto? Oferta y demanda.

Restrepo escupió sangre al toser.

—¡No entiendes con quién te estás metiendo! No sabes qué gente está detrás de mí.

Julián asintió sin inmutarse.

—Para eso estamos aquí. Para que me ilustres.

Abrió el ordenador portátil e introdujo el CD en el lector. Le dio la vuelta y colocó la pantalla ante Restrepo.

La imagen era de mala calidad, como si alguien la hubiera grabado de manera furtiva con un dispositivo oculto. Se movía, borrosa. Apenas duraba un minuto. Un hombre cubierto con una máscara —parecía de un lobo— sodomizaba a un niño con las manos engrilletadas en el cabezal de una cama.

Restrepo quiso apartar la vista, pero Julián le obligó a seguir mirando.

—¿Quién es el de la máscara?

Restrepo negó con los labios apretados. Julián le dio un puñetazo debajo del ojo.

—Es evidente que la imagen está editada. Seguramente había alguien más ahí, alguien que grabó una parte de lo que ocurría sin que tú te dieras cuenta... ¿Dónde está el metraje que falta de la grabación? Quiero el original.

—No lo comprendes, me matarán.

Volvió a golpearle, esta vez en la oreja. Con más fuerza.

—Te mataré yo a golpes, si es necesario. ¿Cuántas grabaciones más hay, a cuántos niños les has hecho esto?

Las preguntas se sucedían, también los golpes y la negativa a responder de Restrepo. Después de veinte minutos, su cara era un amasijo informe. Julián Leal contempló sus puños enrojecidos. Le dolían las manos, los nudillos le hervían y no estaba más cerca de saber lo que necesitaba. Había cruzado una línea, una que jamás pensó que fuera posible cruzar. Todo lo que creía de sí mismo, lo que llevaba contándose cuarenta y tantos años, se revelaba como una mentira monstruosa, una ficción que nada sustentaba. Y lo más terrorífico era que no le importaba, que no sentía nada, ni alivio, ni culpa ni remordimiento. Solo sentía que los demonios, tanto tiempo encadenados, gritaban ahora en su pecho eufóricos y no clamaban por justicia alguna. Querían hacer daño, venganza, caos y destrucción.

Intentó acordarse de cuando era un niño y caminaba descalzo por el prado en los alrededores de la casa de Susana y de Fouliña. Sentía cosquillas en la planta de los pies al pisar la hierba, era suave como una alfombra. Susana estaba tumbada y su vestido de flores parecía nacer de la hierba con ella dentro. Fouliña andaba con Toño, su padre, junto a la casa. Aquel fin de semana, los padres de Julián habían decidido irse a disfrutar de la capital. A él le pareció bien quedarse en casa de sus amigos. Toño era como su tío, el hombre en el que más confiaba su padre. Su compañero de mil batallas. Su hermano de armas. Ojalá todo hubiera quedado quieto en esos instantes, eternamente. Invisible para la desgracia. Pero no fue así. Siempre hay monstruos debajo de la cama.

Ya no era ese niño. Y lo que quedaba de él, del niño que fue, contemplaba sin inmutarse la obra del hombre que era.

—Me darás lo que quiero o no saldrás vivo de aquí.

—¿Por qué me haces esto? ¿Y qué te importa ese crío? ¡No es nadie, joder! No es nada —murmuró Restrepo con la cabeza ensangrentada.

Julián le aferró con fuerza la mandíbula.

—Es alguien. El hijo de su padre y de su madre, el amigo de sus amigos, un chico al que le has robado todo.

Tres horas después aparcó el coche delante del chalé adosado de Virginia y llamó a su puerta. Dentro se oían las risas de Luis y de las niñas. Oyó la voz de su amiga y compañera, los pasos acercándose a la puerta. Vio la expresión de sorpresa al verle cubierto de una sangre que no era suya.

—Creo que he matado a un hombre.

Restrepo no estaba muerto. Todavía respiraba. Pero eso ya carecía de importancia.

26

Hotel de las Letras, Gran Vía de Madrid, abril de 2005

El Magistrado, uno de los juristas más respetados y con más poder del país, buscó un lugar en el que poder fumar. Ataviado con su habitual americana de cuadros y su mítica pajarita, suspiraba, abstraído frente a un lienzo de grandes dimensiones. Su nombre estaba en las quinielas para el nuevo Gobierno. Se rumoreaba que iban a nombrarle ministro de una cartera importante. Aquellas apuestas le aburrían soberanamente. Uno tras otro, año tras año, legislatura tras legislatura, aparecían aquellos seres ambiciosos, pretenciosos y arrogantes, daban sus discursos, estrechaban manos y creían haber alcanzado la cúspide. En realidad, apenas iban a empezar a comprender que tal cúspide no existe, que el poder es un ente propio, sin amos, que solo se vale de sus esclavos para crecer y hacerse más y más inaccesible.

Para perdurar, el poder se valía de peones útiles como aquel comisario Heredia que se le acercó para ofrecerle una copa de coñac. Su voz era meliflua, al tiempo que sus gestos de una rara viveza.

—¿Puedo felicitarle ya, señoría?

—Todavía no es oficial. En cualquier caso, deberíamos felicitarnos mutuamente. Pienso llevarle a usted conmigo para mi gabinete.

—Para mí es un honor contar con su confianza.

El Magistrado apenas movió los labios.

—Le irá bien aquí, Heredia. —Sonrió alargando la comisura de los labios y las arrugas de la frente. Era una sonrisa empañada por un halo de melancolía. Cerró los ojos y estuvo largo rato paladeando el coñac. Cuando los abrió, murmuró de forma casi inaudible—: Qué extraña es la muerte.

—¿Cómo dice?

—Ese cuadro —dijo el Magistrado señalando la tela que antes había observado con tanta atención. La escena refería la agonía de un moribundo, apenas un niño, ante la mirada atenta de un sacerdote que llevaba el viático. Un coro de mujeres rodeaba el lecho, cubiertas con vestidos de luto prematuro—. El tiempo tiene sus exigencias y no es posible esquivarlas.

—Sin embargo, el moribundo parece un chico joven —advirtió Heredia, que solo buscaba congraciarse con el Magistrado—. No parece que su tiempo estuviera completado.

—A eso me refiero. La muerte no entiende nuestro sentido de la oportunidad. Un ser vivo, joven, lleno de vitalidad, que de repente experimenta una tumultuosa metamorfosis y deja de existir. Los hombres, buenos o malos, sangran y mueren por igual. Pero a unos se los recuerda y a otros se los olvida. Ahora, cada día me pregunto qué muerte será la mía; la de los justos que nunca mueren o la de los que no merecerán ser nombrados.

—Usted es uno de los hombres más importantes de este país. Ha hecho mucho por esta democracia. Eso le garantiza un nombre en la eternidad, sin duda.

—Supongo que eso es cierto, pero el mérito es poca cosa, susceptible de ser borrado con un cotilleo, una pequeña falta que se agiganta hasta destruir una reputación duramente labrada. —Estudió con intención el rostro de Heredia—. Tengo entendido que a usted le apasiona Napoleón. Entenderá entonces mi visión. Nos gustan los héroes, sin duda, pero, sobre todo, lo que nos apasiona es destruir su legado... Y eso es algo que no podemos permitir que suceda. Por el bien del sistema, los héroes deben seguir siéndolo, ¿entiende? Seres intachables, semidioses de leyenda. Y para salvaguardar su memoria están los hombres como usted.

Hubo un largo y tenso silencio.

—Está ese tema un poco molesto, el del inspector Julián Leal.

Heredia tragó saliva con la mirada huidiza.

—Me estoy ocupando de ello. Lo tengo bajo control, se lo aseguro.

El Magistrado sonrió con debilidad.

—No me cabe duda. Pero, por si acaso, un poco de ayuda no le vendrá nada mal. Tenga, tómelo como un regalo de bienvenida a *la corte*. Estoy seguro de que hará un buen uso —dijo tendiéndole una carpeta precintada que parecía muy antigua—. Sé que no nos va a fallar, Heredia. Será usted un buen subsecretario. Tiene un futuro brillante por delante.

Heredia sabía perfectamente lo que significaban aquellas palabras y aquella mirada. Lo más cruel puede ser dicho de la manera más amable, y las peores atrocidades pueden cometerse con una sonrisa. Los verdaderos psicópatas, los destrozadores de todo lo bueno que le queda al ser humano, son aquellos que nunca rozan con sus uñas la suciedad. Bajo las enormes lámparas de araña que alumbraban el salón, los elegidos por la fortuna le daban la bienvenida, pero le dejaban bien claro que lo expulsarían de aquella cofradía de triunfadores con un gesto de desdén y se olvidarían del asunto si era necesario. Él era, a fin de cuentas, el barrendero, el encargado de recoger las cagadas de perro. Si no lo hacía, no les servía para nada.

A solas, abrió la carpeta: actas judiciales, declaraciones, pruebas periciales, diligencias de todo tipo concernientes al caso FR210/1975. Era el número que se adjudicó en 1975 a la investigación por la muerte de Martín Leal.

Lejos de allí, a más de cuatrocientos cincuenta kilómetros, Virginia se preguntaba qué clase de locura transitoria la había empujado a meterse en la cama con Luis. Ajeno a sus pensamientos, él le acariciaba la cadera desnuda.

—Me alegra que me hayas llamado. Me ha sorprendido, pero me alegra.

Virginia se sentía extraña, ni feliz ni infeliz, ni satisfecha ni insatisfecha. Follar con Luis en un hotel, como si fueran dos desconocidos, la descolocaba.

Pensó que sería una aventura excitante: «Olvidemos lo que éramos, lo que seremos. Seamos esto, nada más. Ahora...». Pero no había dado resultado. Se sentía sola. Echaba de menos a su marido, pero no había pensado en él para correrse. Había estado tentada de decírselo a Luis: «Pensaba en otro, en cualquier otro, mientras me follabas». No se lo dijo.

—Tengo que ir a trabajar. La habitación está pagada, así que puedes quedarte el tiempo que quieras.

Era como decir «quédate para siempre».

—Preferiría volver a casa, contigo y con las niñas. Retomar nuestra vida.

Virginia contempló a Luis tendido en la cama, su cabello aplastado contra la almohada, la cara enrojecida y los ojos rebosantes de una fuerza que no sabía en qué sentido dispersarse. Le acarició el labio inferior, agrietado. Por primera vez en toda su vida no tenía un plan, no calculaba las posibilidades ni escuchaba esa voz interior que le avisaba de cuándo estaba a punto de cometer un error.

—No vas a volver a casa, Luis. No vamos a retomar lo nuestro. Vamos a divorciarnos.

Luis la miró desconcertado.

—No entiendo. ¿A qué ha venido esto, entonces?

Virginia empezó a vestirse.

—Necesitaba saberlo.

—¿Saber qué?

—Que ya no hay nada. Que se acabó.

Le apetecía pasear. La calle Llibreteria era angosta, de altos pórticos por donde el sol apenas encontraba resquicios para colarse. Los tiestos de los balcones alojaban tallos de flor exiguos que se alzaban hacia arriba con desesperación para agarrar un poco de luz. Los comercios estaban abiertos y un incesante hormigueo de gente entraba y salía de los locales. Junto a una cerería, un grupo de monjas discutía el precio de cirios y velas, y un poco más allá, al lado de una tienda de sombreros, dos ancianos se calaban boinas y se miraban al espejo. En un puesto de golosinas un tumulto de colegiales con uniforme atosigaba al tendero. De un balcón salía música reggae; dos guardias urbanos hacían su ronda a pie, calle abajo. Una especie de predicador, con unos cartones colgados, leía el Levítico en la plaza de Sant Jaume frente a los Mossos que custodiaban el Palau de la Generalitat.

Y de pronto, ocurrió, sin más. Virginia sonrió. Cerró un segundo los ojos y respiró el aire de las calles, escuchó el bullicio. Había desaparecido la carga, el peso sobre el pecho, las dudas. Era libre. Se *sentía* libre. Una sensación nueva de ligereza que asustaba un poco, como si el suelo desapareciera bajo sus pies. Algo extraordinario que hacía mucho tiempo que no sentía.

El teléfono vibró en su bolsillo. Todavía tenía en el salvapantallas una instantánea de las niñas con Luis. Tendría que cambiarla por un bonito paisaje.

—Ya era hora, te he llamado media docena de veces —protestó Soria.

—Hoy es domingo. Domingo por la mañana.

—¿Ahora me sales con horario de oficina, jefa? Te digo que ha ocurrido algo gordo.

Virginia seguía observando al borracho que peroraba con una Biblia en la mano frente a la sede del Gobierno catalán.

—¿Ha empezado a acabarse ya el mundo? —bromeó.

—Peor. Acaban de llamar de la central de Ferrol. Han encontrado al testigo gallego que había desaparecido, el tal Gregorio. Está muerto. Y hay más. Mucho más. Alguien se ha presentado en una comisaría de allí a prestar declaración. Afirma que conocía a Gregorio y que este le confesó lo que vio la noche en que asesinaron a Carmen Laín... Será mejor que vengas a comisaría ahora mismo, jefa. Me temo que esto no te va a gustar.

27

Barrio de la Barceloneta, unas horas antes

A Julián le gustaba bajar hasta la escollera con unas latas de cerveza, la silla y la caña de pescar. Pocos peces se acercaban ya a las rocas. El barrio ya no era el que él había conocido cuando la tía Milagros se lo llevó a vivir con ella. Ya no quedaban casi pescadores en la calle de la Sal, solo se veían turistas en bañador y en los balcones colgaban los anuncios de alquiler de temporada. Aun así, aquella era su manera de desconectarse. Pero ahora su cabeza bullía con lo que le había dicho la Lagarta. Si el Blusas se había puesto bajo el paraguas de los Cantero, no podría llegar hasta él.

Tratando de proteger al niño, lo único que Julián había logrado era ponerlo en peligro. Los Cantero tenían oídos y manos en todas partes. Había sido una estupidez ir al barranco a plena luz del día a hablar con la abuela del chico. Les había puesto sobre aviso, ahora sabían que se estaba acercando. Y Charo estaba muerta, Restrepo en la UVI, y todo ¿para qué? ¿Qué clase de justicia pensaba imponer? Para el niño nada cambiaría, Julián lo sabía sobradamente. Cuando te arrebatan la inocencia nadie ni nada puede restituirla. No puede devolverse lo robado. Aunque tal vez Chinchilla triunfara allí donde él había fracasado. Con suerte no sepultaría lo ocurrido tan hondo para llegar a olvidar la verdadera causa de su desdicha y de sus fracasos cuando fuera adulto. Quizá él aprendería de nuevo a confiar, a enamorarse, a creer en algo que no fuera el dolor. Con mucha suerte, con tesón, con ayuda, Chinchilla acabaría entendiendo que nada de esto fue culpa suya, que no lo merecía.

Volvió a casa con la caña vacía y unas cuantas cervezas de más. La plaza del mercado estaba ocupada por un círculo de jóvenes en ropa deportiva haciendo piruetas de *break* con la música a todo trapo. Algunos vecinos miraban el espectáculo desde las ventanas. Nadie protestaba. Julián pasó de largo, abrió el portal de su casa y subió los tres pisos deteniéndose en cada rellano para encender la luz de la escalera. A veces creía ver subiendo por delante de él a la tía Milagros cargando las bolsas del supermercado, con aquella respiración bronquítica suya. La echaba de menos. Durante toda su vida, su tía se había empeñado en que Julián no odiara a su madre.

—Te quiere mucho. Eres su único hijo, carne de su carne. Solo necesita tiempo para el duelo. Vendrá a buscarte.

—Me ha abandonado. Me culpa por la muerte de mi padre.

La tía Milagros se apoyaba en la pared para tomar aire sin soltar las bolsas:

—Cuando algo nos duele mucho, podemos ser injustos con los que más queremos.

Su madre nunca volvió a por él. Se murió sin querer que él estuviera en el entierro. Aun así, la tía Milagros siempre la defendió.

—Donde quiera que esté ahora, seguro que vela por ti.

«¿Dónde estás ahora, madre?», se preguntó Julián observando la casa a oscuras, los documentos del hospital extendidos sobre la mesa, la medicación encima del mueble. «¿Dónde estabas entonces, cuando me hacían daño en tus narices?» La carne de la carne no significa nada.

Cenó un resto de pasta del mediodía con un refresco ante el televisor. En la mesita bajera seguía sin desenvolver de la protección plástica el tratado sobre Nicolas de Staël que había comprado un par de días antes. Le hacía compañía a una biografía de Velázquez y a un ensayo sobre Pollock, también sin abrir. Ya no era capaz de concentrarse en la lectura, ni de admirar la pintura o saborear la música; incluso había dejado de lado las acuarelas y los lienzos en la galería trasera. Cada vez le quedaba menos energía, y la necesitaba toda.

Un timbre le avisó de que tenía un correo en la bandeja. Buscó las gafas y lo abrió. Le sorprendió que fuera de Clara. Ahora no tenía tiempo para fingir interés por algo que no necesitaba. No era capaz de intercambiar frases más o menos ingeniosas sobre el Boss o la última película de Kubrick. El tono del mensaje de Clara no era, en cambio, desenfadado ni una invitación a una charla insustancial:

Necesito hablar contigo urgentemente. Ha ocurrido algo y no sé a quién más acudir. Te dejo las señas. Por favor, sé discreto. Nadie sabe que estoy aquí.

A lo lejos, el sol se posaba sobre la sierra de Las Gavarras. A Clara le traía buenos recuerdos aquel atardecer, la devolvía a los paseos con su padre por el río Daró y a sus miradas cómplices cuando su madre se quejaba de las nubes de mosquitos. A ella le sentaban bien aquellas excursiones. Por eso su padre alquilaba allí la casa todos los veranos. A veces iban a merendar al Puig de Sant Ramon y se sentaban en el merendero a jugar a las cartas, o decidían hacer una excursión hasta el castillo de Vulpellac. A su padre le gustaba la heráldica, los emblemas del blasón y la historia de los barones de Peratallada y los Sarriera. A su madre lo que le encantaba era poner en el tocadiscos las canciones de Brian Adams. Clara se reía viéndola bailar al son de esa música que tarareaba de memoria, sin comprender el significado, porque no hablaba ni entendía el inglés. Una vez se subieron encima de la cama, las dos descalzas, y estuvieron bailando agarradas, como si fueran novios, hasta que una de las patas de la cama se quebró por el peso. De vez en cuando bajaban al mercado, a Canapost, porque su madre decía que allí eran mejores las frutas y las verduras, se paraban delante del restaurante de la carretera a tomar un granizado, los pies desnudos de la una sobre los muslos de la otra. A Clara le encantaban las piernas de su madre, tostadas por el sol, suaves y brillantes cuando se ponía el repelente de los mosquitos, que dejaba un olor dulzón en sus manos. Y sus pies, pequeños, de dedos apretados y esmalte rojo en las uñas.

El corazón le dio un vuelco cuando vio aparecer los faros del coche de Julián en lo alto del camino. Lo saludó desde lejos y abrió la cancela.

—Es difícil dar con este sitio —dijo él a modo de saludo, saliendo del coche.

—Esa es la idea. Gracias por venir; no estaba segura de que quisieras hacerlo. Pensarás que estoy loca.

Julián no pensaba tal cosa, a pesar de haber conducido casi dos horas sin saber por qué.

—... Aunque me gustaría saber a qué viene tanto misterio y tanta urgencia.

—Será mejor que entremos y lo veas tú mismo.

En el salón había una bolsa de deporte abierta. Contenía varios paquetes de cocaína, Julián calculó que habría un kilo. Al lado había varios fajos de billetes, ordenados en dólares y euros. Junto a la bolsa, varios pagarés de bancos ubicados en Andorra, Malta y Panamá. No pudo cuantificar la cantidad total en aquel momento, pero debía de sumar una auténtica fortuna. Aparte, encontró dos pasaportes, uno estadounidense y otro italiano: uno a nombre de Diana Parker, nacida en Austin, Texas; el otro expedido a Laura Cervini, nacida en Bari, Puglia. Ambas tenían el rostro de Clara y un futuro en blanco.

Julián se pasó la mano por la cabeza, desconcertado, y se volvió hacia Clara con el ceño fruncido.

—¿Qué significa esto?

Clara se sentó en una silla, inclinada sobre los codos con los dedos entrelazados.

Pese a haber leído la carta, todavía era incapaz de asimilar que su padre hubiera sido capaz de concebir semejante plan: costaba imaginar los años dedicados, el secretismo y la determinación para llevarlo a cabo mientras ella manoteaba y gimoteaba contra sus fantasmas en la clínica de desintoxicación. Ese hombre frío, correcto, que jamás había trasgredido una sola ley, un solo mandamiento, jubilado y viudo de vida intachable, había renunciado a todo, se había arrojado en manos de gente con la que jamás soñó tratar, ni siquiera osó imaginar que pudieran existir, y con una calculada paciencia se había dedicado a robarles, a acumular futuro para su hija mientras su presente se iba acortando. ¿De dónde sacó la sangre fría y el temple, la astucia para hacerlo? De la desesperación, del amor, de la necesidad. ¿De dónde si no?

—Mi padre está muerto. Lo han asesinado, y creo que ha sido porque buscaban esto.

Alzó la cabeza y estudió con timidez a Julián.

—Necesito que me digas qué debo hacer. Tú eres policía, ¿no?

Julián daba vueltas alrededor de la mesa, observaba los documentos, los pasaportes y movía la cabeza. Su expresión era indescifrable. Arrastró una silla y se sentó frente a ella.

—Explícamelo todo, desde el principio.

Clara le contó todo lo que sabía. Le habló de su tragedia en México, del estado en el que regresó a España, de la relación con su padre, del suicidio de su madre, de la clínica de desintoxicación, de Waldo. Durante treinta largos minutos, Julián fue haciéndose una idea del infierno en el que había vivido. Mientras ella hablaba con la voz entrecortada, tratando de poner distancia entre la narración y su persona —como si le hubiera pasado a otra—, Julián se fue sumiendo en cavilaciones más y más oscuras.

Cuando Clara terminó de hablar, él la tomó por las manos. Estaban frías y temblorosas.

Deberías haberle contado en ese momento la verdad, inspector. ¿Por qué no decirle que conocías a Francisco, que fue uno de los cuatro hombres que incendió tu casa y quemó vivo a tu padre? Tal vez si le hubieras contado eso las cosas no habrían sido como fueron. Pero no lo hiciste; ¿te faltó valor o imaginaste que Clara no te habría creído si le hubieras dicho que fue una terrible, absurda y paradójica broma del destino que tú y ella os conocierais? Nadie podría creer algo así, amigo. Ni siquiera lo había creído tu mejor amiga, Virginia. No supiste que Clara Fité era la hija de Francisco Robles hasta que la inspectora te lo dijo.

Sinceramente, a mí también me cuesta creerlo. Nosotros, la gente como tú y como yo, no creemos en el azar. Pero, de acuerdo, finjamos que entre siete mil millones de personas, entre todos los destinos escritos, os encontrasteis por casualidad. ¿Por qué no reaccionaste entonces? ¿Por qué no cogiste aquella bolsa y llamaste inmediatamente a Virginia? Ya tenías bastantes problemas, ¿por qué meterte más en la mierda? ¿Fue por ella, por Clara? Intento comprenderte, inspector, pongo toda mi buena voluntad, y lo único que se me ocurre es que callaste porque los hijos no deben cargar con las culpas de los padres, aunque los padres asuman las culpas de los hijos. Quizá sea esa, y no otra, la forma natural de las cosas.

—Hay mucho más. —Clara se levantó y fue a la mesa. Dentro de la bolsa, en un bolsillo interior, había un cuaderno de tapas negras—: Son las notas de mi padre. Ahí está todo.

Julián abrió el cuaderno. Francisco había sido metódico, lo había anotado todo: nombres, fechas, lugares, entregas, pagos, sobornos a funcionarios de aduanas, policías, empresarios, jueces, cargos públicos... Todos se habían beneficiado durante años de un engranaje que estaba perfectamente engrasado. Una tela de araña que se extendía desde Ciudad de México hasta Madrid pasando por Galicia y Barcelona y que irradiaba sus efectos hasta los puertos de Marsella, Civitavecchia, Amberes, Hamburgo... Una bomba nuclear.

—En cuanto salga a la luz, el país entero va a arder.

Clara asintió.

—Mi padre lo sabía. En cuanto apareció Carmen Laín torturada y asesinada, supo que vendrían a por él. Y luego a por mí. No quieren la droga robada ni el dinero, o no solo eso. Quieren este cuaderno y las pruebas que demuestran que todo lo que está escrito ahí es cierto.

—¿Dónde están esas pruebas?

Clara empezaba a preguntarse si había cometido una insensatez pidiéndole ayuda a Julián. ¿Qué conocía realmente de él? ¿Qué le permitía confiarle su destino? ¿Unos meses de relación casi epistolar, un deseo físico no satisfecho, algunas afinidades musicales o cinematográficas? Tenemos tendencia a confiar en las personas que nos parecen atractivas, nos fiamos más de lo que vemos que de lo que presentimos, queremos entregarnos a quien nos ha tratado bien, con cariño, con respeto.

No le quedaba más remedio que saltar a ciegas.

—He guardado esos documentos en un lugar seguro. —Con cuidado, como si manipulara nitroglicerina, sacó una pequeña llave y se la entregó a Julián.

El inspector observó la llave. Era una Fichet de seguridad, probablemente de un apartado de correos o de una consigna.

—¿Qué se supone que tengo que hacer? —le preguntó Clara—. Podría coger ese dinero, los pasaportes y marcharme. Empezar de nuevo. Tienes la llave y el cuaderno, el resto ya no es asunto mío.

Julián asintió. ¿Quién no querría huir si se le ofrecía una oportunidad?

—¿Es lo que querría tu padre?

—No sé lo que querría mi padre. Nunca llegué a conocerlo de verdad —dijo Clara contemplando la bolsa de deporte encima de la mesa.

—Deberías hacerlo —reflexionó Julián—. Márchate, adopta una de esas identidades, empieza de nuevo en algún lugar sin pasado para ti.

Clara lo miró a los ojos. Estaban fríos, apagados.

—¿Y qué harás tú?

Julián lo pensó unos segundos, luego se guardó la llave.

—Hacer algo bueno en mi vida, por una vez.

Era de madrugada cuando regresó a casa. Las luces de la farola estaban rotas, la calle de la Sal vacía. Excepto por dos siluetas que le esperaban en el portal.

Primero reconoció a Virginia y, tras ella, al gordo de Soria. Julián los vio ir hacia él y tuvo un mal presentimiento.

Fue Soria el que se adelantó con los grilletes en la mano.

—Julián Leal, quedas detenido.

Julián no se resistió. Virginia permanecía rígida, mirándole fijamente.

—Pensaba que ya habíamos pasado por esto.

Soria le apretó los grilletes más de lo necesario. Virginia se acercó hasta quedar a dos centímetros de su cara.

—Te lo advertí. Te dije que si descubría que me estabas mintiendo yo misma te cortaría la cabeza. Estás detenido como sospechoso de ser el autor material del asesinato de Carmen Laín, Francisco Robles y Gregorio Sanjuán.

28

Juzgados de lo Penal, tres días después, abril de 2005

Por fin se abrió la puerta. Julián estudió los pasos vacilantes de la jueza, seguida por un agente judicial. Detrás entraron su abogado, Raúl Fonseca, y el representante del ministerio fiscal. Julián miró hacia los bancos de atrás. Ahí estaban Soria y Heredia, entre el público. Virginia no había querido estar presente.

El comisario intercambió una mirada risueña con él y Julián sintió un vacío en el estómago.

La jueza tomó asiento con aire de estar muy ocupada y querer resolver aquel asunto con celeridad. Desmenuzó al detenido con la mirada, como si estuviera frente a algún tipo de animal molesto, sin convicción, pues no esperaba sorprenderse con las respuestas.

—Diga su número profesional, su nombre y su apellido. —Julián cumplió con la rutina, poniéndose en pie—. Entiendo que su abogado, aquí presente, le ha informado de los derechos que le asisten. —De nuevo, Julián respondió como se esperaba. En aquella parafernalia todo estaba medido—. Estamos aquí para decidir si corresponde aplicar la medida de prisión preventiva que solicita el ministerio fiscal o cualquier otra que se estime oportuna.

El ministerio fiscal, encarnado en un joven circunspecto, adoptó el aire pedante de la perfección inmaculada.

—Señoría, según los datos aportados por la investigación policial consideramos que hay base sólida para imputar al encausado por las muertes de Carmen Laín, Francisco Robles y Gregorio Sanjuán. Probaremos que existe un móvil y un medio, aportaremos las pruebas que lo determinan, pero todavía no se han dado por concluidas las diligencias. Teniendo en cuenta los antecedentes del inspector Leal, ahora expedientado y suspendido de funciones por otro asunto, consideramos que existe alto riesgo de fuga, la posibilidad de manipular o destruir pruebas incriminatorias y, claramente, una actitud reincidente y peligrosa. Por ello pedimos prisión comunicada y sin fianza hasta la fecha del juicio.

Julián no pudo evitar pensar que había algo cínico en esa soberbia del bien absoluto, cínico porque negaba obstinadamente la realidad, que nada es perfecto, aunque esté escrito en el código penal. No era algo personal, desde luego. Para el fiscal, como para la jueza, Julián era un lápiz al que sacarle punta; su lápiz.

A continuación, el fiscal se echó hacia delante, alargando el cuello por encima de la mesa. Relató sin apasionamiento los hechos: como quien recita la lista de los reyes godos.

—El 6 de noviembre de 1975, tal y como consta en el expediente FR210/1975 recuperado de los antiguos archivos de la policía, Martín Leal murió a causa de las heridas provocadas en un incendio en su casa, en la localidad ferrolana de X. A instancias de la esposa se abrieron diligencias por posible causa dolosa en dicho incendio, siendo investigados en su momento como autores de dicho incendio y homicidio: Gerardo Laín, apodado el Barón; Antonio Barrio, llamado Toño; Horacio Sanjuán, el pastor del pueblo, y Francisco Robles. Todos ellos conocidos contrabandistas de la época con diferentes antecedentes policiales. Supuestamente, el motivo para asesinar a Martín Leal habría sido la venganza. Los investigados habrían sido delatados por Martín Leal ante la Guardia Civil de Ferrol como organizadores de un cargamento de contrabando que iba a descargarse en la costa de Santa Comba la noche del 3 al 4 de noviembre del dicho año 1975. Según parece, las fuerzas del orden establecieron un dispositivo para incautarse de dicha operación, con el trágico resultado de varias personas muertas por disparos de las fuerzas del orden y al menos tres contrabandistas ahogados en el transcurso del desembarco de mercancía. Acusado de ser un delator, el pueblo habría decidido ajusticiar a Martín Leal, tomando los cuatro antes citados la iniciativa de prender fuego a la casa y quemar vivo al delator y padre del detenido.

El fiscal hizo una pausa medida, dirigiéndose a Julián.

—Sin embargo, la investigación demostró sobradamente que el incendio fue fortuito y que Martín

Leal, en un intento desesperado por poner a salvo a su esposa y a su hijo, acabó pereciendo en las llamas. La viuda de Martín Leal jamás aceptó dicha conclusión, sostuvo hasta su muerte, por causas naturales, dos años después, la culpabilidad de los citados más arriba, y así se lo hizo creer a su hijo, que por aquel entonces contaba once años. Ese chico resentido, que creyó a su madre, es el imputado hoy aquí. Julián Leal creció durante años con el convencimiento de que no se le hizo justicia a su padre. Probaremos que, valiéndose de su condición de agente de la autoridad, tramó una venganza terrible en el transcurso de estos treinta años. Julián Leal asesinó a Carmen Laín, apodada la Baronesa por ser hija de Gerardo Laín. Asesinó a Gregorio Sanjuán, el hijo de Horacio Sanjuán, el pastor, y asesinó a Francisco Robles, uno de los que, según él, participó en el linchamiento de su padre.

Julián guardó silencio, clavando la mirada en el suelo. Al terminar su exposición, los ojos del fiscal se diluyeron como un terrón de azúcar empapado de café.

—Aportaremos indicios más que suficientes, y el testimonio jurado y voluntario de un segundo testigo que conoce bien al acusado, por haber tenido antigua amistad con él, y que mantenía una estrecha relación con Gregorio Sanjuán. Dicho testigo afirma que, antes de morir, Gregorio le confesó haber visto al acusado golpear a Carmen Laín e introducirla en un maletero. También le confesó que se ocultaba por miedo a que Julián Leal pudiera dar con él y asesinarlo para impedirle contar lo que sabía, como así ocurrió desgraciadamente. Dicho testimonio ha sido presentado por Bernardo Barrio, alias Fouliña.

Julián abrió los ojos con asombro. El abogado de Julián, que ocupaba una de las esquinas de la mesa, le hizo una disimulada seña con la mano. «No compliques más las cosas», parecía decirle.

La jueza tomó algunas notas. Luego se dirigió al abogado.

—Tiene la palabra el letrado de la defensa.

Raúl Fonseca miró con lejano desinterés al fiscal, como quien contempla una lechuga. Fonseca era cejijunto, con aspecto tísico, tosía mucho y se tapaba la boca con un pañuelo. Un gesto como de antes, con cierto aire unamuniano, de profesor algo despistado, que no se aclaraba con las notas, pero que, de hecho, no las necesitaba. Parecía lamentarse de sí mismo, de su debilidad. Por supuesto, todo formaba parte del mismo teatro.

—¿Sabe usted por qué está aquí? —preguntó, de repente, dirigiéndose a Julián.

Aquello no formaba parte del guion. El fiscal se removió, incómodo, hizo ademán de protesta, pero la jueza lo retuvo. Resultaba evidente que conocía y respetaba el pasado de Fonseca como juez, y le agradaba que, por una vez, algo la sacara del soporífero mecanismo burocrático de lo previsible. Seguro que Fonseca era consciente de la importancia del momento, de su momento, pero Julián no sabía a dónde pretendía ir a parar.

—Estoy aquí porque me acusan de unos homicidios que no he cometido.

—¿Tenía usted conocimiento de ese expediente,

el número FR210/1975? —preguntó el abogado con voz almidonada.

—No, señor.

El abogado alzó la cabeza y miró al fondo de la sala. Buscaba a Heredia.

—No deja de ser curioso que un expediente se desempolve treinta años después de manera tan oportuna.

La jueza dio muestras de impaciencia. Conocía los ardides de Raúl Fonseca y disfrutaba con ellos, pero aquello pintaba mal.

—¿Qué quiere insinuar, letrado?

El abogado se cubrió la boca con un pañuelo. Tosió y se hizo un poco más frágil.

—Quiero decir, señoría, que el empeño por hacer justicia a veces no tiene motivaciones muy nobles, y que las cazas de brujas no lo son, desde luego.

La jueza se removió inquieta.

—Tenga cuidado con el terreno que pisa. Cíñase al caso.

El abogado asintió.

—¿Qué recuerda usted de aquella noche de 1975?

¿Qué es el tiempo?, se preguntó Julián. Su padre decía que ahí arriba, en el espacio, el tiempo y el espacio se curvan, cambian de dimensión. Una estrella nace cada cincuenta años, otra muere al mismo tiempo. Y para el universo eso solo es un pestañeo. En un minuto un átomo se multiplica cien mil veces, en un minuto se acaba una vida.

—Recuerdo las llamas, los gritos de mi madre.

—¿Recuerda a esos cuatro hombres?

Sí, claro que los recordaba. Sus caras enmascaradas, las antorchas, sus voces, el olor de la gasolina... Pero mintió para protegerse.

—No lo recuerdo.

—Usted cree que esos cuatro hombres mataron a su padre.

Julián Leal volvió a mentir:

—Fue un accidente. Mi padre estaba borracho, se quedó dormido en la cama fumando, o saltó una pavesa de la chimenea.

—Entonces, no cree que nadie asesinara a su padre.

Julián se mordió el labio y se clavó las uñas.

—No, señor.

—¿Conocía a Carmen Laín y a Gregorio Sanjuán?

—Éramos amigos de la niñez. Inseparables.

—¿Qué fue a hacer a Galicia entre febrero y marzo de este año?

—Tengo cáncer, estado terminal. Quería volver a la tierra de mis padres tras treinta años, verlo todo otra vez antes de morir.

—¿Coincidió con ambos?

—Apenas. Ya no teníamos ningún vínculo.

—¿Conocía usted a Francisco Robles?

—Lo recuerdo de la niñez, de verlo en El Cerso con los amigos de mi padre.

—¿Conoce a Bernardo Barrios, alias Fouliña?

Julián contuvo la respiración.

—Él y su hermana Susana eran mis mejores amigos. Su padre, Toño, y el mío sirvieron juntos durante la Guerra Civil. Siempre estábamos el uno en casa del otro. Eran como de la familia. Toño solía decirme que era como un hijo para él. Fouliña y yo éramos como hermanos.

—¿Y por qué cree que ha declarado que Gregorio le confesó que fue usted quien mató a Carmen Laín?

—No lo sé. Desconozco si Gregorio le dijo eso o si lo ha inventado. De un modo u otro, es falso.

—¿Hay algún motivo para que Fouliña se haya enemistado con usted?

Julián movió la cabeza, pensativo. Contó mentalmente hasta tres.

—La última noche que estuve en el pueblo me alojé en su casa. Me acosté con su hermana. Ellos siempre han estado muy unidos. Creo que Fouliña piensa que la abandoné, que no me preocupé cuando Susana se quedó en silla de ruedas.

Raúl Fonseca se olvidó de él a partir de ese momento y se concentró en la jueza.

Julián dejó de escucharle. Pensaba en las mentiras necesarias, en la culpa y en los remordimientos. Pensaba en su madre, acusándole de ser el responsable de la muerte de su padre. Pensaba en Toño diciéndole que lo quería como un hijo, llevándole a la caseta detrás de la casa. Pensaba en la traición de Fouliña. Las mentiras son una especie de castigo añadido a la condena impuesta, acaban por no significar nada, ridiculizan los sentimientos, le dan una forma para que unos extraños puedan comprender, trivializar y juzgar sus actos.

—¿Sigue con nosotros, inspector? ¿No le interesa lo que aquí se dirime? —La jueza lo miraba frunciendo el ceño. Tal vez habían pasado diez minutos, quizá una vida entera.

Julián parpadeó.

—Disculpe, señoría.

—En vista de lo aquí expuesto, le impongo prisión provisional comunicada con efecto inmediato y ordeno su ingreso en prisión, salvo fianza que se fija en ciento cincuenta mil euros.

Julián sacudió la cabeza como si un puño invisible le hubiera golpeado en la mandíbula. Apenas oyó lo que le decía su abogado mientras dos agentes uniformados le colocaban los grilletes. Mientras se lo llevaban a los calabozos, cruzó una mirada con Heredia.

El comisario estaba exultante.

Quinta parte

29

Madrid - Barcelona, mayo de 2005

Las puertas nobles se abrieron de par en par y comenzaron a entrar los asistentes a la ceremonia. Un bedel, viejo y ojeroso, encorsetado en el chaqué con ribetes dorados, indicaba a los presentes el lugar que debían ocupar con muda celeridad y eficacia. Era una estancia investida de una gravedad litúrgica. Todo se regía por un estricto protocolo allí. Los presentes aguardaban sentados en sus sitios, murmurando apenas lo hermoso de la estancia o algún que otro comentario sobre un detalle que les llamaba la atención. Así que lo único que se oía era un leve rumor y algunas toses reprimidas.

Cuando entraron los protagonistas de aquella puesta en escena, todo el mundo se puso en pie. Los tres hombres caminaron con aspecto de comprender la importancia del momento hacia el estrado.

El último de ellos era el comisario Heredia. Caminaba despacio. Se sabía el protagonista de aquel momento, y en su mirada triunfal se notaba que lo estaba disfrutando. Aquel corto trayecto entre la puerta y el estrado coronaba años de carrera y esfuerzo. Napoleón se disponía a recibir la pleitesía del pueblo tras la conquista de Egipto.

Empezó la ceremonia con los consabidos parabienes de los unos para con los otros. Cuando le llegó el turno de tomar la palabra al flamante subsecretario, que subió con toda la gravedad de que era capaz los cuatro peldaños hasta el estrado, se puso unas gruesas gafas con exagerada ceremonia y miró amablemente a todos los asistentes, que guardaban respetuoso silencio. Inclinó la cabeza ligeramente hacia la primera fila de asientos, ocupada por las principales autoridades, por su esposa y por sus dos hijos, y empezó a hablar. Para obligarse a no gesticular demasiado, cosa que hacía de manera incontrolada, aferraba la tarima con ambas manos; miraba de vez en cuando al final de la sala para no tener que concentrar la mirada en nadie concreto; el timbre de la voz era pausado, usando algunas inflexiones y comas prosódicas para no hacer un discurso monocorde. En definitiva, Heredia tenía perfectamente ensayado su papel. No había pensado en otra cosa en los últimos meses.

Si la forma era perfecta, distaba mucho de poderse decir lo mismo en cuanto al contenido del discurso. Su mensaje era cansino y continuista, sin el más leve compromiso, aunque era lo que, a fin de cuentas, se esperaba de él. Ciertos cargos públicos impiden sentir por cuenta propia, de modo que las palabras de Heredia discurrían entre lo tedioso y lo insustancial, como era de prever.

Aplausos tibios y rumor al acercarse al salón en el que se iba a ofrecer un aperitivo.

«Has hecho lo correcto —se repetía Virginia a la misma hora, muy lejos de allí—. Cumplir con tu obligación. Hacer tu trabajo.» Entonces, ¿por qué se sentía tan mal? ¿Por qué se ocultaba del espejo? Ni siquiera había tenido el coraje de ir al juzgado, mirar a Julián a la cara y despedirse de él.

—Mamá, la pizza está fría.

—Y la Coca-Cola está caliente.

Virginia se volvió hacia sus hijas. «Y vosotras sois dos cabronas egoístas que me tenéis hasta el coño.» Lo pensó, un segundo, y se horrorizó de pensarlo, de querer escupírselo a la cara, de las ganas de arrojarles los platos por la cabeza y hacer estallar los vasos contra el suelo. Pero no dijo ni hizo nada, excepto desviar la mirada hacia la silla vacía de Luis.

—Podríais empezar a asumir vuestro papel de adultas en esta familia, para variar.

Sus hijas la miraron un instante como si se hubiera vuelto loca, como si fuera una histérica, y luego se desentendieron con una indolencia hiriente. Virginia se levantó de la mesa y bajó al garaje. Se quitó la camiseta, se puso los guantes y se desahogó con el saco. Mejor que quedarse sentada, consumida por el remordimiento, con la mortificadora certeza de haber traicionado a su mejor amigo, empujada por el celo excesivo, sin querer escucharle. Conforme habían pasado los días y las semanas la sensación de que se había dejado manipular por Heredia iba en aumento. ¡Qué oportuna la aparición del viejo expediente de Martín Leal! Proporcionaba un móvil plausible, la venganza, y en torno a esa motivación era fácil aglutinar todo lo demás: los viajes de Julián a Galicia, la muerte de Carmen, su oportuna amistad con la hija de Francisco, la muerte del único testigo, Gregorio, y del propio Francisco. Todo encajaba; demasiado bien, en realidad. Pero ¿dónde estaban las pruebas irrefutables de su culpabilidad? Todo se sustentaba en la declaración del tal Fouliña. ¿Qué le daba credibilidad a ese testigo? Nada, si se pensaba detenidamente.

Eso era lo que no había hecho. Pensar detenidamente, analizar los detalles, como Julián le había enseñado. ¿Lo había hecho porque de verdad lo creía culpable? La razón le decía que sí, pero la razón no lo sabe todo. Le costaba reconocer la verdad. Le asqueaba reconocerla: había sucumbido a la presión de Heredia, había tenido miedo y había elegido protegerse a sí misma, desmarcarse. Demostrar de qué lado estaba.

—¡No es cierto, he hecho lo que tenía que hacer! Él me mintió. —Y golpeaba, golpeaba, golpeaba.

Cuando subió a ducharse le dolían los nudillos, las articulaciones, pero Julián seguía en su cabeza. La ausencia sobredimensiona al ausente y, al final, lo que duele es lo que falta.

Sus hijas habían dejado la mesa convertida en un zafarrancho de migas, platos sucios y latas vacías. Virginia empezó a recoger, pero de pronto no pudo más. Se sujetó con ambas manos al fregadero y se puso a llorar, apabullada, incapaz de ventilar su propia tristeza. Observó su torso sudoroso, las rojeces de la piel, los lunares —a Luis le gustaba besar el que tenía debajo del pecho izquierdo, aunque no era un verdadero lunar ni una verruga, era una mutación incompleta, un pasarse de vueltas de la naturaleza, el nacimiento inacabado de un tercer pezón—, y un pensamiento perverso vino a castigarla: se había vuelto una cínica, fría, siempre midiendo el siguiente paso, aparcando cualquier consideración que pusiera en riesgo su trabajo, su carrera, su futuro.

Y estaba sola. En los días borrascosos, cuando se gritaban las verdades del barquero, Luis solía echárselo en cara: «Tus hijas y yo te importamos menos que tu profesión. Parece que estés casada con tu placa». Julián también le había aconsejado muchas veces que aflojase. «Pasa más tiempo con tu familia, es lo único que quedará cuando ya no quede nada.» No quiso hacerles caso. Tenía que demostrar que era mejor, más fuerte, más lista, que estaba más comprometida que todos esos tíos que la miraban como si su cargo le hubiera caído del cielo —o de la mano de su poderoso padre—. Embarcada en ese absurdo huir hacia delante, no se había dado cuenta de que los estaba perdiendo a todos ellos, de que se alejaban cada vez más. Al final, Luis se había atrevido a buscar fuera el frenesí que necesitaba, Julián se pudría en una celda y sus hijas la miraban como si fuera una desconocida.

El subinspector Soria la vio entrar en el despacho con el mismo andar apagado de las últimas semanas. Entendía cómo se sentía. Es difícil descubrir que no eres especial ni aquella persona que creías ser. Él lo había aprendido hacía tiempo. Acatar las normas. No salir de la franja del gris, no alzar la cabeza si quieres conservarla y pegar bien el culo a la pared.

—Buenos días, jefa. ¿Has visto el periódico esta mañana? —Los dedos gordezuelos de Soria tamborileaban sobre el periódico abierto—. Ya tenemos flamante subsecretario. La gente como Heredia siempre consigue lo que quiere.

Virginia echó una ojeada sin verdadero interés. La escena era corriente entre los cortesanos: trajes asépticos y caros, sonrisas fingidas. Junto a Heredia posaban el ministro y algunos rostros herméticos. Respiraban un aire irreal.

—Y para conseguirlo tienen a sus lacayos, ¿verdad? —dijo con tono lacónico.

Soria se echó hacia atrás en la silla. Esbozó una mueca y cerró el periódico.

—Supéralo, jefa. Hemos hecho lo que teníamos que hacer.

La voz de Virginia sonó como la cuerda tensa de un violín.

—¿Supéralo? ¿Ese es tu consejo?

Soria torció el labio.

—Solo digo que los indicios están ahí. Habrá un juicio.

—Y, de momento, Heredia ha conseguido lo que quería. Quitarse de en medio a Julián.

—Creía que estabas convencida de su culpabilidad.

—¡Pues ya no lo estoy! —dijo Virginia alzando demasiado la voz, atrayendo las miradas de los que estaban alrededor. Respiró para tranquilizarse—. No entiendo el motivo por el que Heredia tenía tanto interés en encerrar a Julián. ¿Cómo encontraste el expediente de su padre?

—Heredia me lo proporcionó.

—Ahí lo tienes. ¿Y todo por la disputa que tuvieron en Vitoria? ¿Para vengarse? Eso no me basta. Heredia es frío, calculador, no da puntada sin hilo. No se dejaría llevar solo por la venganza. Tiene que haber algo más.

Soria miró de reojo a la inspectora. Él también lo había pensado, pero prefería apartarlo.

—Déjalo correr, jefa. Te meterás en problemas.

Mirar a otro lado, aceptar que las cosas son como son y no pueden cambiar. ¿Para eso, para dejarlo correr, había tirado su vida a la mierda? Virginia negó con decisión:

—Se supone que por eso nos hicimos policías ¿no? Para meternos en problemas.

30

Centro penitenciario de Quatre Camins, Barcelona, mayo de 2005

El preso anciano tosió al lanzar la primera bocanada. Miró la punta del cigarrillo y se encogió de hombros.

—Hay muchos tipos de cárceles —dijo—. Algunas tienen barrotes. Otras no. Y de estas no se puede escapar, no hay fuga posible. Están aquí —el anciano se señaló el corazón—, y la condena es a perpetuidad. Cuando nos juzgamos a nosotros mismos, no hay juez más implacable.

Era un preso de confianza. Llevaba tanto tiempo encerrado que ya no sabía vivir fuera de aquellos muros y de aquellos suelos que fregaba a conciencia, como si no tuviera ya más propósito en la vida que lustrar las baldosas. Asesinó a su esposa y a su hijo de tres años con un martillo.

Julián le entregó la fregona y el anciano echó el pitillo en el cubo de agua sucia.

—He oído cosas sobre ti. Diría que estás jodido; se dice por ahí que van a ir a por ti cualquier día de estos. Yo me andaría con cuidado. Alguien de fuera está muy interesado en que no salgas de aquí.

Julián lo estudió con detenimiento.

—¿Y por qué me lo cuentas? Alguien podría cabrearse si te ven hablar conmigo.

El anciano hizo una mueca.

—¿Qué me van a hacer que no me haya hecho yo ya mil veces a mí mismo? Además —dijo señalando la fregona que sostenía Julián—, sería una pena perder a un ayudante como tú.

Se abrió la cancela del final del pasillo y apareció un funcionario.

—Leal, tienes visita.

El anciano vio alejarse a Julián y le pareció ver a un muerto caminando sobre el brillante suelo.

—Una lástima —murmuró.

Además de los locutorios para las visitas ordinarias, en el pabellón de enfermería había una pequeña sala habilitada como consulta, con una mesa y dos sillas. Por alguna razón, el funcionario condujo a Julián hasta allí.

Dentro le esperaba Virginia.

—Solo cinco minutos, inspectora. Esto es del todo irregular.

Virginia estaba en pie, junto a la ventana con barrotes.

—Gracias, Pedro.

Cuando se quedaron solos, frente a frente, ninguno de los dos supo exactamente qué hacer.

—Mi padre sacó a su hijo de un lío. Me debía un

favor —dijo Virginia, señalando la puerta metálica que se cerró tras ellos.

Julián asintió, sentándose en una de las sillas.

—Deberías haberlo cobrado en mejor ocasión. ¿Qué quieres, Virginia?

La inspectora se sentó a su lado.

—Estás furioso conmigo. Me culpas a mí.

No, claro que no. Julián no la culpaba de nada. Si acaso, de no haberle querido escuchar, de no darle la opción de defenderse. Pero eso ya no importaba.

—¿A qué has venido? —volvió a preguntarle.

Ella se inclinó hacia delante mirándole a los ojos.

—Quiero la verdad, Julián. Y quiero oírla de tus propios labios. Puedo encajarla; solo necesito que me lo digas. Estamos tú y yo, sin jueces, ni fiscales ni abogados.

Julián la miró de hito en hito. Se la veía desmejorada, con ojeras. Imaginó que él no estaba mucho mejor.

—¿Cuántas versiones caben en una misma verdad?

Ella no se dejó atrapar.

—Déjate de sofismos y juegos de palabras. ¿Has matado a esas personas o no?

—Podría haberlo hecho. Durante años deseé hacerlo, no a ellos, a sus padres. Soñaba con verter gasolina sobre sus cuerpos y ver cómo se convertían en teas humanas, igual que mi padre. Pero el tiempo hizo su trabajo y yo seguí con mi vida.

—Pero las casualidades no existen; cuando se acumulan dejan de serlo, tú mismo me lo dijiste: tu viaje a Galicia poco antes de la muerte de Carmen, tu relación con la hija de Francisco, que conocieras a Gregorio...

—Las casualidades pueden convertirse en otra cosa cuando se empuja en la dirección adecuada. Eso también te lo enseñé, pero lo has olvidado. No fui al pueblo a matar a Carmen, sino buscando respuestas de mi pasado; cuando conocí a Clara no sabía que era hija de Francisco, me enteré cuando me lo dijiste tú. Y conocía a Gregorio, sí, y me parecía un buen hombre, un gigante con una almendra en la cabeza, pero jamás le habría hecho daño por lo que hizo su padre. Me preguntas y te contesto. He hecho cosas terribles, en el pasado y en el presente, pero no he matado a esas personas.

La inspectora lo miraba con una suerte de desesperación. Quería creerle con todas sus fuerzas, pero había algo, una intuición, una voz que no podía acallar: Julián le decía la verdad y le mentía al mismo tiempo.

—Maldita sea, deja de jugar conmigo. Estoy harta de que me manipuléis todos, Luis, Soria, Heredia y ahora tú.

Julián la miró como si le preguntase: «¿Estás segura de querer meterte en esto?». Ya se lo advirtió la última vez que hablaron, quería protegerla, mantenerla al margen. Virginia tenía una familia, una vida, un futuro. Él no tenía nada, ya casi ni tenía tiempo. Y, aun así, ella insistía.

—No sé quién los ha asesinado, pero creo que sé por qué lo han hecho.

Le habló del cuaderno de notas de Francisco y de la llave de seguridad que Clara le había enseñado.

Los nombres que aparecían, las cantidades que habían cobrado, las cosas que habían hecho. A medida que él hablaba, Virginia palidecía.

—... Hay suficientes pruebas para demostrar mi inocencia, pero nadie va a permitir que eso salga a la luz. Cualquiera que tenga que ver con ese cuaderno, cualquiera que lo haya visto, está condenado. Por eso apareció el expediente de mi padre. Por eso las casualidades dejaron de serlo. Por eso estoy aquí, encerrado.

—Cuando aparezcan esas pruebas en el juicio te absolverán.

Julián le quitó la venda de los ojos.

—No habrá juicio, Virginia. No si yo y Clara, y cualquier otro que pueda hablar, desaparecemos.

—Aquí estás a salvo.

—Aquí estoy más en peligro que en ningún otro sitio. Se han tomado muchas molestias para conseguir encerrarme. Ahora pueden matarme discretamente: un suicidio en mi celda, la agresión de un preso despechado por mi pasado de policía, un accidente en la cocina.

Los ojos de Virginia se enturbiaron.

—Lo que dices es increíble.

Julián sacudió la cabeza desalentado.

—Sigues sin creerme, ¿verdad? Resulta más tranquilizador, por terrible que parezca, creer que lo hice yo por una venganza de algo que pasó hace treinta años.

Virginia guardó silencio. La cabeza le iba a estallar. Hizo un gesto con la boca, titubeó. Se puso en pie.

—Heredia... ¿Aparece en ese cuaderno?

Julián se acercó a ella y la tomó por los hombros.

—No lo sé. Puede que solo sea el cancerbero de otros mucho más poderosos.

—Dime dónde están esas pruebas. Yo misma las presentaré en el juzgado.

Julián negó con la cabeza.

—Sigues sin querer entender... Tienes que tener cuidado, no fiarte de nadie. No puedes decir nada de esto.

Virginia se acercó a la ventana. Abajo se veía un pequeño patio con una cancha de baloncesto y a algunos presos que caminaban de un muro a otro. Un árbol estaba empezando a florecer. Parecía un árbol de primavera, tan atrapado como aquellos hombres que ya no miraban hacia arriba. Solo al suelo de cemento.

Su orgullo le gritaba que no consintiera aquello, y su vanidad le hacía creer que podía vencerles. No pensaba permitir que Julián pasara los últimos meses de su vida en un lugar así.

—Voy a sacarte de aquí.

—No puedes.

Virginia frunció el ceño.

—Tú no sabes de lo que soy capaz. Nunca lo has sabido.

Otra media mentira, otra media verdad, inspector. Se te daba bien esa zona difusa. Sí, querías proteger a tu amiga, a su familia, pero eso no era todo. Deberías haberle contado la verdadera razón por la que estabas ahí encerrado, Julián. A fin de cuentas, ese viejo preso tenía razón, ¿no es cierto? Las peores prisiones no son las de fuera sino las de dentro. Y la tuya tenía muros altísimos.

Toño.

Aunque no quieras, recuerdas su mano cuando te acariciaba la cabeza, te compraba unos altramuces o le regalaba a tu madre unas latas de frutas en almíbar de marca francesa o unos cartones de tabaco inglés; baratijas con las que distraerlos para que no fijaran demasiado la mirada en vosotros, en ti y en él. Cada vez que te llevaba al hórreo detrás de la casa era como si te inyectara aquel veneno dulce que te adormecía y te sacaba de allí en sueños. Tú querías corresponderle, te sentías obligado. A fin de cuentas, era de la familia.

Eso decía tu padre de Toño: el mejor hombre en quien confiar.

Pero no podías; llegó un día en el que ya no podías hacer esas cosas que te pedía. Habías crecido, habías aprendido a mirar, a ver y a entender. Pero te callabas. Por vergüenza, por miedo a defraudar a tu padre, porque querías a su hijo, porque estabas enamorado de su hija.

Poco a poco empezaste a tomar conciencia de cuál era tu situación, a distinguir los ruidos de la noche, cuando te quedabas a dormir en el mismo colchón que Fouliña y él se acercaba. Reconocías sus pasos. Y los seguías.

Al final tus días se convirtieron en una espera dócil y terminaste por aceptar que aquel era tu mundo. Ya solo vivías para verle aparecer con aquel veneno que te hacía tragar y que te adormilaba los brazos, las orejas, los dedos de las manos, de los pies. Ya nunca dormías, ni comías ni bebías. Montabas guardia frente a la puerta, permaneciendo alerta hasta que la primera luz del día se colaba por las ventanas. Aliviado de que él no hubiera aparecido aquella noche.

Y años después te viste reflejado en ese niño de la grabación. Una víctima, alguien que existía, que era significativo, quizá uno de los muchos rostros tras los que aprendiste a ocultarte.

Su abuela te lo dijo al leerte la mano: queriendo salvarlo querías salvarte.

Pero ya era demasiado tarde, Julián.

31

Barcelona, mayo de 2005

El cliente miró las paredes revestidas de libros con aire de haberse perdido. Waldo le echó un vistazo desde el mostrador. Conocía a los de su clase, miraban un poco, curioseaban y se marchaban sin comprar nada. Una pérdida de tiempo prestarle atención. Sin embargo, cada estereotipo tiene su excepción.

—Guardas aquí auténticos tesoros, Waldo. —El hombre cogió un ejemplar de la edición mexicana de *Poeta en Nueva York* de 1944. No solo leía a Lorca; también conocía el nombre del librero y se permitía tutearlo.

Waldo se quitó las gafas y lo examinó con recelo.

—¿Nos conocemos? No recuerdo haberle visto antes por aquí.

—Eso es porque nunca he estado aquí antes.

Tenía un acento extraño. Waldo solo acertó a ubicarlo en México. Con eso bastaba para comprender. Irguió el cuello y enderezó la espalda tras el mostrador. El mexicano se acercó despacio, con una sonrisa amable.

—¿Quién eres?

Él sonrió un poco más, y al hacerlo se le dibujó un ramillete de arrugas en los párpados.

—Supongo que ya lo imaginas. No creerías que ayudar a Francisco no te pasaría factura. Puedo ser un amigo o un enemigo. Eso dependerá de ti.

Waldo echó atrás el mentón. Debajo del mostrador guardaba siempre un palo para protegerse de los ladrones, aunque nunca lo había utilizado, excepto para espantar a los críos del barrio que a veces entraban a enredar. Nadie entra a robar en una librería. Saben que no hay nada que rascar.

El hombre llegó a su altura y puso ambas manos sobre el mostrador.

—Leí un libro hace tiempo.

Waldo encogió el labio superior mostrando los dientes manchados de nicotina.

—Supongo que debió de ser toda una hazaña.

El hombre no se dejó provocar. Tenía unos ojos grandes y bonitos, muy oscuros, sin matices.

—... Decía que leí un libro hace tiempo; hablaba de un sabio griego, no recuerdo el nombre. Pero se me quedó grabada una frase: «La mayor virtud del lenguaje es la claridad».

Waldo no tardó cinco segundos en identificar la cita. Hipócrates.

—Cuando la verdad se despoja de adjetivos quedan el sujeto, el verbo y el predicado: tú eres un asesino.

El hombre de los ojos oscuros admitió que era una manera de verlo. También podía verse desde otra perspectiva: le pagaban para solucionar problemas que otros causaban y para saldar deudas que se contraían con la gente equivocada.

—Digamos que soluciono conflictos.

Waldo estuvo tentado de alcanzar el palo, pero desistió. ¿Qué podría hacer?

—A mí me pareces un personaje de telenovela. Ese pelo encrespado negro, ese traje negro, el reloj de oro, la camisa blanca, los zapatos italianos, los gemelos en los puños. Me recuerdas a Lorenzo Lamas.

El hombre dejó ir una risa sincera.

—Era un pésimo actor. —Y enseguida borró el gesto—. No soy un carnicero, Waldo. No me gusta hacer daño gratuitamente, y tú no tienes por qué pagar por los actos de otros. Lo único que necesito de ti es que me digas dónde está la hija de Francisco.

Waldo buscó un cigarrillo encima de la mesa, procurando disimular el temblor de la mano.

—¿Y por qué voy a saberlo yo?

El hombre de los ojos oscuros se le adelantó y cogió el mechero. Le dio lumbre al pitillo de Waldo.

—¿De verdad quieres que perdamos el tiempo con esto? —Encima del mostrador Waldo tenía varios libros sin catalogar. El hombre de los ojos oscuros abrió el primero, un tratado de Indias atribuido a Bartolomé de las Casas, y acercó la llama a la primera página. Los ojos de Waldo se abrieron con espanto.

—¡Ten cuidado con eso, ignorante! Puedes provocar una tragedia irreparable.

El hombre se encogió de hombros.

—Más se perdió en el incendio de la biblioteca de Alejandría. ¿Me dirás lo que necesito saber?

Waldo contempló la llama azulada acercándose al papel.

—Donde hay un deseo hay un camino. Tú sigue insistiendo, cabrón.

Era casi de noche y las mangueras de los bomberos habían convertido la calle en un arroyo de agua sucia. La Guardia Urbana había vallado la zona y los vecinos se agolpaban al otro lado observando las labores de extinción con curiosidad morbosa.

—Seguro que se ha dormido borracho y él mismo ha provocado el incendio. Alguien debería encerrar a ese sudaca, es un peligro. ¿Qué habría pasado si explota una bombona de butano? Todo el edificio habría saltado por los aires por culpa suya.

Virginia escuchaba los comentarios. A veces le costaba comprender de dónde sale la crueldad gratuita de la gente.

—¿Hay rastro de Waldo?

Soria negó con un gesto de frustración.

—Los bomberos han peinado de arriba abajo el local. Solo han encontrado una camiseta de rayas; podría ser suya o de cualquier otro que haya pasado por aquí... Tenía rastros de sangre recientes. Han encontrado una planta subterránea debajo de la librería. Una especie de almacén. Me han dicho que hay una caja fuerte antigua. Dentro había unos cientos de euros y esto. Soria le mostró un pequeño paquete despanzurrado con restos de lo que parecía cocaína.

—¿Me cuentas de qué va esto, jefa?

Virginia observó la fina cortina de agua que todavía caía sobre la fachada oscurecida, los colores que reflejaba al atravesar el haz de luz del camión de bomberos, toda aquella gente que contemplaba el espectáculo, las familias desalojadas del edificio, protegidas con la ropa que habían logrado ponerse antes de salir precipitadamente y que miraban hacia sus balcones y ventanas sin entender lo que estaba pasando.

—¿Jefa? Creía que habíamos cerrado el caso Francisco.

Virginia asintió cansada.

—Así es; y nos hemos equivocado.

En aquel momento surgió del interior el cabo de los bomberos.

—Lo hemos encontrado.

Estaba en el sótano. Tenía quemaduras en todo el cuerpo, aunque probablemente la causa de la muerte era por asfixia. Al declararse el incendio en la parte superior había intentado salvar algunos libros valiosos que guardaba abajo y, al intentar salir, las llamas le habían cerrado el paso. Estaba tumbado de medio lado, abrazado a un viejo códice romano. A su alrededor había otra decena de libros antiguos.

—Qué manera más absurda de morir, por unos pocos libros —murmuró Soria.

Virginia se agachó para verle de cerca. Tenía la barba chamuscada, la boca y los ojos abiertos. Los párpados abrasados, los dedos encogidos como garras sobre la cubierta de cuero del libro que apretaba contra el regazo, intacto.

Negó con la cabeza. Todos luchamos para impedir que la nada nos engulla, y algunos encontramos la forma de no sucumbir a ella, de no ser destruidos.

—Eran su vida. Su razón de ser. Murió intentando salvarlos.

Tengo que admitirlo, inspectora. Me conmovieron esas lágrimas que derramaste cuando creías que nadie podía verlas ni juzgarlas, en el callejón. Ese llanto nervioso, contenido antes y desbordado luego, te convertía en humana. Durante un buen rato estuve observando, y te confieso que me habría gustado acercarme y sentarme a tu lado, compartir un cigarrillo y el silencio que todo lo explica entre los que no necesitamos pronunciar ciertas palabras. No digo que habríamos podido ser amigos, confraternizar, llegar a una tregua. Solo habríamos podido aspirar a estar un rato ahí, el uno junto al otro, sin decirnos nada. Sentirnos un poco menos solos. Tal vez te habría confesado que no quería matar al librero, que fue su elección morir para salvar lo que le importaba. Ojalá yo tuviera esa fe en algo o en alguien. Me dio pena que se traicionara a sí mismo, que me confesara cómo dar con Clara. Todo el mundo acaba cediendo cuando se presiona en el lugar adecuado. ¿Qué habría sucedido si me hubiera aproximado a ti, dejarte que vieras mi cara, mostrarte que existo? Nunca lo sabremos.

Te vi levantarte y sacudirte la tristeza como un perro se sacude la lluvia, secarte las lágrimas cuando se acercó tu compañero. Y comprendí que te habías convertido en mi enemiga. Y yo no puedo permitirme enemigos como tú, inspectora. No puedo dejar esa puerta abierta a mi espalda. Es demasiado peligroso. Así que ahora, además de cumplir con mi trabajo, tendría que vigilarte muy de cerca.

Te seguí a tu casa. Bonitos adosados, donde vive la gente que lo tiene todo en orden. Te vi introducir la llave y adiviné esa luz de hogar que aparece en las películas navideñas, vi la silueta de tus dos hijas, vuestro abrazo.

Y luego la puerta se cerró.

32

Cerca de la frontera con Francia, mayo de 2005

Sentado en la mesa del fondo, un hombre elegante y guapo le sonrió. Clara se sintió mal, como si esa sonrisa quisiera entrar en ella sin su permiso. Apartó la mirada, incómoda. Recogió la bolsa, pagó su consumición y fue hacia el coche.

El área de servicio estaba llena de camiones que iban hacia Le Boulou para derramarse después por toda Europa. No era probable encontrar un control en el antiguo paso fronterizo y, si daba con alguno de los Mossos o de la Gendarmerie, estarían más interesados en la inspección de mercancías y en los camioneros que en alguien como ella. Aun así, estaba nerviosa. Si llegaban a encontrar la bolsa tendría serios aprietos para explicar su contenido. Empezaba a darse cuenta de que no había sido buena idea intentar salir del país con todo aquello a cuestas.

Al salir de la gasolinera vio al tipo atractivo que le había sonreído antes. Estaba junto al surtidor y la observó un instante con expresión de decepción. En cualquier otro momento esa clase de interés podría haberle resultado halagador, interesante, pero ya tenía bastantes problemas en la cabeza. Clara se concentró en la carretera.

Conducía con el sol de cara y a pesar de las gafas de sol entornaba los párpados. Sentía una presión fuerte en la nuca y punzadas en la sien. Estaba agotada, apenas había logrado dormir cuatro horas seguidas en los últimos días. A pesar del cansancio, en cuanto caía en la cama y cerraba los ojos algo la desvelaba. Cualquier ruido, unos faros en la ventana, unos pasos detrás de la puerta. Ni siquiera sabía si estaba haciendo lo correcto. Sencillamente se movía por instinto. Y el instinto le decía que debía huir, alejarse todo lo que pudiera y desaparecer en el anonimato.

Tomó la primera salida de la autopista para bordear Le Perthus por una vía menos transitada. Al cabo de diez minutos miró por el retrovisor. Le pareció que el coche azul que iba detrás la estaba siguiendo desde La Junquera. ¿La policía? ¿La había delatado Julián? No, eso no era posible. Él le había dicho que la ayudaría y ella le creía. Necesitaba hacerlo.

Si no se trataba de la policía la perspectiva se oscurecía mucho más: la gente que había matado a su padre; la gente que quería lo que ella guardaba en la bolsa.

Tal vez el cansancio la estuviera volviendo paranoica, pero, por si acaso, aceleró.

El hombre de los ojos oscuros mantenía una distancia prudente con el todoterreno blanco que circulaba delante, pero lo bastante cerca para no perder de vista sus giros. Ahora estaba girando a la derecha sin poner el intermitente y aceleraba. El hombre de los ojos oscuros frunció el ceño.

—Chica lista. Te has dado cuenta de que te estoy siguiendo. Veamos lo que sabes hacer.

Empezó a presionarla, adelantando a varios vehículos en línea continua. Se aproximó a pocos centímetros y el todoterreno blanco empezó a dar bandazos, intentando zafarse de él. Se aproximaba una curva bastante pronunciada a la derecha. En el margen se extendía un amplio campo segado. El hombre de los ojos oscuros decidió que ese era el lugar idóneo.

Dio un brusco giro de volante, se puso a la altura del todoterreno y fue empujándolo hacia el arcén. Cuando llegaron a la curva, aminoró la marcha y le dio un golpe al vehículo en el lateral trasero izquierdo. El todoterreno hizo un medio trompo y se salió de la trazada. Clara intentó corregirlo girando el volante, pero pisó el freno y el todoterreno se encabritó como un caballo, perdió el control y las dos ruedas delanteras fueron a caer en una acequia poco profunda. El morro del vehículo quedó trabado, levantando una gran polvareda.

Cuando la nube de polvo se disolvió, las ruedas traseras seguían girando en el aire y Clara sangraba por la ceja. Le dolía el ojo y sentía un intenso dolor en el pómulo. Todo había pasado en menos de diez segundos.

El hombre de los ojos oscuros detuvo su vehículo y caminó hacia ella. No tenía tiempo que perder. Algunos conductores se estaban deteniendo. No tardarían en avisar a la policía. Llegó al todoterreno y abrió la puerta del conductor. Clara estaba aturdida, todavía sujeta por el cinturón de seguridad. El airbag del volante había saltado. Probablemente le había roto el pómulo.

Ni siquiera se defendió cuando él la sacó del coche.

—Tranquila, te pondrás bien. Ahora tienes que venir conmigo.

Aquel le pareció un buen sitio. Una vieja masía abandonada en medio de la nada, rodeada de huertos. Era un refugio improvisado, impuesto por las circunstancias. Pronto tendría que pensar en algo más permanente. Forzó la cadena y empujó la puerta. Dentro, una estancia de unos quince metros cuadrados, cocina, comedor y baño en uno, separados los espacios con simples cortinas. Tenía en algunas partes unos bonitos azulejos antiguos, flores de lis azules y verdes. El resto de las paredes se abombaba por culpa de la humedad y las losetas del suelo estaban rotas o se movían al pisarlas.

—Servirá.

Regresó al coche y sacó a Clara. Seguía aturdida, pero tuvo que ponerle otra vez la mordaza para que no gritase.

En el rincón más alejado de la ventana seguían la garrafa de agua y la lata de garbanzos abierta. Una hilera de hormigas se estaba poniendo las botas, pero Clara no había probado bocado.

—¿Por qué no comes?

Ella se recogió sobre el vientre. Tenía las manos atadas a una tubería de cobre. El hombre de los ojos oscuros se agachó y le retiró un mechón de la cara. No le gustaba verla así, tan sucia, tan asustada. Tampoco le gustaba la pinta que tenía su cara. Aunque le había limpiado la herida y ya no sangraba, el pómulo se había inflamado hasta cerrarle el ojo. Los analgésicos que había comprado en una farmacia del pueblo cercano no bastaban. Tarde o temprano, tendría que ir a un hospital.

Le sorprendió su mirada insistente. No tenía miedo, más bien le observaba como si tratara de asegurarse de algo.

—¿Tú mataste a mi padre?

Él humedeció un paño en un cuenco de agua y empezó a limpiarle la sangre seca.

—¿Serviría de algo decir que tu padre se mató solo al meterse donde no debía? Era un traficante, Clara. Si juegas a esto y no respetas las reglas, acabas mal. Pero eso tú ya lo sabías: de dónde salía el dinero para pagar tu rehabilitación, de dónde el saldo que hay en tu cuenta, todas esas transferencias desde lugares que era incapaz de localizar.

—Yo no sé nada.

—Y, sin embargo, ahí estás, intentando huir con pasaportes falsos y una bolsa llena de dinero y de droga.

—Y ahora vas a matarme a mí.

—No, si no es necesario. El cuaderno, Clara. Necesito el cuaderno de tu padre.

—No lo tengo.

El hombre de ojos oscuros puso cara de decepción.

—Estamos los dos cansados, queremos irnos a casa y seguir con nuestras vidas, ¿verdad? No te devolveré la droga, no me pertenece, y tampoco a ti. Tu padre y Carmen la robaron a las personas equivocadas y hay que devolverla. Pero puedo dejar que te quedes con parte del dinero. Usa tus identidades falsas y márchate a alguna parte en la que puedas olvidarte de todo esto. Es un trato justo, teniendo en cuenta las circunstancias. Pero tienes que darme algo a cambio.

Tal vez decía la verdad o quizá le mentía. Clara no tenía modo de saberlo. En cualquier caso, estaba jodida.

—Te digo que no tengo el cuaderno.

El hombre de los ojos oscuros asintió, chasqueando los labios.

—De acuerdo, si es lo que quieres, lo siento por ti. Juguemos, entonces... Te he traído un regalo.

El hombre de los ojos oscuros sacó del bolsillo una jeringuilla sin estrenar y una bolsita, acariciándola como si tocara una bola talismán. El resplandeciente veneno tailandés. En la calle, la pureza de la heroína suele variar entre el 10 y el 60 por ciento. Todo lo demás son adulteraciones, mierda que se usa para cortarla y multiplicar las dosis. La mayoría se conforma con la Negra, de color alquitrán, o la Brown Sugar, las más comunes, pero la circunstancia merecía una celebración especial. Si uno quiere hacer un regalo no se anda con menudencias. La mejor es la tailandesa, ese polvo fino tan blanco con vetas amarillentas. Para un yonqui es como inyectarse oro: billete para un abismo de sueños y terrores. Para alguien en rehabilitación es el final de sus esfuerzos y de su resistencia.

33

Barcelona, mayo de 2005

Su padre le confesó que últimamente no dormía bien. Tenía una úlcera que le sangraba. De vez en cuando el dolor le hacía bajar a la tierra de los mortales.

—Soy como cualquier otro. Me hago viejo, me debilito.

Pero Virginia no lo creía, ni por asomo. Su padre nunca bajaba del Olimpo. Era intocable. Por lo demás, según confesó con placer, no le iban mal las cosas en la empresa. Incluso se animó a confesar que había abierto una sucursal en África oriental que se dedicaba a la importación de caucho. De manera discreta estaba construyendo una casita en una zona protegida del litoral de Lanzarote, a nombre de un familiar lejano, por supuesto. También quería hacerse con un bloque de apartamentos en Manhattan, cerca de la Washington Square, como inversión.

Virginia oía aquella lluvia de esperanzas mediocres sin inmutarse. Por fin, al cabo de quince tediosos minutos, su padre asomó los ojos por el borde de la copa de vino y la *vio*.

—Tú deberías haberte hecho cargo de la división empresarial en Estados Unidos, pero preferiste rechazarlo y convertirte en, bueno, lo que sea que eres ahora. ¿Piensas que todavía vas a salvar al mundo de los monstruos?

Virginia no se dejó llevar por el comentario irónico de su padre.

—Soy inspectora de la Policía Judicial, papá.

—Y eso debería impresionarme, supongo.

Virginia carraspeó, se limpió los labios con la servilleta y miró a su padre con frialdad. Discutir con él, hablar de lo que ella quería, de lo que sentía, era gastar saliva en vano. De modo que dijo lo que había ido a decir.

Cuando acabó de escucharla, su padre se removió en la silla, como si solo el decoro del lugar le impidiera perder la paciencia.

—No quieres saber nada de mí y ahora vienes a pedirme dinero, ciento cincuenta mil euros, nada menos. Pensaba que te había educado para algo mucho mejor.

Virginia apretó las manos bajo el mantel mientras el camarero retiraba con una paleta plateada las migas sobre la mesa antes de servir los postres. El restaurante Via Veneto estaba casi vacío. Un par de mesas, reservadas con antelación, donde almorzaban los verdaderos dueños de la ciudad, esos que nunca aparecían en los medios de comunicación. Su padre era uno de ellos. Discreto, distante, no obedecía más ley que la de su orgulloso y recto sentido de la decencia, cayera quien cayese. Como esos puritanos del Mayflower, que huyendo de la persecución acabaron convirtiéndose ellos mismos en perseguidores. Un inquisidor sin clemencia, eso había sido para su hija. Normas, normas y más normas que llegaron a amargarle su infancia. Normas y castigos, castigos y sermones, sermones y penitencias.

—No es para mí, papá. Si no fuera importante de verdad no estaría sentada en esta mesa; y antes de pedirte un favor me habría cortado la lengua.

Su padre la miró con pesar. Tenía las cejas blancas, como el cabello. Seguía con el mismo tono de piel bronceado y la perilla que resaltaba sus labios severos, tan poco predispuestos al elogio.

—¿Tanto me odias? ¿Tan mal te he tratado? Te di la mejor educación posible, las mejores universidades en el extranjero, una vida al alcance de pocos. ¿Ese ha sido mi pecado, Virginia? Tolerar tus caprichos, tus veleidades, para acabar viendo en tus ojos todo este rencor.

El camarero llevó los postres. Café irlandés para ella, crema catalana para su padre. Virginia pidió también un gin-tonic bien cargado y un cenicero. Dejó el postre de lado y encendió un cigarrillo. El humo le desdibujó la mirada. ¿De qué servía decirle a alguien que no está dispuesto a escuchar que el amor y el dinero son cosas distintas? Era la decepción de su familia, la abogada con un futuro brillante en el mundo empresarial que había elegido la función pública. Morralla. Por no hablar de ese matrimonio con un mediocre profesor de literatura de un instituto que ni siquiera era concertado, y que, además —la ofensa al apellido de la familia pesaba más que el dolor de la hija—, se había permitido el lujo de humillarla, engañarla. Bien, de acuerdo. Que su padre pensara que su única hija era un fracaso y una decepción había dejado de importarle hacía mucho tiempo.

—¿Vas a darme el dinero o no?

—Si tienes problemas con el divorcio, la hipoteca o la custodia de mis nietas puedo hacerme cargo. Esas niñas me importan de verdad. Lo solucionaré.

—Puedo ocuparme de eso sola. Ya te he dicho que el dinero no es para mí. Es para pagar una fianza y sacar a alguien de la cárcel.

Su padre tensó las mandíbulas. Era un gesto adusto, muy masculino, que temían sus empleados, su esposa, la servidumbre. Ella.

—¿A quién?

—A Julián Leal.

El nombre le sonaba vagamente.

—¿No es el inspector que le dio una paliza a Restrepo? Ya me pediste que intercediera por él ante Fonseca para que aceptara defenderle. Y ahora está en la cárcel.

—Así es. Lo metí yo.

Su padre movió la cabeza. Su lógica no entendía el modo errático en el que funcionaba la mente de su hija.

—¿Lo metiste en la cárcel y ahora quieres sacarle? ¿Por qué?

Virginia le dio una profunda calada al pitillo.

—Porque he cometido un terrible error y quiero subsanarlo.

—Con mi dinero.

—Sí, papá. Con *tu* dinero.

Su padre se quedó pensativo. Subordinación y

gratitud. Así funcionaba su cabeza: nunca hagas un favor a menos que sea una inversión ventajosa. Virginia no se engañó, él la estudiaba, buscaba un punto flaco para doblegarla.

—Te lo daré... Con una condición. Y no es negociable.

La libertad, por condicional que fuera, sentaba bien. Virginia le esperaba fuera. Al ver aparecer a Julián no manifestó gran entusiasmo, solo un abrazo sentido, largo. Sonaba a disculpa y a «no sé qué coño estamos haciendo».

—¿Cómo lo has conseguido?

Virginia prefería no hablar de eso ahora.

—No preguntes.

No estaba sola. En el coche esperaba Soria. La frente ancha del subinspector brillaba ligeramente.

—Yo también me alegro de verte, Julián —dijo a modo de saludo irónico al ver la cara de desagrado del inspector.

—Le he contado lo del cuaderno de Clara —se explicó Virginia.

Julián echó la cabeza hacia atrás. Definitivamente tenía un problema con eso.

—Joder, te lo advertí, Virginia. Nada de hablar con alguien de esto.

—Necesitaba ayuda, Julián.

—¿Y se la pides a él, precisamente? —Miró a Soria con un reproche. El gordo tenía algo sanguíneo en su rostro carnoso, una brutalidad primitiva que desmentía el cinismo de sus ojos.

—No voy a defenderme, Julián —dijo el subinspector—. Sigo pensando que eres un esnob insoportable, que te crees mejor que los demás, que eres un solitario y un bicho raro. Y que te acabarás pudriendo en la cárcel por lo de Restrepo. Pero no por esto. Si lo que me ha contado la jefa es cierto, va a estallar una bomba como la de Hiroshima, se avecina una montaña de mierda inmensa sobre nuestras cabezas. No pienso caer con Heredia.

Eso tranquilizó a Julián. Soria solo quería salvar su culo. Por un segundo había pensado que tenía principios y conciencia.

En el trayecto de Quatre Camins a Barcelona lo pusieron al día con rapidez. Waldo, el librero amigo de Francisco y único contacto con Clara, había muerto en un incendio. Todavía estaban por determinar las causas, pero *ambos* —Julián reparó con cierto enojo en que Virginia y Soria estaban formando un buen equipo— sospechaban que podía estar detrás el asesino de Francisco. Al día siguiente, tras el incendio en la librería, los Mossos d'Esquadra de tráfico recibieron múltiples llamadas alertando de que se había producido un accidente en las cercanías de La Junquera. Los avisos advertían de que se trataba de un accidente provocado por un BMW azul con matrícula belga, conducido por un hombre de unos cuarenta años, alto, trajeado, moreno. El conductor habría echado de la carretera a un todoterreno blanco conducido por una mujer joven, de unos treinta años, y luego la había sacado del vehículo, herida, llevándosela en el BMW.

—He hecho algunas averiguaciones —dijo Soria—: El coche azul de matrícula belga fue robado hace tres días a unos turistas en el área de Porta Catalana. El todoterreno blanco es de alquiler. Lo alquiló hace cinco días Laura Cervini, una ciudadana italiana. He podido comprobar a través del contrato de alquiler que el pasaporte es falso. De buena calidad, pero falso. —Soria le pasó una fotocopia ampliada. Era Clara.

»Hay más. He recurrido a algunos viejos conocidos en los Mossos, de manera discreta, para tener acceso a las cámaras de tráfico en ese tramo de la vía. A diez kilómetros, poco después del accidente, el vehículo de matrícula belga hizo saltar un radar por exceso de velocidad. Una cámara ha captado al conductor. —Soria le mostró una imagen, bastante pixelada—. No es mucho, pero podemos empezar por ahí. Este es nuestro hombre.

Julián intercambió una mirada con Virginia. Ella apenas alzó la ceja. Estaba tan sorprendida como él por la eficacia de Soria:

—Si es un sicario, desaparecerá en cuanto obtenga lo que quiere —apuntó el subinspector—, y lo que quiere, lo tiene Clara. Si no la encontramos rápidamente, a juzgar por sus métodos, la asesinará, igual que a Carmen y a Francisco. Es un caso de secuestro. Deberíamos informar y pedir apoyo.

Julián guardó silencio unos segundos, observando a Virginia. No se lo había contado todo al subinspector, después de todo.

—Clara no tiene el cuaderno.

Soria sacudió la cabeza, sin entender.

—¿Cómo que no lo tiene? Creí haber entendido... Jefa, ¿de qué coño va esto?

—Clara vino a verme. Llegamos a un acuerdo. Ella podía quedarse la droga y el dinero que su padre y Carmen habían estado robándoles a los traficantes mexicanos. A cambio yo me quedaba con la información.

Soria lanzó un silbido.

—Vaya, ahora eres el juez Dredd: impartes justicia por tu cuenta y decides lo que está bien y lo que no.

Julián sacudió la cabeza. No podía pensar con claridad. El dolor en el riñón se había vuelto más intenso y acuciante desde que ingresó en prisión. Aquella mañana había orinado y excretado sangre. El oncólogo le advirtió que pasaría. El tiempo se le acababa.

—Al principio pensé que lo correcto era darte esa información, Virginia. Pero tenía encima a Heredia —dijo mirando por el retrovisor a Soria—, demasiada presión. Todavía no sabía qué iba a hacer y os presentasteis en mi casa y me detuviste. Pensé que podría hacerlo a mi manera, improvisé.

—¿Eso es lo más parecido a una disculpa que eres capaz de articular?... ¿Y ahora qué hacemos?

Julián se secó el sudor de la frente. El maldito dolor se lo estaba comiendo por dentro.

—Tengo un plan.

En la parte de atrás, Soria se recostó y encendió un Ducados. Empezaba a echar de menos los caramelos de menta.

—Confiemos en ti o no, ya estamos metidos en esto hasta el cuello, jefa, ¿verdad? No nos queda otra que ir hasta el final.

Julián ladeó el cuello. Soria lo miraba fijamente: «Si me jodes o la jodes a ella te reviento». Era lo que decían sus ojillos enterrados en la carne sudorosa.

¿Cómo supe que Clara lo complicaría todo? No lo supe, fue una intuición que tuve al verla. Sentí algo sin nombre, turbador. Distinto. Una pena que aquella belleza tuviera que acabar así, eso me dije. Pero había más, sensaciones que no podía permitirme aceptar. No importaba lo que yo hiciera. Salvarla o condenarla. Tarde o temprano mandarían a otro, alguien más daría con ella y al final aparecería mutilada en una cuneta o quemada en un vertedero. En cuanto a mí, sabía que estaba bien jodido si la dejaba vivir. La importancia de las cosas, como la de las personas, depende de la medida en que resultan útiles.

Era lo que debía hacerse. Mi trabajo. Pero empezaba a dudar de mí mismo. Llámalo debilidad, Clara —sí, tú tienes derecho—, o duda, o extrañeza. Lo que fuera, no me dejó inyectarte la heroína cuando te pusiste a suplicar que no lo hiciera, que no querías volver a pasar por eso. Vi tus ojos, vi tu vida en ellos, todo lo que me contarías después, aquello que te hicieron en el DF, vi tus sueños y tus abismos y todos eran lo mismo, se confundían.

Retiré la jeringuilla. No lo debería haber hecho. Eso te da esperanzas y no deberías tenerlas. Mejor yo que otro, Clara. Los que vendrán después son como robots, ya lo verás. Ellos nunca fallan, ni titubean ni se inventan excusas para evitar hacer lo que debe ser hecho.

Tú ya lo sabes. Tienes experiencia en eso.

No quería que me odiaras. Odiar en abstracto no sirve para nada pero tú tenías una razón concreta. Maté a tu padre, te tenía a mi merced. ¿Por qué no veía, entonces, ese odio que merecía? Y tampoco miedo. ¿Por qué me mirabas de *ese* modo? ¿Qué pretendías decirme, qué veías en mí? Me resultaba difícil estar cerca y mantenerme neutro, no quería pensar en sentimientos. Esa es otra clase de abstracción mucho peor. Enamorarse. ¿Cómo es eso posible? Siempre rechacé algo semejante. Porque te debilita, te turba, te hace dudar. Por eso no hay familia en mí, no hay casa, no hay fotos. He aprendido a canalizar mis esfuerzos, a darles un sentido práctico. Por eso renuncio a los sentimientos. Porque, si no lo hiciera, entonces sería uno más de esos imbéciles que hay ahí afuera mirando escaparates.

Pero a veces, joder, me gustaría ser como ellos. Un imbécil más.

34

Hospital del Valle Hebrón, Barcelona, mayo de 2005

—Al menos, todavía está en fase II —anunció el oncólogo, esforzándose para que pareciera una buena noticia—; no ha crecido aún hacia las venas grandes ni se ha propagado a los ganglios linfáticos. El problema es que el tumor no ha disminuido de tamaño, sigue por encima de los siete centímetros, por lo que debemos empezar a plantear seriamente la opción de una nefrectomía radical.

Eso significaba extirpar el riñón por completo y un año, tal vez dos, de terapia dirigida, con el riesgo bastante probable de que el cáncer regresara. La otra opción era no hacer nada, tomar medicación para el dolor y esperar el final.

—Suena a desahuciado.

El doctor se negaba a oírle hablar así. En el peor de los casos, la tasa de supervivencia a cinco años alcanzaba al 75 por ciento de los casos, y con una relativa calidad de vida. En su opinión, esa era una estadística por la que merecía la pena luchar.

—Eres joven, tu sistema inmunitario es fuerte, se

recuperará y plantará batalla. No puedes pensar en tirar la toalla.

—¿Cuándo hay que operar?

—Cuanto antes. Un par de semanas, como máximo. Podemos empezar a prepararlo todo.

«Cinco años», pensó Julián al salir del hospital. Moriría, en el mejor de los casos, antes de los cincuenta. No era para tanto; no iba a echar de menos ver cómo sería el mundo dentro de treinta años, no iba a subir al Everest, ni a saltar en paracaídas o a retirarse a un monasterio en medio del desierto. Renunciaba a pequeñas cosas, pescar en alta mar, ver de un tirón toda la filmografía de Lynch, visitar el Hermitage, quizá pasar unas horas en la casa de Goya en Burdeos, cumplir un par de fantasías sexuales —participar en un trío, o, por qué no, en una orgía—. ¿Y el amor? Bueno, se habría contentado con decirle a Virginia que le habría gustado no darle tanta importancia al matrimonio de los amigos.

Y si el cáncer no acababa con él, le esperaba de nuevo la cárcel. Pero todavía no estaba postrado en una cama ni encerrado en una celda. Aún le quedaba tiempo para hacer una cosa más.

La planta en la que estaba ingresado Restrepo quedaba en el lado oeste del complejo hospitalario. El trasiego de personal sanitario y de familiares de pacientes era incesante, y en la zona de acceso solo había un vigilante jurado. No fue difícil acceder al ascensor que subía a la UCI y tampoco fue complicado averiguar en qué habitación estaba. Bastaba con fijarse en el agente de uniforme sentado junto a su puerta. Julián se acercó al mostrador de la enfermera.

—Disculpe, señorita. No es de mi incumbencia, pero en el vestíbulo hay varias personas increpando a un médico. La cosa se está poniendo fea.

La enfermera parpadeó alarmada.

—Siempre lo mismo, joder.

Fue a pedirle ayuda al agente. Julián esperó hasta que este fue a comprobarlo. Eso le daría cinco minutos.

Entró en la habitación sin saber exactamente lo que pretendía hacer. Si lo encontraban allí, podía despedirse de la libertad provisional. ¿Por qué arriesgarse, entonces? Restrepo estaba en la cama. Le habían retirado la respiración asistida, pero todavía estaba conectado a una máquina que controlaba sus constantes vitales. El corazón latía pausada y rítmicamente, su presión arterial era la normal. Incluso su rostro parecía relajado, como si estuviera sumido en placenteros sueños. Si había alguien que parecía culpable en esa habitación, no era él.

Necesitaba verlo una vez más. Cerciorarse de que era real. Lo había golpeado hasta hacerle perder el sentido. Ese cuerpo postrado era el resultado. Y no había conseguido nada a cambio, excepto destrozarse la vida.

—¿Puedes oírme? Soy yo. No me he olvidado de ti.

Imaginó que su voz llegaría entre las brumas del silencio y el vacío hasta su cerebro dormido. Una onda electromagnética que provocaría un chispazo, un parpadeo al menos, un movimiento involuntario de los dedos. Pero no sucedió nada.

—No te pregunté por qué; tus motivos, qué pensabas de ti mismo haciendo lo que hacías, cómo tenías el valor después de irte a casa, como si nada, abrazar a tus hijos, hacerle el amor a tu esposa, cenar con los amigos. ¿Qué clase de hombre hace algo así? Necesito entenderlo.

Rodeó la cama, observó su ropa en el armario. Su mujer le había dejado una nota con unas flores: «Sé que estás ahí, luchando para volver con nosotros. Te quiero». Imaginó lo que ella diría si supiera la verdad, si Julián llamase a su puerta para contársela. Lo negaría, cerraría los ojos aunque le enseñara la grabación. Hay cosas de aquellos que amamos que no estamos dispuestos a aceptar. Enloqueceríamos. Por eso negamos apretando los puños, como niños que se niegan a ver al monstruo debajo de la cama. Tiene que quedar algo en lo que creer, alguien en quien confiar ciegamente. Eso es lo que hizo su padre, y perdió la vida.

Oyó al policía hablando con la enfermera. Entreabrió la puerta y lo vio acercarse a la máquina del café. Tenía que marcharse. Allí no encontraría respuestas.

Aquella tarde, al regresar a casa, abrió el ordenador y escribió un mensaje a la dirección de correo de Clara que usaban para comunicarse habitualmente. Sabía que no sería ella quien lo leyera.

Seas quien seas, lo que estás buscando lo tengo yo. Estaré mañana a las 22.30 horas en la curva de Miramar. Si llegas cinco minutos tarde, le entregaré el cuaderno a la policía.

Envió el mensaje y se quedó unos segundos frente a la pantalla. El resto de la casa estaba a oscuras. Buscó el teléfono móvil, lo estuvo sopesando un buen rato y finalmente se decidió a llamar a Virginia.

—No te he dado las gracias como debía.

—No tienes por qué. Te noto la voz rara, ¿te pasa algo?

—Me gustaría invitarte a cenar. ¿Puedes esta noche?

Oyó el silencio de Virginia. Casi oyó también sus pensamientos en tropel: «Sí, no, no lo sé, no debo, sí, quiero, no puedo, me gustaría, lo deseo...».

—A las nueve de la noche en el Mirablau —dijo por fin, como si soltara toda la resistencia en una larga expiración.

Julián reservó mesa en la terraza. Era un mirador excepcional sobre una Barcelona de postal luminosa. Vista de lejos, con todos sus destellos, era preciosa, casi mágica.

—Parece que tenga un vestido de lentejuelas —dejó ir con la mirada ensoñada.

Virginia estropeó un poco la lírica.

—Una puta con vestido caro.

Él hizo una mueca y asintió. Así son todos los espejismos. Los tocas y se deshacen.

—Cuando era un chaval, mi tía Milagros me daba algo de dinero para invitar a la novia de turno a tomar algo. Solía traerlas aquí. Me sentía como en una canción de Loquillo, aunque sin el Cadillac. No sé, supongo que aquí arriba era más fácil soñar que ahí abajo.

Virginia lo estudió atentamente. Rara vez había visto a Julián abrir una brecha en su coraza, un resquicio por el que ver algo más que lo que él se empeñaba en mostrar. Aquella noche estaba especialmente guapo. Tal vez era el rostro cansado, o quizá esa pátina melancólica en sus ojos tan verdes. De repente parecía accesible, frágil. Humano.

—¿Por qué no nos hemos acostado nunca tú y yo, Julián?

Era una pregunta, era una queja, era una afirmación empujada hacia afuera por la noche, la atmósfera irreal, la música de fondo de Alan Parsons, los dos gin-tonics que se había bebido casi consecutivamente para disimular su azoramiento. ¿Qué esperaba que pasase cuando aceptó la invitación? No era algo inusual, habían cenado otras veces allí mismo, aunque nunca solos. Ella siempre acompañada por Luis y él con la chica guapa de turno, que nunca le duraba mucho. Sin embargo, se había pasado una hora y media decidiendo qué vestido ponerse, qué zapatos, qué collar, se había depilado y se había puesto un conjunto de ropa interior que hacía años que no sacaba del cajón. No había ido allí pensando en una cita de trabajo o en una cena entre dos buenos amigos en apuros.

Julián no fingió que la pregunta le sorprendiera

o le incomodara. Él también había sopesado la situación, lo que le apetecía, fuese o no conveniente.

—Hubo momentos en los que fue posible, se dieron las circunstancias, pero, unas veces tú y otras yo, decidimos retroceder en el último instante. Luis es un buen tipo, me gustan tus hijas, tenías una vida en orden y nos entendíamos bien en el trabajo; no quería estropearlo todo por un capricho.

Virginia sonrió, encendiendo un cigarrillo. No pensaba poner como excusa estar un poco borracha, porque no lo estaba, por más que quisiera estarlo.

—¿Cuál es la diferencia entre un capricho y un arrebato?

Los ojos verdes de Julián se quedaron fijos en ella. La mano de Virginia acarició su mechón blanco.

Es extraño ver por fin un cuerpo que has imaginado tantas veces, su olor, su forma, su tacto. Sabían que no se repetiría y sabían que no habría decepción posible. Se desnudaron mutuamente despacio en el apartamento de Julián. Él quiso poner algunas baladas de Springsteen y ella salvó la situación impidiéndoselo. Cambiaron juntos la sábana, ella fue al baño. Él se quedó sentado, mirándose en el espejo sin verse. Virginia salió del baño dejando la luz encendida. La penumbra era mejor que la luz, la intuición mejor que la certeza. No era vergüenza, era otra cosa, dejarlo en un sueño difuso, una bruma que los recuerdos agrandarían llegado el momento de añorar. Hacía quince años que no besaba otros labios que no fueran los de Luis, que no metía en su boca un pene que no fuera el de su marido, reconocible hasta el último detalle en su sabor y su forma. Ahora era como aprenderlo todo de nuevo, o desaprenderlo.

Hicieron el amor mucho tiempo. No habrían sabido, ni podido, simplemente follar. Se hablaban con la piel, sin palabras, se estaban despidiendo, se prometían recordarse en noches de soledad venidera, en otras compañías, cuando, en mitad del sexo, apareciera el rostro del otro suplantando al amante de turno. Acumularon gestos, caricias, contornos y los guardaron para sí, cada uno en su cofre secreto.

Estaban juntos en la cama. No se abrazaban, ya no. Uno junto al otro compartiendo el mismo cigarrillo, la misma copa de vino, pero cada uno en su cuerpo. No se arrepentían, no tenían prisa por escapar del otro. No había huida en sus miradas. Sencillamente, se habían dado lo que querían y ahora todo volvía a un estadio más terrenal.

—Hoy he visto a Restrepo en el hospital. He entrado en su habitación, no sé qué quería hacer. Lo he visto ahí tumbado, tan expuesto, tan insignificante. Podría haberlo ahogado con su almohada y no habría sentido nada.

Virginia lo miró como si se hubiera vuelto loco. Él se levantó de la cama y se acercó a la ventana. Abajo, se veía la calle de la Sal con los adoquines humedecidos por la lluvia que había empezado a caer.

—Quiero enseñarte algo. —Se volvió hacia ella con tristeza—. No es agradable.

Virginia daba vueltas alrededor del sillón. No necesitaba volver a ver lo que ya había visto, y aun así era inevitable desviar un segundo la vista y prenderla en lo que pasaba en la pantalla. Julián no apartaba la mirada. Virginia llegó a la conclusión de que él no veía lo que estaba sucediendo, sus ojos apenas lo sobrevolaban buscando otra cosa, analizaba metódicamente cada detalle, lo ordenaba en su mente, lo clasificaba.

—¿Cómo puedes tener estómago para verlo una y otra vez? Yo siento náuseas.

Julián no respondió. Sentado en el sillón, inclinaba el cuerpo hacia delante con los codos apoyados en los muslos, muy cerca de la pantalla, como si quisiera entrar en ella y contemplar la escena desde dentro para tener una visión de 360 grados.

—Para eso, por favor —insistió Virginia.

No podía ver el sudor que le recorría la espalda bajo la camiseta a Julián, el modo en que encogía los dedos de los pies cuando un detalle más brutal que los anteriores le sobresaltaba, el temblor de sus pupilas, que a pesar del horror que presenciaban se negaban a huir, la sequedad en la garganta.

Julián detuvo la secuencia. La pantalla congelada vibraba en una onda suave de electricidad estática. Ahí estaba la cabeza de lobo, segundos antes de voltear a Chinchilla y ponerlo de nalgas.

—Hay un corte aquí. Falta algo. Estoy seguro de que en la cinta original hay más. Suficiente para identificar a ese cabrón. Si pudiera dar con ella.

Le contó todo lo que había averiguado, le habló del anónimo de la abuela Charo, de Chinchilla, de la Lagarta y del Blusas.

—Llevo trabajando en esto meses.

Virginia se sentó a su lado.

—¿Eso es lo que querías sacar de Restrepo? Es monstruoso, pero ¿por qué no acudiste a mí? ¿Por qué no abriste una investigación oficial? Tú no eres así, jamás has cometido una brutalidad de esa clase. Sigo sin entender qué se te pasó por la cabeza.

Julián señaló al tipo con la máscara.

—Si lo que sospecho es cierto, el cuaderno de Clara no será nada comparado con esto. No conoces a Restrepo, no sabes la red de clientelismo que tejió a su alrededor. Asesinarán a cualquiera, harán lo que haga falta para que la identidad de ese hijo de puta no salga a la luz. Ese niño ha desaparecido, mataron a su abuela por hablar conmigo. No podía decírtelo. Pero ahora tengo una posibilidad. Es arriesgada, pero, si sale bien, todo habrá valido la pena.

—¿Y si sale mal?

—Entonces, ya nada importará.

Virginia le acarició el mechón, que parecía una pluma de indio.

—Eres policía desde hace mucho tiempo, has visto toda clase de maldades, de sinsentidos, pero nunca perdiste la brújula, Julián. ¿Por qué este niño es diferente?

Julián quiso pensar en hojas verdes, en el jacarandá lila y rojo de un jardín pacífico, en un mar turquesa no descubierto por hombre alguno, en cielos violeta y planetas lejanos. En un no tiempo y un no espacio. Pero solo había gritos y llanto y una tristeza infinita en sus recuerdos.

—Hay algo que nunca te he contado de mí. Algo que jamás he contado a nadie. Tiene que ver con el expediente de mi padre que Heredia filtró a Soria para mandarme a prisión.

35

Ferrol, 1970-1975

La primera vez fue en su fiesta de cumpleaños. Cumplía seis años y su madre había preparado una merienda en la explanada alrededor del cruceiro. Estaban invitados todos sus amigos, Carmen, Gregorio, Fouliña y Susana. En una mesa aparte estaban sentados los adultos: sus padres, Toño, el Barón, Francisco y algunos conocidos más. Eran mundos separados, que a ratos podían girar independientemente el uno del otro. Cuando los adultos hablaban de la guerra, los niños podían vivir tranquilamente sus aventuras porque nadie les prestaba atención, como si el relato de lo vivido en el 36 los absorbiera por completo.

Julián apenas conocía algunas cosas. En casa no se hablaba de eso, como no fuera a través de vagos eufemismos —«aquello fue una tragedia», «pasamos mucha miseria», «mejor dejar a los muertos en paz»—; solo comprendía que su padre y Toño eran como hermanos, que los alistaron forzosamente en el bando franquista, y que se salvaron la vida varias veces el uno al otro. Algunas tardes, cuando Toño y su padre se juntaban y bebían más de la cuenta, el niño los oía hablar, pero no entendía lo que decían, como si hablaran en clave o en otro idioma: la carretera de Málaga, batallón de castigo, sacas, Queipo de Llano, Mola, ejecuciones sumarias, cazas Fiat, nazi, fascista, rojo... En esas ocasiones quedaba de manifiesto que aunque habían vivido las mismas cosas no las recordaban del mismo modo. Toño tendía a enfurecerse cuando el vino se le subía a la cabeza:

—Fuimos putos héroes, joder. Hicimos lo que nos dijeron que hiciéramos. ¿Te acuerdas del discurso de Mola en Pamplona? ¿Qué nos dijo, eh? A sangre y fuego. Arrancar de raíz la mala hierba para que crezca pasto nuevo. ¿Y las arengas en la radio de Queipo desde Sevilla? Violad, matad, enseñadles a esos milicianos maricones y a sus mujeres lo que es un hombre de verdad. Y qué hicieron cuando todo acabó, nada. Mandarnos a casa con una palmadita en el hombro y olvidarse de nosotros mientras ellos se dedicaban a saquear y a enriquecerse. ¡Míranos, coño! Mira en qué se ha convertido este puto país. Franco no va a aguantar, y cuando la palme, esto volverá al caos.

Su padre casi no hablaba, movía la cabeza, medio borracho también. A diferencia de Toño, el alcohol lo volvía melancólico. Recordaba tapias de cementerios, fusilamientos, imágenes de los Regulares y los mercenarios moros entrando en casas, sacando a rastras a las mujeres y a los niños. Gritos, llanto, crueldad.

—La línea del frente era una cosa, pero en la retaguardia lo que hicimos no estuvo bien. Masacrar a gente indefensa. ¡Qué machos éramos! ¿A eso lo llamas tú ser un héroe? ¿A pegar tiros en la nuca y a echar gente atada de pies y manos a la ría?, ¿a violar, robar y amedrentar? Eso no es la guerra, Toño. Eso es el corazón podrido que todos llevamos dentro.

La madre de Julián se metía por medio.

—Bajad la voz. Los niños no tienen que oír esas cosas.

Los niños no deben saber, no deben conocer. Es tarea de los adultos ocultar, mentir y distorsionar hasta que todo se olvida.

En la fiesta de cumpleaños volvieron a las andadas. Toño bebió mucho más de la cuenta. Estaba nervioso, malhumorado y discutió con cuantos se le pusieron delante. Tambaleándose, se alejó para mear detrás del leñero. Fue entonces cuando lo vio: Julián estaba detrás de los troncos, mirando aquel pene enorme como hipnotizado. Nunca había visto algo así.

—¿Qué coño haces ahí? —gruñó Toño, con la verga fuera, orinándose en los zapatos.

Julián lanzó un chillido de ratón y trató de escabullirse, pero Toño lo atrapó al vuelo.

—¿Eres de esos mariposones? ¿Te gusta mirar vergas? Yo te enseñaré lo que es.

Obligó a Julián a cogerle la polla y a masajearla. Julián empezó a sollozar. Toño lo miró, de repente, como si no lo hubiera visto antes y lo apartó, aturdido. Balbuceó algo, se golpeó la frente con la palma de la mano y se subió la bragueta.

—Aquí no ha pasado nada, ¿entendido? Venga, largo de aquí.

Julián no habló con nadie de ello. No lo comentó ni siquiera con la cuadrilla. Una sensación instintiva de vergüenza se apoderó de él, la percepción de que aquello era algo terrible que debía ser enterrado. Los niños tienen esa capacidad, pueden absorber cualquier experiencia, desvirtuarla y metabolizarla para hacerla desaparecer. Aunque aparecerá en otras formas, escondida, disfrazada, en pesadillas, en miedos nuevos que antes no estaban ahí, en inseguridades y titubeos que los adultos no sabrán descifrar.

Esa fue la primera vez. Podría haber sido la única. Pero hubo más, muchas más.

El tío Toño, la figura que hasta entonces había sido familiar, amable, generosa, el mago que siempre aparecía con regalos para él y para su madre, el camarada de su padre, se convirtió en otra cosa distinta cuando estaban a solas. Hubo veces en que ocurrió con sus padres en la estancia contigua, o mientras Fouliña y Susana jugaban fuera, o en una excursión a Ferrol o al salir de misa. En un viejo Renault, en el leñero, en campo abierto, en un molino abandonado. Al principio fueron cosas terribles pero que no dolían físicamente, solo daban asco y miedo, y el silencio del niño podía ser comprado con baratijas, un juguete nuevo, unos lápices, luego un cigarrillo fumado como conspiradores, hasta un trago del Bourbon escocés que Toño y el Barón traían de contrabando. Toño siempre sabía convencerle de que aquello era culpa suya, que la responsabilidad recaía sobre sus hombros.

—¿Tú quieres a tu padre? Yo lo quiero mucho;

es mi hermano. ¿Sabes lo que pasará si se lo cuentas? Te repudiará, te echará de casa. Te encerrarán con los curas en Santiago.

Pasaban temporadas de relativa calma. Toño lo dejaba en paz, incluso le rehuía, como si los demonios que tenía dentro le hicieran arrepentirse y luego odiarle por obligarle a ser así.

—Es culpa tuya, joder.

Incluso llegó a marcharse del pueblo durante varios meses. Decían que el Barón lo había mandado a Irlanda para cerrar tratos con contrabandistas de aquel lado del océano. Julián llegó a creer que todo había pasado, pero Toño volvió. Y las cosas fueron a peor. Ya no se contentaba con obligarle a tocarle el pene o a decirle que mirase mientras él se masturbaba. Empezó otra pesadilla dolorosa, física. Cumplió los siete, los ocho, los nueve años, y temía verle aparecer cada vez que Fouliña o Susana insistían en que se quedase a dormir. Él no quería, pero su padre le obligaba.

—¿Qué te pasa? Ya no quieres ni que tu tío te dé un abrazo. Te estás volviendo un erizo.

Su madre callaba. Lo miraba y veía en sus ojos un grito de auxilio, pero no decía nada. ¿Sabía lo que estaba ocurriendo? ¿Imaginaba algo, al menos? Él nunca llegó a saberlo. Pero acabaría comprendiendo que el miedo hace cobardes a las personas, que a veces se toman elecciones contra natura, y que por mucho que se diga, la maternidad no es un pilar sagrado. Su madre conocía a su padre, lo que haría de enterarse, y conocía a Toño, su carácter violento, el poder que tenía en el pueblo. Y temía. Quizá solo esperaba que pasara, que fuera una de esas historias de las que nunca se habla.

Todo el mundo intuye el acecho del mal, pero nadie se atreve a ponerle nombre, cara, forma. No es concebible, nadie quiere o puede mirarlo de frente, sería una locura, una demencia que destruiría cualquier sentido del bien, de la decencia o la cordura. Pero mientras tanto, cada cierto tiempo, Julián hundía los talones en el suelo y las nalgas se le abrían en carne viva. Se anclaba en la gravedad de la tierra para no salir corriendo.

Poco a poco empezó a tomar conciencia del daño que le estaba infligiendo Toño, pero también de su silencio, su culpabilidad retorcida. Empezó a odiar a su padre. «¿Por qué no hace nada, por qué no se da cuenta cuando me mira?» Los adultos, todos ellos, se convirtieron en inmisericordes, brutales, sin conciencia de las medidas, de los límites; habían desterrado hacía mucho la bondad de sus actos, el sentido del dolor borrado de su vocabulario. Eran monstruos, seres inimaginables nacidos de un abismo. Y se creían intocables.

Tardó dos largos años en contárselo a Susana. Y le hizo prometer que jamás se lo diría a nadie. ¿Qué podía hacer ella? Apenas era un año más joven que él, dos chiquillos que no sabían cómo manejar el horror. Quería protegerle, quería ayudarle. Por eso hizo lo que hizo.

Julián palideció la mañana que entró en casa. Iba con Fouliña, estaban empapados, cansados y risueños tras una de sus incursiones en la cueva donde el Barón, Toño y los demás escondían sus alijos. El botín había valido la pena: dos cartones de rubio americano, unas cuantas botellas de vino francés y sin apenas un rasguño. La fiesta se acabó en cuanto vio a Susana sentada a la mesa con su padre y su madre. Vio sus rostros. Su padre rojo de ira, su madre pálida como el papel. Susana trató de disculparse.

—Tenía que contárselo.

Fouliña los miraba a todos sin comprender qué pasaba.

Su padre se levantó de la mesa y lo llevó al dormitorio.

—Bájate los pantalones.

Julián no quería. Tenía vergüenza. Su padre tenía los ojos brillantes, como si las pupilas se estuvieran desangrando.

—Hijo, obedece.

Vio las úlceras, las heridas mal cicatrizadas. Las marcas de golpes antiguos y mordiscos en la espalda. Se dejó caer en el suelo, con la espalda apoyada en la pared, sujetándose la frente con la mano. De repente empezó a golpearse la parte trasera del cráneo contra la pared con violencia y lanzó un alarido inhumano.

—¡¡Será hijo de la gran puta!!

Su madre entró en el dormitorio y se arrojó a su lado.

—¿Qué vas a hacer, Martín? Por Dios, piénsalo bien.

Julián se subió los pantalones. Se quedó mirándolos, abrazados, llorando. Zambullidos en su propia tragedia, ni siquiera se dieron cuenta de que salió de la habitación y corrió hacia el acantilado, sorteando a Fouliña y a Susana.

Aquella misma tarde, Martín Leal se presentó en las dependencias de la Guardia Civil de Santiago de Compostela. Había tenido que irse hasta allí para asegurarse de que los tentáculos del Barón y de Toño no llegaran tan lejos.

Fue la noche del 3 de noviembre de 1975.

Las guías de madera por las que se arrastraban las barcazas desde la arena hasta la orilla habían desaparecido, arrancadas de cuajo, bajo la fuerza del oleaje que engullía toda la playa. Los amarres estaban en su mayor parte rotos y las embarcaciones iban y venían sin control, según el capricho de las aguas. Las barcazas más pequeñas habían volcado y ofrecían la panza al cielo, meciéndose como una cáscara de huevo rota. Las olas se rizaban sobre sí mismas, levantándose en el vacío para caer con el estruendo de un trueno por encima del espolón. El viento, soplando a contracorriente, intentaba contenerlas, pero lo único que conseguía era despeinarlas e irritarlas más.

Julián contemplaba el espectáculo sobrecogido, rezando para que las luces que se balanceaban a lo lejos no desaparecieran. En una de esas pequeñas barcazas iba su amigo Fouliña con su padre y otros hombres del Barón. Habría querido poder avisarle, decirle que aquella noche no debía salir con los demás, advertirle de lo que iba a ocurrir, pero cuando llegó a Santa Comba las embarcaciones ya habían zarpado. Con el agua hasta la cintura, intentó alcanzarlos, gritó e hizo señas varias veces, pero cada vez que se acercaba una ola lo golpeaba furiosamente en las costillas, arrastrándolo hacia la arena. Al final las barcas se alejaron mar adentro, doblaron el cabo y se perdieron en la negrura de la noche.

De madrugada, cuando los contrabandistas regresaban de alta mar, la Guardia Civil los esperaba en la costa. Los sorprendieron mientras descargaban los fardos, un cargamento con el que el pueblo se las apañaría hasta el final del invierno. El Barón tenía fama de ser generoso con los dividendos. Él y Toño eran queridos, se los veía como unos Robin Hood modernos, redistribuidores de la riqueza que se les negaba dentro de la ley. El Barón era la mente pensante, el estratega, pero si Toño no daba la orden, los braceros no se movían, y nadie más que él podía guiar las barcas entre los bajíos del acantilado con aquel mar. Con su bigote espeso y amarillento, dirigía las operaciones, daba órdenes y los demás obedecían sin cuestionar su autoridad.

Cuando se encendieron los focos y aparecieron los guardias se produjo el caos. Alguien disparó primero, nunca se supo de qué lado partió el disparo. Más tarde se contaría que fue Horacio, el padre de Gregorio, quien empezó el tiroteo, porque siempre salía con el fusil al hombro, y porque el mar —para risa de los demás— lo ponía nervioso. Jamás pudo probarse. A partir de ese momento, lo que debería haber sido una redada sin mayores consecuencias, se convirtió en la tragedia que marcaría para siempre la historia del pueblo. Los guardias repelieron el fuego, y muchos hombres cayeron heridos. Otros se arrojaron al mar tratando de escapar a nado o trepando por las afiladas aristas del acantilado.

Fouliña era un buen nadador, y no dudó en saltar por la borda cuando su padre se lo ordenó. Enfrentaba las olas de costado para no verse engullido por los remolinos ni empujado contra las rocas, y cuando se veía obligado a sumergirse era capaz de aguantar sin respirar el tiempo necesario para que la muralla de agua le sobrepasase. Pero cada vez que emergía estaba en un punto distinto y la barcaza un poco más alejada. Estaba tan exhausto que le costó varios intentos llegar a la costa.

Al amanecer los cuerpos se alineaban en el muelle, custodiados por guardias civiles llegados desde Ferrol. Alguno presentaba heridas de bala, otros se habían ahogado al intentar huir. Una barcaza remolcada hasta el puerto traía el alijo intervenido y bien custodiado. Durante las horas siguientes, la nave de la lonja se convirtió en una morgue improvisada por la que desfilaron familiares y amigos con la penosa tarea de reconocer los cadáveres o de preguntar por los otros tres hombres que el mar no había devuelto. La aldea entera se sumió en un silencio herido, cargado de odio y rabia, buscando por dónde estallar.

Estaba claro que alguien los había delatado, y no tardó en correr la noticia de que había sido Martín Leal.

—Dime que no es verdad. Que no ha sido tu padre —le pidió a Julián Fouliña.

Estaban junto al cruceiro. Todos ellos, la cuadrilla entera. Julián no tuvo el coraje de desmentirlo. Carmen, la hija del Barón, no daba crédito.

—¿Por qué, Julián? Tu padre es del pueblo, es de los nuestros. ¿Por qué ha hecho algo así?

Julián y Susana intercambiaron una mirada herida. Nadie dijo nada.

Fouliña estaba furioso. Empezó a insultar, a maldecir, yendo de un lado a otro. Gregorio se había mantenido al margen, sentado en la base del cruceiro. Estaba contando conchas en una bolsa de plástico.

—Mi padre dice que van a matarle. No se ha olvidado de la oveja, los he oído hablar en El Cerso —dijo sin mirar a nadie, abstraído en su cuenta—. Tenéis que iros.

Fouliña se revolvió.

—No seas idiota. Mi padre no lo permitiría. Él y Martín son como hermanos. Todo el mundo lo sabe.

No fue así.

Nunca se supo quién vertió la gasolina por encima de Martín Leal el primero, quién prendió la mecha. Algunos, como Francisco, jurarían que esa nunca fue la intención. Querían quemarle la casa, echarlo del pueblo, pero no matarlo de esa manera horrenda. Otros que no estuvieron allí adornaron aquel martirio con detalles horrendos, casi oníricos. Decían que Martín Leal corrió prendido como una tea hasta el borde del acantilado, que sus llamas iluminaron el cruceiro, y que antes de saltar al vacío extendió los brazos como el ave fénix y que los maldijo.

Pero Julián no recordaba nada de eso. Recordaba la casa ardiendo, las ventanas estallando, el humo girando sobre sí mismo alzándose hacia el cielo y al hombre del bigote amarillento al que su padre llamaba hermano mirando mientras otros le apaleaban hasta hacerlo desaparecer en un bosque de piernas y puños.

36

Cerca de la frontera con Francia, mayo de 2005

El hombre de los ojos oscuros la miraba mientras dormía y la mente se le quedaba en blanco, perdida en ella, en su piel amarillenta debajo de los ojos, en su pelo siempre empapado de sudor frío. No era un deseo cualquiera, ese sabía reconocerlo y satisfacerlo cuando aparecía; pero no se trataba de sexo ni de que su cuerpo le gustara, la había visto asearse con un cubo y un paño, buscando cierta intimidad, y había apartado la mirada, avergonzado de tomar prestado algo que no le pertenecía.

Era otra cosa, una contradicción que se estaba acrecentando según pasaban los días y el encierro con ella se prolongaba. Algo que nunca había experimentado, como si de repente no pudiera seguir escondiéndose en su lógica y en sus motivaciones, como alguien que ha vivido toda su vida sin conocer el miedo y de pronto lo descubre y tiembla. Tenía la sensación de que Clara sería capaz, si se lo propusiera, de penetrar en cada capa de su armadura y desmontarlo desde dentro. En ciertos momentos ella se quedaba mirándole como si hubiera sido capaz de aceptar que estaba ante el asesino de su padre, ante un hombre que podía ser mil veces más cruel que cualquier otro; y a pesar de ello no le temía, ni lo desafiaba ni lo acusaba de nada. Solo penetraba en él, dispuesta a descender hasta la mismísima fragua, a las profundidades más insondables para descubrirle realmente.

Retiró la manta que la cubría con suavidad y la contempló. Había algo hipnótico en ella. Necesitaba acariciarla, reseñar los bordes de esa geografía y cartografiarla. Tenía una marca entre las nalgas, una mancha de piel oscura que se parecía a una isla perdida. En siglos pasados la habría condenado a la hoguera. La habrían acusado de tener la marca de las brujas, de poseer poderes ocultos.

«Apuesto a que habrías enloquecido al inquisidor, Clara.»

Ella murmuraba en sueños, quejosa, y los párpados se le movían con espasmos nerviosos. El hombre de los ojos oscuros volvió a cubrirla. En la bolsa que llevaba en el coche había encontrado su ordenador. Ni siquiera había tenido que forzarla a darle la contraseña. Ella se la había dado como quien cede lo último que le queda. Una intimidad que no tiene ya importancia.

Uno nunca sabe si la suerte se merece o se busca, pero tú no la tienes, Clarita. Alguien que crea en esas cosas diría que es tu karma, que en otras vidas hiciste algo que ahora se paga. Yo de esas deudas no sé nada, pero de las de aquí sí. Y si tuviera que decir algo, diría que tú has pagado con creces.

Clara despertó y lo miró sin querer mirarle. Se tomó la sopa que él le había preparado con un poco de patata hervida sin decir nada. Luego le preguntó si podía fumar un cigarrillo. Él se acercó y se agachó ante ella. Le gustaba tenerla cerca, rozar sus dedos al coger su mano para prender el pitillo.

—¿Qué vas a hacer conmigo?

Tal vez pensaba que iba a matarla, pero sus ojos no buscaron una huida. Parecía resignarse a su suerte.

No está bien aceptar eso sin más, que nuestra vida está en manos de otra persona. Que dependemos de su capricho, de su humor, de sus deseos. Uno tendría que rebelarse contra ese estado de postración, pero lo imposible nos paraliza. Así le hacen el trabajo las ovejas al lobo.

—¿Qué crees que debería hacer?

—Lo que yo crea no es relevante, me parece.

Volvieron a quedarse callados. Estaba oscureciendo, ya casi no se distinguían el uno al otro. Él encendió el hornillo y apareció un círculo de luz azulada. Ella se incorporó en la almohada ayudándose con el codo. Tenía puesta una camisa mal abrochada y le asomaba un pecho. A ninguno de los dos le importaba.

—Tu padre te quería. Fue valiente.

No sé por qué dije eso. Tal vez porque creí que necesitabas oírlo.

Clara dibujó en una crispación de la boca sentimientos que no sabían dónde estallar.

—Tú no sabes nada de él.

—Sé que robó a la gente equivocada. Y ahora tú eres el precio por eso.

—No fue idea suya, fue cosa de los gallegos.

—Eso también lo sé, y no lo cambia.

Parecían haber llegado a un punto muerto. Nada podía cambiar el hecho de que eran lo que eran, un asesino y una víctima, en efecto.

Sin embargo, Clara no acertaba a comprender lo que le pasaba. Por qué tuvo que reprimir el impulso de sujetar la mano de ese hombre, por qué tuvo que negarse a decir lo que era imposible decir. Había leído sobre el síndrome que se establece entre secuestrador y víctima cuando este trata con amabilidad a la persona secuestrada. Llegas a convencerte de que es buena persona, de que en realidad no pretende hacerte daño, y sientes la necesidad de empatizar con su causa, con él mismo, identificarte para creer que estarás a salvo.

Podría tratarse de eso, seguro que es lo que la doctora Andrea habría dictaminado. Pero Clara no se engañaba con respecto a lo que, tarde o temprano, acabaría sucediendo. Era absurdo, quería quitárselo de la cabeza —«estás enferma, joder»—, pero se sentía atraída por él de un modo extraño. La misma sensación de la que una vez le habló su madre: cuando subía a un lugar alto, tenía que reprimir el instinto de saltar. Negarse a escuchar el susurro que la reclamaba desde abajo. El único secreto es ver lo que los demás no ven.

Lo miró a los ojos oscuros, inabordables y profundos. Ojos que no quieren. Porque no pueden. Porque no deben.

—Me gustaría hacerte una foto. Ver lo que hay ahí abajo.

Él sonrió.

—Saldría velada.

Durante un brevísimo espacio de tiempo se abrió un portal, una rara lucidez, y el mundo apareció tal cual era, sin sombras. Un estallido de cosas que no comprendían, que se apoderaba de ellos y los arrastraba hacia algo primigenio, una nada sepulcral y pacífica.

No hay éxtasis sin lamentos, Clara, y algunos locos prefieren convertirse en despojos a cambio de un instante de ser por entero.

El hombre de los ojos oscuros se puso en pie. Mientras se ponía la americana la observó de reojo. Las piernas desnudas entre los espacios vacíos. Apartó la vista.

—Tu ordenador se quedará pronto sin batería. Deberías revisar tus mensajes.

Clara esperó a verle salir. Fue a la mesa y revisó su ordenador.

El mensaje de Julián seguía ahí. Un desafío. A la antigua usanza, un guante arrojado.

> Seas quien seas, lo que estás buscando lo tengo yo. Estaré mañana a las 22.30 horas en la curva de Miramar. Si llegas cinco minutos tarde, le entregaré el cuaderno a la policía.

Clara se estremeció.

—¿Qué vas a hacer, Julián?

Se acercó detrás de la puerta y escuchó fuera. Oyó el motor del coche alejarse. Tardó unos segundos en darse cuenta de que él no había cerrado por fuera. El candado estaba suelto. No podía ser un descuido, lo había hecho a propósito. La liberaba. ¿Por qué? Y lo más importante: ¿por qué no se movía ella? ¿Por qué *no quería* moverse?

Yo te lo diré. Hay monstruos que te paralizan, haciéndote creer que conservan algo humano. Su mirada y su voz te adormecen, y su sonrisa permanente te remata. No puede haber nadie más peligroso, porque, temiéndole, deseas quererle, acercarte más y más, consumirte, fundirte en su nada.

Corre, Clara. Corre, mientras puedas. Huye de mí.

Desde lo alto de Montjuïc, Julián siempre tenía la tentación de elegir el mar. El viejo faro entre la montaña y el puerto de carga, separados por la Ronda Litoral, las luces de gálibo de las gigantescas grúas, los callejones interminables de contenedores acumulados hasta una altura de seis pisos. Y más allá, a lo lejos, por fin, el mar de verdad.

—Bonito, ¿verdad? Uno tiene la sensación de que puede irse y dejar todo atrás.

Julián tardó unos segundos en reaccionar. Miró el reloj de pulsera. Puntual. Era de agradecer. Lentamente, con las manos separadas del cuerpo, se dio la vuelta y observó al hombre que tenía delante. Era más alto que él, de complexión ágil, vestido como si saliera del rodaje de *Reservoir Dogs*, pelo abundante y oscuro, bien peinado, patillas un tanto pasadas de moda. Ojos oscuros muy penetrantes y una sonrisa bonita.

—Gracias por venir.

El hombre abrió las manos a su vez. Los dos iban armados, los dos lo sabían, ambos querían ver qué pasaría a continuación.

—Gracias a ti por proponer este encuentro, inspector. Ya nadie hace las cosas a la vieja usanza. Tienes valor, eso hay que reconocerlo. O estás de retirada, acabado, y te da igual lo que vaya a pasar. Pero, oye, hay tiempo para una pausa, y, a decir verdad, me siento intrigado.

—Lo sé todo sobre ti.

—¿Todo? Eso es mucho decir, como compadres, ¿no te parece? Dudo que sepas ni el pie que calzo.

Julián hizo un gesto de advertencia y muy despacio metió dos dedos en el bolsillo interior de la chaqueta, sacó un papel doblado y se lo tendió.

—Un 43 europeo... Yo también tengo mis medios.

Puta. Ahí me pillaste, inspector. No contaba con las cámaras de tráfico. ¿Y una puta multa de radar? Tiraste bien del hilo: algunos de mis alias, y entre ellos mi verdadero nombre, con el apellido de mi santa, hasta la fecha de nacimiento y la parroquia donde fui bautizado, aunque la foto desmerece, no tenía más de veinte años y todavía aparezco con esos ojos de coyote deslumbrado por los faros de un coche. Mis antecedentes de delincuente juvenil, camorrista de bajo flote, y luego cosas mayores, toda una carrera en ascenso hasta labrarme un nombre que se respeta, las órdenes de búsqueda y detención pendientes en media docena de países; hasta mi ficha dental, el muy cabrón. Trabajo fino.

—Tienes que haber picado muy alto para conseguir esto.

—En realidad, solo he tenido que llamar a una puerta muy cercana. Hay gente que te tiene muchas ganas en tu tierra. Creo que tus jefes no están muy contentos de tu trabajo aquí. Demasiado ruido.

Me gusta la franqueza cuando el oponente no juega en desventaja. Otra cosa es abuso. Y los abusones me enfurecen, esos cobardes que solo muerden cuando la presa tiene la pata quebrada.

—Enseñarme esto es pedir a un cura; suicidio diferido, podríamos llamarlo. ¿Lo que quieres es que adelante el trabajo, que te ahorre la fatiga de la esperanza?

—Yo no busco atajos.

Estuve de acuerdo. No, no parecías de esos. Más bien de los que caen arrastrando consigo, de los que mueren matando, como se dice.

—Entonces, ¿qué buscas, inspector? No oigo sirenas de policía, no aparecen esos tipos del mono negro y la cara tapada. Y no tienes pinta de poder enfrentarte a mí tú solo. Apenas te sostienes en pie.

Julián no se dejaba engañar. Juegos de trileros, impostores vestidos de caballeros. Quítale la gomina y el traje caro, olvídate de sus modales de universitario del Politécnico y verás al torturador, al asesino, al mercenario.

—No entiendo a la gente como tú. Quería verte en persona.

—A decir verdad, yo tampoco entiendo a la gente como tú, inspector. Y aquí estamos, cada cual por sus motivos, sin entender al otro, preguntándonos quién va a disparar primero. Porque ni yo voy a entregarme ni tú has venido a detenerme. Además, a estas alturas, a quién le importan las razones del otro para ser como somos. Yo hago lo que hago, tú haces lo que haces, y en este punto nuestros intereses son opuestos.

«Son esos ojos oscuros», pensó Julián; esa mirada te disminuye, te reduce como si fuera inevitable someterte a su voluntad. Una mirada así no se ensaya, no se entrena, no hay impostura posible. Se nace con ese vacío en los ojos.

—Hay otra posibilidad. Una en la que ambos podamos ganar algo de tiempo.

—No la hay, los dos lo sabemos. El tiempo ya es una cosa para los otros, un dispendio que no podemos permitirnos. Ya hemos hablado demasiado, inspector, y todavía no hemos dicho nada. Reconozco que sentía curiosidad, y tienes mi respeto. Pero yo no he venido aquí a ver el anochecer contigo.

—Tengo el cuaderno de Francisco. Y la llave con los documentos que prueban sus anotaciones.

El hombre de los ojos oscuros asintió.

—Pero no se lo has dado a esa guapa inspectora que tienes por amiga.

Julián se inquietó al oírme mencionar a Virginia. En ese momento, supe que yo cobraba ventaja.

—Puedes dármelo por las buenas. Yo te pego un tiro aquí mismo, y tienes mi promesa de que dejaré en paz a la inspectora y a sus hijas. Incluso puedo garantizarte que dejaré que Clara se marche. He leído vuestros mails, sé que te importa.

Julián tuvo una intuición al notar cómo se ablandaba un poco su expresión al mencionar a la hija de Francisco.

—Y a ti también te importa, ¿verdad? No quieres hacerle daño. No más del que ya le has hecho matando a su padre.

Buen movimiento, inspector.

—No me parece que alguien merezca morir por errores ajenos.

Julián esbozó una sonrisa.

—¿Esa es tu propuesta?

—La otra alternativa es peor. Puedo romperte todos los huesos, pegarte fuego, hacerte las mil perrerías hasta que me des lo que quiero. Y luego morirás sabiendo que detrás de ti irá la bonita familia de la inspectora y que Clara, a pesar de que ninguno lo desea, aparecerá flotando en un charco de mierda.

Julián aceró la mirada. ¿Qué opciones tenía además de buscar detrás del riñón la pistola y abrirle un boquete en la línea de flotación? Escasas, nulas. Resultaba mortificante tener que negociar con un tipo que no se alteraba ante sus actos.

—Esto no es un concurso para ver quién tiene la polla más grande. Podrías matarme tú o podría matarte yo. Estamos solos. ¿Por qué? Porque tengo algo que quieres y estoy dispuesto a dártelo. Te daré el cuaderno, te daré la llave. Me olvidaré de ti. Podrás largarte y salvar la cara delante de tus jefes. Y para conseguirlo no tendrás que mancharte otra vez de sangre ese bonito traje. Es la mejor oferta que tendrás. Estás en tiempo de descuento. No importa lo discreto que seas, acabarán dando contigo. Ya estás marcado. —Julián esgrimió el dosier que tenía sobre él—. Esto empezará a circular. ¿Cuánto tardarán los tuyos en hacerte desaparecer? Ya no les sirves.

Ibas bien, inspector. Agallas y buenos argumentos. Tal vez estabas tentando demasiado a la suerte, pero decidí seguirte el juego un poquito más. Puede que tuvieras mi ficha policial, que conocieras la marca de mi loción o si estoy operado de fimosis, pero no conocías una mierda de mí.

—Algo querrás a cambio.

Julián no podía hacerse ilusiones, pero al menos debía intentarlo.

—Necesito que encuentres algo por mí. Y tiene que ser rápido. Hay vidas de inocentes en juego.

El hombre de los ojos oscuros sonrió.

—¿Todavía quedan inocentes en esta tierra?

—¿Hay trato o no?

Elegante manera de dirimir un problema irresoluble, desde luego que sí, sin ponerse de rodillas, sin lloriquear, ofreciendo un acuerdo justo. Que no podría cumplirse en los términos acordados, pero eso ya lo sabíamos. Perros viejos los dos, solo se trataba de ganar un poco de tiempo, como dijiste. Luego, tendría que volver a las viejas formas para ajustar cuentas y cerrar este episodio.

El hombre de los ojos negros cerró las manos y las metió en los bolsillos. A sus espaldas la ciudad se derramaba encendiéndose como una guirnalda. Delante, el mar ya era oscuro.

—Cuéntame, inspector. ¿Qué necesitas?

37

Delta del Llobregat, dos días después

Últimamente el Blusas tenía las tripas hechas agua. Era un manojo de nervios que saltaba por cualquier tontería, se le caían las cosas de las manos, no dormía, no comía. Se le estaba poniendo cara de ciervo acorralado.

—Pero ¿se puede saber qué te pasa? Estás alelado —le soltó uno de los Cantero encargado de la vigilancia del almacén donde envasaban la droga para el mercado minorista. Al Blusas se le acababan de caer dos balanzas al suelo y se había desparramado la cocaína—. Eso vale dinero, ¿sabes?

El Blusas abrió los brazos.

—Lo siento.

El vigilante, con una aparatosa Walter asomando en el cinturón, lanzó un suspiro de hartazgo.

—Si no fueras el sobrino de don Antonio, te la hacía chupar del suelo. Anda, sal a que te dé el aire, ya recojo yo el desastre. Pero a la próxima cagada te mando a tomar por culo.

La trastienda tenía una puerta que el Blusas usaba cuando había que hablar con alguien discretamente en el callejón o para huir cuando los chavales que vigilaban las inmediaciones haciendo rondas con sus ciclomotores daban el agua. Se sentó en el peldaño y se tomó un respiro. Se sentía entre la espada y la pared: la espada era ese cabrón de Heredia, que ahora era un mandamás en Madrid y no dejaba de presionarle para que solucionara de una vez por todas lo de Chinchilla. Y la pared rocosa era su tío, don Antonio, que había dicho que al crío no se le ponía la mano encima. Viejo chiflado con valores que a nadie le importaban una mierda. Yo no soy un asesino de niños. El Blusas se desesperaba. El puto crío ni siquiera era sangre de su sangre. Lo que no entiendes es que al que van a acabar matando es a mí. Don Antonio, el hermano de su madre, que en paz descansase, se encogía de hombros. No haberte metido en un berenjenal que te queda grande, sobrino. Además, mientras estés aquí, conmigo, nadie te va a tocar un pelo.

Para colmo el Blusas se había enterado de que a la Lagarta se le había despertado de repente el instinto materno. Andaba berreando por ahí, preguntando a todo el mundo por el paradero de su hijo; hasta se decía que había presentado una denuncia por secuestro. Esa puta hepática había perdido el poco sentido común que le quedaba después de la muerte de la abuela Charo. Cuando pensaba en la vieja hija de puta y entrometida al Blusas se le llevaban los demonios. Por su culpa se había liado todo. ¿Cómo coño se le ocurrió robarle del ordenador la grabación y mandársela con un anónimo a ese inspector cabronazo? Poco le había hecho reventándole la cabeza.

Ahora unos y otros iban a por él. Pero, al menos, se dijo para insuflarse algo de coraje, había sido lo bastante listo para copiar la grabación completa de Restrepo antes de entregarla al cliente. Nadie sabía dónde la guardaba, y mientras siguiera siendo así, se mantendría a salvo. Era su única garantía para no acabar con el cuello rebanado o en una celda de por vida.

Estaba ahí sentado, poniéndose una tirita en el miedo, cuando se le acercó aquel tipo de los ojos oscuros. Apenas tuvo tiempo de alzar la cabeza.

—¿Qué coño quieres tú?

Lo siguiente que vio fue un puño americano estrellándose contra su nariz.

Hay que actuar con tacto si quieres atrapar a una mariposa viva: tocar las alas sin que el polvillo se quede enganchado en las yemas de los dedos. Si eso llega a pasar, la mariposa dejará de volar, se morirá, y no te dará lo que quieres.

Pero, bueno, eso es en la teoría. A veces, es más sencillo dejarse de mariposas y de metáforas. Una boca sana tiene treinta y dos dientes. El Blusas se tragó la mitad junto con la colilla que le colgaba entre los labios. También le harían una nariz nueva, más bonita, sin duda.

—Ahora nos entenderemos mejor, tú y yo.

—No sabes con quién te metes, hijo de puta. Soy el sobrino de don Antonio, el jefe de los Cantero. Te van a sacar las tripas por el culo —farfulló, escupiendo sangre y saliva.

Me hizo gracia su amenaza. Me recordó a un sargento de los federales que solía amenazarme de chico: «Te voy a meter tal patada en el bazo que van a hacerte la cesárea para sacarte la bota». Un pobre borracho, un malnacido sin huevos, aquel sargento. A lo largo de los años he conocido toda clase de ralea, gente capaz de hacer cosas que el cine ha convertido en mentira, pero que son verdad. Maras salvadoreñas, cárteles colombianos, bandas de jamaicanos, dominicanos, ucranianos, rusos... lo mejor de cada casa. Cada uno tiene su sistema, sus códigos y sus amenazas. Y el caso es que las cumplen: no es sencillo sacarle las tripas por el culo a alguien, pero es posible, como sacarte la lengua por la garganta, hacerte un traje de neumáticos y quemarte vivo, disolverte en ácido. Incluso he visto métodos tan atroces, pero mucho más refinados, en las tríadas chinas o entre los birmanos. Las formas y maneras de atormentar a un ser humano son infinitas. Tenemos mucha imaginación para ejercer la crueldad.

El problema de tipejos como el Blusas es que no son creíbles. Es de aprendizaje básico en nuestro mundillo que no lances amenazas que no estés dispuesto a cumplir. Perderás toda la credibilidad. Lo segundo que este energúmeno debería haber sabido es que para ganar una vez hay que perder muchas, tantas que se hacen incontables, y él, era evidente, no estaba acostumbrado. La fama del clan de los Cantero le protegía, hacía que los demás se reblandecieran sin plantarle cara. Pero dar palizas a cuatro críos aterrorizados, extorsionar a comerciantes paquistaníes o asesinar a una vieja indefensa no es buena escuela para endurecerse. ¿Cómo es el refrán que oí en Galicia? No se hacen buenos marineros en un mar tranquilo. Me gustó, es acertado. Así que decidí darle gratis una clase de realidad para que aprendiera de una vez que, para ser malo, hay que serlo de verdad.

Habría sido demasiado fácil que lo entendiera a la primera. Tantos años de impunidad son difíciles de borrar en un solo gesto. Lo habría respetado un poco más si no se hubiera puesto a gritar con esa voz nasal ridícula, si no hubiera querido hacerse el macho con los dientes partidos. Con gente así no tiene sentido pretender ser elegante.

—Tengo entendido que eres muy aficionado al cine *amateur*.

Dijo que no sabía de qué coño le hablaba y me manchó los zapatos de sangre. Le disparé con mi PK. Un solo disparo, nada de ponerse a tirar de gatillo a lo loco como un energúmeno acojonado. Lo que no se puede tumbar con una bala, difícilmente se tumba con dos. Le alcancé en el muslo izquierdo y se puso a lloriquear y a sujetarse la pierna como si se la hubiera cortado con un serrucho.

—Esas heridas se curan, solo hay que sacar la bala y cuidar de que no quede tejido del pantalón dentro. Pero la próxima te va a la rodilla, y ahí, amigo, estás jodido; te quedas cojo para siempre. Quiero la grabación, no la copia que tu suegra y tu mujer te sacaron del ordenador, y, por cierto, hay que ser idiota para dejar que eso pase; quiero la versión completa, con créditos incluidos.

Permití que se arrastrase sujetándose la pierna y dejando un reguero de sangre fregoteada. No tenía dónde ir. Alrededor solo había campos, cañizos, y muy a lo lejos las alambradas del aeropuerto. Sobre nuestras cabezas se elevaban los aviones con sus panzas brillantes. Tuve que darle fuerte en la cabeza, varias veces, para que se quedase quieto.

—¿Quién eres, por qué me haces esto?

—Un amigo de un amigo que le hace un favor a otro amigo. Ya sabes cómo va esto. La grabación que le robaste a Restrepo. Dámela y acabemos rápido.

Vi la ira en sus ojos, y el miedo, que era más fuerte que la ira. Comprendí que no iba a ser tan fácil sacárselo. Yo no tenía idea de lo que contenía la grabación, ni por qué la quería el inspector, pero debía de ser algo muy importante, tenía que valer una fortuna si el Blusas estaba dispuesto a soportar lo que le hiciera sin soltar prenda.

—Eres mexicano.

—¿Quieres un premio porque eres bueno con los acentos?

—Esto no es México. Aquí se respetan las reglas.

Reconozco que fue un argumento sólido. Cuando empecé en esto, hace muchas décadas, allá era como acá, las normas no escritas nos separaban del caos. Antes trabajaba para hombres de negocios, gente que tenía códigos, que sabía que para ganar algo hay que perder algo, tú me das y yo te doy. Así daba gusto, existía un cierto respeto, una cierta jerarquía. Era sencillo entenderse con los oponentes y eso limitaba la violencia. Luego, el Estado decidió que quería la tajada más grande, ya no se trataba de funcionarios de medio pelo con su paguita a fin de mes, ahí entraron los generales, los federales, el servicio secreto. El Estado se convirtió en el cártel más grande de todos. Fue un desastre, rompieron el equilibrio, empezaron a matar y a encarcelar, a poner y a quitar a su gusto, sin entender que quien se dedica a este negocio no es un autónomo dispuesto a pagar su cuota y achantarse, ni un empleado al que puedas poner a trabajar en tu cadena de montaje. Todo estalló, los clanes se atomizaron hasta que ya no se sabía quién mandaba en qué sitio ni sobre qué gente. Fin a los interlocutores, la anarquía, el liberalismo más salvaje con armas de guerra en manos de adolescentes encabronados dispuestos a matar y a morir. Resultado: México es un Estado fallido que ocupa el primer lugar mundial en todas las estadísticas de delincuencia organizada. Organizada es un eufemismo, por supuesto. Matas a cien y uno te mata a ti. Tarde o temprano ocurre.

España es otra cosa. Aquí está el chollo del blanqueo en la costa, el centro de paso de todo el tráfico que va a Europa, las segundas residencias de los jerarcas que quieren proteger a sus familias, apartarlas de la mierda y vestirlas de dignidad. Un lugar para veranear, comprar casas y coches caros, abonarse a la ópera, comprar un equipo de fútbol y mandar a los niños a universidades privadas. Un tipo como yo es un elefante en una cacharrería en un lugar así. Un bárbaro a las puertas.

Pero no estaba para discutir sobre política con ese mierda culebra. Vi las gotas de sangre que salpicaban mi camisa Luca Faloni, y, sinceramente, eso me enfadó. No tenía mucho tiempo, y no me quedaba paciencia.

—Podemos estar aquí cinco minutos o cinco horas, pero me vas a decir dónde está esa puta grabación.

Al final resultó que el Blusas no tenía cuajo para estas cosas. Él solo era un intermediario, un comisionista, me dijo.

—Un tipo importante se encaprichó del niño y yo se lo alquilé. Eso es todo... Tú no entiendes qué gente anda detrás de Restrepo. Esos pueden borrarnos a todos de un plumazo.

Suspiré irritado. Coño, puto mafufo. Fui al coche, abrí el maletero y regresé. Sin mediar palabra, me coloqué detrás del Blusas, me agaché y estiré uno de sus dedos.

—¿Qué vas a hacer?

—Cortarte un dedo con las tenazas. No será un corte limpio. Va a dolerte un chingo. Y te quedan nueve más.

Lo dicho: no amenaces en balde. Ni siquiera tuve que arrancarle el dedo del todo. Bastó con la primera falange del dedo meñique para que empezase a gritar de dolor y a suplicar.

—¿Dónde está la grabación? Solo tienes que decirme eso y podrás marcharte con todos los dedos.

Asintió entre sollozos. Me dijo lo que necesitaba y lo anoté mentalmente. Me incorporé y lo observé sin sentir lástima. Ya no me queda de eso para gente como nosotros.

El Blusas no tenía tatuada en la piel esa frase de los pandilleros salvadoreños: «*Vive poco y vive bien*».

Tampoco creo que fuera de los que invocan la protección del Niño Huachicolero, no se bañaba en agua bendita ni bendecía sus balas. No era de los que tiran la moneda al aire cuando no tienes la ventaja, ni uno de esos pistoleros que avanzan y no retroceden con una Remington en las manos cuando aparecen los marines a montar una redada en Oblatos, mi colonia natal. Esa gente hace lo que hay que hacer y si sale bien, se van para casa a lamerse las heridas. Si sale mal, ya nada importa, a condición de que no los cojan vivos los militares. Son los gajes del oficio. Pero este cagón cobarde que vende niños seguía de rodillas, la cabeza hundida, sollozando. La sangre que goteaba le había manchado los calcetines y una mancha húmeda se extendía por su entrepierna.

Fui piadoso. Le disparé en la coronilla.

38

Barrio de la Barceloneta, esa misma noche

Tras horas sin dejar de darle vueltas a la cabeza, Julián Leal tenía los ojos enrojecidos por el cansancio. Se recostó en el sofá y los cerró presionándolos con los dedos pulgares. Pero la náusea y el frío no se iban.

Le sobresaltó el timbre de la puerta. Se acercó a la ventana y observó la calle vacía, barrida por la lluvia. Nadie. El timbre volvió a sonar, esta vez de una manera más insistente.

El hombre de los ojos oscuros estaba en la puerta, con una chaqueta tejana empapada y el pelo alborotado. Calzaba zapatillas deportivas y un tejano desgastado. Debajo de la chaqueta tenía puesta una camiseta con el logo de Café Tacvba. Llevaba una botella de Pazo de Rivas.

—Siento no estar muy presentable —dijo con una media sonrisa—. Casi no he tenido tiempo de cambiarme.

Julián tensó todos los músculos. Se fijó en los nudillos amoratados y en la culata de la PK que le asomaba bajo la chaqueta.

—¿Cómo sabes dónde vivo?

—Yo también tengo mis recursos, inspector. ¿No vas a invitarme a pasar? —Le mostró la botella—. He traído vino de tu tierra. Me han asegurado que es muy bueno.

Julián no fingió tener opción de negarse. Se hizo a un lado y el hombre de los ojos oscuros traspasó el umbral con una breve y teatral reverencia. Plantado en medio del pequeño salón se hizo una idea rápida. Al inspector no le interesaba la decoración ni lo superfluo. Pocos muebles, menos detalles personales, excepto algunos libros de pintura, un viejo equipo de música y media docena de discos. Bajo el televisor, algunas cintas de clásicos del cine. Resultaba evidente que el piso, probablemente una herencia, no había sufrido reformas en años, ni siquiera una necesaria capa de pintura en las paredes. Olía ligeramente a aguarrás y, a través de la puerta entornada de la galería, vio lo que parecía un taller de pintura. Así que el inspector tenía su vena artística, pensó.

—¿Medio monje medio guerrero? No es muy acogedor. Más bien espartano.

Ambos se calibraron frente a frente. Era una situación absurda, pensó Julián. Aun así, fue a la cocina. En algún armario tenía un par de copas. El hombre de los ojos oscuros le siguió y se sentó en la única silla, junto a la mesa.

—No se me da bien descorchar el vino —dijo mirando el calendario con una pintura de Van Eyck que colgaba en la baldosa amarilla—, siempre dejo la mitad del corcho dentro.

Julián descorchó la botella y sirvió las copas. Al

menos no brindaron. El hombre de los ojos oscuros bebió despacio, observó el color, metió la nariz dentro. Todas esas cosas que se supone que hace un entendido. En realidad, admitió, no tenía ni idea.

—¿Dejamos ya este jueguecito ridículo? —lo atajó Julián.

Te observé bien, inspector; se me da bien captar las debilidades de los demás, lo que temen, lo que ocultan, lo que quieren. Pero tú eras insondable. Esos ojos tan verdes podrían haber sido un mar caribeño o el fondo de un iceberg. Normalmente somos una sencilla operación matemática: sumas y restas; es un sistema genial, sencillo, tan simple y natural que pocas veces escapa alguien de su lógica. Todo el mundo quiere algo, todo el mundo está dispuesto a ofrecer algo a cambio. Pero tú no entrabas en la categoría.

—He podido averiguar algunas cosas sobre ti. Es bueno saber con quién te juegas el pan. Eres un tipo extraño, como si no acabaras de encajar. Podría decir que en cierto modo eso nos iguala.

—Si estás diciendo que nuestras vidas son intercambiables, te equivocas.

—Lo que digo es que tenemos ciertas afinidades. ¿Eso te molesta? Somos dos bichos raros, uno a cada extremo del sistema. Tú lo has defendido sin creer, yo me he aprovechado sin creer. Dos descreídos defendiendo algo en lo que no creen. Dispuestos a matarse por ello. Así de absurdo se ha vuelto todo. Imagino que cuando éramos niños las cosas eran más sencillas. Pero tuvimos poca infancia, eso es verdad.

—No sabes nada de mi infancia.

El hombre de los ojos oscuros sacó la funda de un CD y la dejó sobre la fórmica.

—Creo que sé más de lo que piensas. He visto la grabación... Entera.

Sería un hipócrita si dijera que no sé que pasan estas cosas. Que no he girado la vista, que no me he repetido algunas veces que no es asunto mío a dónde van a parar todos esos niños que, de un día para otro, desaparecen. De algún modo, barriendo la mierda que otros dejan, soy tan culpable como ellos, formo parte del engranaje.

Pero una cosa es saberlo y otra, muy distinta, verlo. Cuando lo has visto, cuando lo has oído, ya no puedes fingir que no lo has hecho. Podría caer en la tentación pueril de establecer una categoría de maldades, una pirámide en la que unos actos son más tolerables que otros: traficar con drogas es una cosa, también traficar con armas, con vehículos y objetos robados, secuestrar para cobrar rescate, pasar ilegales por la frontera, controlar la prostitución, el juego, corromper, blanquear, manipular. Eso es tolerable. Pero no lo que ocurre en lo alto de la pirámide, lo prohibido, lo inaguantable, estas películas, los niños, lo que les hacen, lo que les obligan a hacer... ¿A quién engañaría? No existe tal pirámide, no puede establecerse tal categoría. No se distingue cuando se entra en este mundo. Y si el sicario le reza a la Virgen de Guadalupe, sigue siendo igual de sicario.

Aun así, hay algo en lo que queda de humano que quiere romper a llorar al oír esos gritos histéricos, a esas máscaras que vociferan insultos entre escupitajos, y al ver esas manos pequeñas que palmotean en el aire indefensas. Quieres apartar los ojos, pero los mantienes fijados en la pantalla, unos largos segundos, queriendo parar los latidos a galope tendido bajo el pecho, los ojos abiertos como platos. Porque has visto el final de todo y ya no tiene remedio. Y al apartarte te sientes empapado en sudor y los labios, que buscan un whisky, no dejan de temblar. Y no importa que te tapes la cara con la almohada. Sabes que tú eres el responsable y que nada de lo que hagas cambiará lo que has hecho.

Y entonces aparece alguien como tú, inspector. Una especie de Llanero Solitario, un Harry el Sucio, para demostrar que también en este trabajo de mierda a veces se ofrece una retorcida manera de hacer justicia. Eso es lo que estuve tentado de creer. Pero luego lo pensé mejor; tú no tienes madera de héroe, ni de santo ni de mártir. En todos tus años de servicio nunca te has salido del renglón que te dibujaron tus superiores y estoy seguro de que has visto muchas cosas tan terribles como esta. Y empecé a preguntarme por qué es tan importante para ti este crío, lo que le pasa a *él*, lo que le hacen a *él*, y no a tantos otros iguales.

Entonces volví a ver la grabación como lo harías tú, buscando algo más. No solo culpables, no solo detalles que pudieran pasarse por alto en un primer visionado. Y empecé a ver al niño. No como una figura atrapada, no como un cuerpo que está siendo masacrado, el de una víctima. Quiero decir que lo vi: pude imaginar lo que le decía a Restrepo atado en la cama, cómo le plantaba cara al hombre que entraba en escena con el torso desnudo y la máscara. No se dejaba pisar, eso se notaba. El chico quería vivir a toda costa.

Y ocurrió, Julián. Te vi a ti. Y comprendí que tienes buena memoria. No eres de los que olvida ni perdona. Eres de los que esperan el tiempo que haga falta. Aunque pasen treinta años. Apuesto a que eras así a su edad: la cabeza redonda, cubierta por un pelo negro cortado a trompicones, colgada la expresión de una alegría que poco tiene de ingenua. Pero sobre todo resaltan sus ojos, tan vivarachos y al mismo tiempo tan melancólicos, casi demasiado para ser los de un niño, como si conociese su suerte de antemano, tan funesta, y aun así caminara a su encuentro con resuelta despreocupación.

Los niños como nosotros huyen de la niñez en cuanto se les presenta la ocasión, ¿verdad? Nos convertimos en una zona inaccesible y escarpada a la que los adultos biempensantes no saben exactamente cómo acceder, les atemoriza esta mirada, con la misma suficiencia con la que un alumno superdotado mira a su profesor. «Nada de lo que hagas o digas va a convencerme», parece querer decir. Y tú no quieres que a él lo devore ese rencor que ha acabado contigo. Quieres darle la justicia que tú no tuviste. Es tu acto de redención, ¿verdad? Porque tú ya no crees en nada, pero en el fondo eres el peor de los románticos: un romántico desesperado, un cazadragones. Por eso estás dispuesto a permitir que todos los cabrones de este país se vayan de rositas y entregarme lo que puede incriminarlos con tal de destruir a uno de ellos. Al tipo de la máscara de lobo...

—Ese niño eres tú. Es a ti al que le hacen eso, una y otra vez, y no puedes soportarlo... ¿Quién fue? ¿Quién te robó la niñez? ¿Fue tu padre, un familiar, un cura, alguien desconocido?

Julián examinó el color bermellón del vino. Trazaba unas líneas hermosas en el cristal de la copa.

—¿Cazador de dragones? Quizá lo creí un tiempo. Acabar con gente como tú, devolver algo de equilibrio a la balanza. Pero lo cierto es que no he cazado un solo dragón en todos estos años; apenas he logrado que ellos no me cazaran a mí.

El hombre de los ojos oscuros hizo un gesto ambiguo. En otras circunstancias habría tachado al inspector de ingenuo. Pero ellos, mejor que nadie, conocían esa masa bulliciosa llamada humanidad. Fingiendo alegremente que los monstruos están en las novelas, en las películas o a miles de kilómetros de distancia. Solo de vez en cuando uno de esos monstruos se acercaba lo suficiente para percibir su aliento cerca de sus hogares y sus familias.

Julián abrió el último cajón del mueble. El cuaderno estaba envuelto en una bolsa de plástico. Lo arrojó en la mesa. Dentro estaba la llave.

—Es de una caja de la consigna del aeropuerto, en la T2.

El hombre de los ojos oscuros asintió.

—Así de fácil.

—Era el trato.

Por puro milagro algunos desastres pueden acabar bien. Pero yo sería un puto pendejo de haber creído que este sería el caso.

—Imagino que has hecho copias. Y apuesto a que cuando vaya al aeropuerto a buscar esos documentos me encontraré una caja vacía y a tu amiga, la inspectora, esperándome con un montón de tipos armados hasta los dientes.

Julián asintió impertérrito:

—Si has visto toda la grabación y aparece quien me imagino detrás de esa máscara, también habrás hecho copias para venderlas al mejor postor o conseguir un buen trato, impunidad, extradición, el borrado de toda huella y rastro que hayas dejado con las muertes de Carmen, de Francisco, del librero y Dios sabrá cuántos más.

—... Incluye al Blusas.

Al inspector le costaba entender esa frialdad al desnaturalizar el asesinato. Como si en vez de enumerar vidas humanas hiciera el recuento de cosas desechadas.

—¿Y qué hay de Gregorio? ¿También lo has matado tú?

—No tengo nada que ver con eso. A estas alturas, deberías creerme. Al parecer, tienes otras cuentas pendientes con el pasado.

El hombre de los ojos oscuros hizo un movimiento. Fue tan leve el gesto de llevarse la mano a la pistola que parecía carecer de gravedad. Julián recordó algo que le contó su padre muchos años atrás, cuando todavía contemplaban las estrellas juntos. Le dijo, señalando una estrella fugaz, que en el espacio no hay arriba ni abajo, norte o sur, este ni oeste y que cuando se lanzaba un objeto avanzaba infinitamente en línea recta hacia ninguna parte. Julián no sabía si eso era cierto o no, pero imaginó que el hombre de los ojos oscuros le disparaba y que la bala le atravesaba el esternón, salía por la columna vertebral, perforaba la pared de la cocina, la puerta de la calle y se alejaba agujereando infinitamente cuanto encontraba a su paso sin alterar jamás su trayectoria.

El hombre de los ojos oscuros posó —porque lo hizo con delicadeza— la pistola encima de la mesa, con el gatillo cerca del índice y el cañón apuntando a Julián.

—Y aquí estamos, inspector. Como al principio de la historia, solo que más cansados, un poco más viejos, sabiendo que esto se acaba. En el fondo, los dos hemos sabido desde el principio que palabra de caballero no obliga en este caso. No es personal.

Tú también te moviste de esa manera ingrávida, Julián. Me recordaste a esos documentales en blanco y negro en los que un astronauta da saltitos sobre la superficie lunar. Normalmente, la gente que va a morir reacciona airadamente o con terror, depende del carácter, pero nadie se mueve así, como si la copa de vino que sostenías no fuera real, y con esa mirada tuya, casi burlona, que parecía decirme que ya te habías escapado de mí, que tu cuerpo solo era un reflejo de mi imaginación. No sé por qué esa actitud tuya, ni pasiva ni agresiva, me alegró. Porque a estas alturas yo ya sabía que no quería matarte. Entreví la clase de hombre que eres, y no está bien segar esa hierba tan escasa en esta mierda de mundo.

Sin embargo, las inercias son difíciles de parar. La punta del dedo hormiguea cuando nota cerca el tacto del metal. Uno más, uno menos. ¿Qué íbamos a cambiar tú y yo?

—No tienes miedo —dijo el hombre de los ojos oscuros encañonando al inspector.

Julián contempló aquel hierro oscuro a escasos centímetros de su pecho. Nunca le habían disparado —una vez le amenazaron con una escopeta de doble cañón— y él jamás le había disparado a alguien. Todo un logro en su carrera. Un par de puñaladas superficiales, algunos golpes, un par de huesos rotos. Eso era todo. Claro que tenía miedo, estaba aterrado. Pero la muerte, de un modo u otro, ya se le estaba volviendo familiar.

—Lo que siento de verdad es que quedan cosas por hacer.

—Esas cosas seguirán pasando. Ni tú ni yo vamos a impedirlo. Caerán unos pocos, por supuesto. Un sacrificio necesario para calmar a la gente, pero vendrán otros, iguales o peores. Está en nosotros, ese mal, ser dañinos, violentos y corruptos.

—... Pero no me disparas.

No te disparaba. Todo en mí me gritaba que me dejase ya de chorradas. Solo eras un moribundo; en el fondo te iba a hacer un favor. Ahorrarte la quimio, las operaciones, los hospitales, el sufrimiento y la agonía. Eso si no acababas en la cárcel, luchando cada día para que alguien no te apuñalase en el patio o te aplastase el cráneo con una mancuerna en el gimnasio. Tú no eres carne de presidio, y tampoco estás hecho para las agonías. Lo veía en tus ojos verdes. Pero no lo hice. Será que de vez en cuando está bien romper con la inercia, darle una oportunidad al destino de reequilibrarse. O puede que recordara las palabras de Clara al hablarme de ti: «Es un hombre decente, y eso casi lo convierte en un hombre que merece vivir».

—No puedo irme con las manos vacías. ¿Lo entiendes?

Julián lo entendía.

—En el cuaderno he marcado los nombres que necesito. Los otros son tuyos, tú decides.

El hombre de los ojos negros lo pensó. Podría bastar para comprarse un indulto en México. O, al menos, compraría tiempo para poner tierra —y mar— de por medio.

—Sin las pruebas, esos nombres no sirven para nada.

—Virginia no estará en el aeropuerto. No habrá policías. Tienes mi palabra.

El hombre de los ojos oscuros sonrió.

—Al final, uno tiene que fiarse de esas cosas. La palabra, el honor... Míranos, hemos vulnerado todas las leyes posibles y aquí estamos, como dos personajes decimonónicos que quieren arreglar las cosas con un apretón de manos.

—No pienso estrecharte la mano. No soy tu amigo. Tú me estás apuntando con una pistola, yo no.

El hombre de los ojos oscuros movió la cabeza. Se puso en pie, todavía con la pistola en la mano, pero relajando el brazo.

—No dudo de tu palabra. Pero necesito que lo sepas: si huelo una emboscada desapareceré, pero encontrarás los cuerpos de la inspectora y de sus bonitas hijas despellejados en tu puerta. Te doy mi palabra, y espero que tú tampoco dudes de ella. Más vale que la convenzas de que no se entrometa.

—No lo hará, yo me ocupo... ¿Qué pasa con Clara?

El hombre de los ojos negros asintió, y en su rostro se dibujó una confusión extraña.

—Está más viva que tú y que yo; más que cualquiera que yo haya conocido. Le irá bien, se apañará sin nosotros.

Recogió el cuaderno y guardó la pistola. Se dirigió hacia la puerta, pero se detuvo a los pocos pasos, como si olvidase algo. Sacó un papel del bolsillo y lo dejó sobre el mueble del recibidor.

—Un regalo de buena voluntad. Le saqué al Blusas algo más que el CD. Haz algo bueno con esto, inspector. Algo que merezca la pena, por los dos.

39

Can Tunis, zona portuaria, Barcelona, mayo de 2005

Era casi de noche. Llovía torrencialmente y las calles se habían transformado en torrenteras. Aquella parte del barrio cabeceaba entre charcos y fango, se ladeaba, caía y volvía a enderezarse valerosamente hacia la montaña y los recuerdos olímpicos. El tráfico se iba zambullendo hasta desaparecer en remolinos traicioneros de casas abandonadas y calles estrechas. Parte del barrio estaba a oscuras y chisporroteaba un cortocircuito en un cable de alta tensión. La gente utilizaba cables mal pelados para conectarse desde la red la electricidad a sus casas. Un enjambre de antenas de televisión se mecía en los tejados.

Desde el coche, Soria señaló un edificio de tres plantas con ventanas tapiadas y paredes pintarrajeadas. Alrededor había un descampado lleno de basura y chatarra.

—Es aquí. Territorio de los Cantero. Controlan parte del puerto y la zona entre Can Tunis y la plaza del Carbón. —Soria no era de los que se arrugaban en la calle, pero estaba inquieto—. Hay que andarse con ojo, jefa. Esta gente no responde ante nadie. ¿Estás segura de esto? Al menos, deberíamos dar aviso en comisaría.

Virginia seguía enfurecida con Julián. El dispositivo para detener al hombre de los ojos oscuros había sido un fracaso. Media docena de agentes habían perdido toda la mañana disimulando entre los pasajeros de la T1. La información de Julián resultó ser errónea. Las cámaras de seguridad habían detectado al mexicano en la consigna de la T2 una hora después de levantar el dispositivo. La inspectora estaba casi segura de que el inspector lo había hecho a propósito. El muy cabrón había jugado con ella y lo había dejado escapar. ¿A cambio de qué? De esta dirección.

—De momento, tiene que ser extraoficial. No quiero hacer el ridículo otra vez.

—Mejor hacer el ridículo que salir de aquí con el cuerpo agujereado como un coladero.

—Oye, Soria. Yo no te he obligado a venir. Si quieres, quédate en el coche.

El subinspector no tuvo ocasión de responder. La inspectora Ortiz ya había salido del coche y se encaminaba hacia el edificio.

—¡Joder, qué genio tiene esta mujer! —farfulló Soria, saliendo tras ella.

No tardaron en llamar la atención de un grupo de jóvenes que parecían estar montando guardia alrededor del edificio abandonado. Sus ojos se afilaron como cuchillos. Uno de ellos les cortó el paso.

—¿Os habéis perdido, pareja?

Apenas tenía dieciséis o diecisiete años, tenía el

rostro destensado y ojeroso de quien se pasa con el hachís. Intentó amedrentar a Soria.

—¿Y qué hace un vejestorio barrigón como tú con una MILF tan buena como esta? ¿No deberías buscarte a una de tu edad y dejarnos este bombón a nosotros?

El subinspector no pareció muy impresionado.

—En realidad estoy buscando a tu madre. Me la he follado y se ha dejado las bragas en mi casa. —Antes de que el joven pudiera reaccionar, el subinspector le agarró los cojones. Con ese simple gesto, cada uno quedó enmarcado en sus justos límites. Al oír el grito de dolor los demás se acercaron.

Virginia apenas tuvo tiempo de interponerse entre ellos y el subinspector.

—¡Policía! Todo el mundo un paso atrás, venga.

A Soria, que la vigilaba de reojo, le hizo gracia que esgrimiera la credencial como un crucifijo ante los vampiros. Eso les daría un par de minutos, pero nada más.

—Si queréis sesos de cerdo para cenar, acercaos un paso más —gritó.

Sabían que no iba de farol. A los fanfarrones se los reconoce enseguida y a los que no lo son también. Soria volvió a concentrarse en el que tenía atrapado.

—A ver, me ha contado un pajarito que el Blusas os ha dejado a cargo de una pertenencia suya muy valiosa. ¿Tú qué tienes que decir?

—Nada.

—Eres breve como un segundo. ¿Es que no quieres conservar tus pelotas? —Soria rotó sus testículos un poco más. El joven ahogó un gemido de dolor.

Soria aflojó la presión—. ¿Sabes decir algo aparte de monosílabos?

—No.

Soria asintió.

—No deberías haber abandonado la escuela en la primaria, eso te habría dado algo de vocabulario.

El joven le clavó una mirada de odio.

—¿Tú sabes con quién te estás metiendo? Esto es territorio de los Cantero. Cuando don Antonio lo sepa...

Soria le soltó la entrepierna y se miró la mano con asco.

—Y yo que pensaba que estábamos en Marte... Apuesto a que vas a tardar tres minutos en salir corriendo a anunciar nuestra visita. Pero, mientras tanto, ahí mi compañera y yo, vamos a hacer una visita a vuestro hotel de mierda —dijo señalando el edificio.

El joven se mordió el labio con una amenaza.

—No te preocupes, colega, te van a encontrar y no te arriendo la ganancia.

Soria le dio una palmadita humillante en la mejilla.

—Vuelve a tu sitio, *colega*, si no quieres que convierta tus cojones en pienso para periquitos... Y procura que no se *estropee* mi coche, o yo sí que no te arriendo la ganancia a ti.

A medida que se adentraban en el edificio, una triste procesión de jóvenes que ya no tenían juventud les salía al paso, cruzando fugazmente bajo el haz luminoso de la linterna o retrocediendo para escapar de esa luz molesta. Hombres y mujeres que caminaban sin verse los unos a los otros, con la mirada extraviada y los músculos tensos. Aparecían y desaparecían esparciéndose entre las basuras y los rincones. Un tabique se alzaba haciendo las veces de frontera divisoria de dos espacios, igualmente muertos. Una gran pintada lo adornaba: «No piques», rezaba un eslogan ilustrado con una jeringuilla partida en dos y firmado por algún colectivo que nadie conocía. Bajo esa misma pintada, una mujer se estaba pinchando en la ingle, cerca del pubis. Otros jóvenes se apoyaban contra el tabique, sentados a la forma hindú, con la cabeza hundida entre las piernas y los brazos caídos a los lados, inertes.

Virginia se tapó la boca con el antebrazo para protegerse del hedor.

—¿Qué infierno es este?

Un mundo pintado con paleta oscura y colores terrosos, hostil a la vida, poblado por los rincones más oscuros del ser humano.

Soria barría la oscuridad con la linterna.

—Es su reino, jefa. Los Cantero dictan la ley y aplican el castigo. Nadie entra aquí exigiendo, ni policías, ni políticos ni jueces. Todos vienen a suplicar, a pedir audiencia a don Antonio. Debajo de esta miseria fluye un río de oro en forma de polvo blanco y cada cual se lleva su tajada.

Una figura sin edad se acercó a trompicones. Tambaleándose, miró al subinspector durante unos segundos. Sus pupilas dilatadas eran como piedras sin pulir que no reflejan nada. Estaba totalmente colgada. Uno de los pechos le sobresalía de la blusa desabrochada.

—¿Te gustan mis tetas? Si quieres puedes tocarlas.

Soria apuntó con la linterna a la cara, obligándola a protegerse de la luz con el antebrazo y a echarse a un lado.

—Buscamos a un niño de unos ocho años. ¿Lo has visto?

La mujer le sonrió sin dientes, acariciándose el vientre.

—Lo he visto en mis sueños. Está aquí dentro. Tócalo.

De vez en cuando se les acercaba alguien, les pedían dinero, un cigarrillo, cualquier cosa, pero la mayoría se ocultaban o los ignoraban.

—Aquí nadie nos va a decir nada, jefa. Y no veo al crío por ninguna parte. Si estuvo aquí, se lo han llevado. Deberíamos largarnos, la cosa se va a poner fea.

Virginia tenía la sensación de estar flotando en la irrealidad de un gran vacío, rodeada por ecos cuyo origen no alcanzaba a ver. El aire era tan denso y la gravedad tan pesada que le costaba respirar y moverse. Aquí y allá escuchaba un lamento, una risa, un grito que helaba la sangre. Todo empezaba a girar, a metérsele dentro, como si las raíces de aquel sitio maldito la estuvieran colonizando, atrapando su cuerpo, tirando de ella hacia abajo.

Soria la sujetó por el brazo.

—¿Virginia? ¿Estás bien? —Era la primera vez que Soria se dirigía a ella por su nombre de pila.

Ella asintió.

—Vámonos de aquí.

Iban a marcharse cuando un gemido, como el llanto de un gato, llamó su atención. Estaba cerca, entre unas columnas de cemento a su derecha. Virginia le pidió la linterna a Soria y se acercó a un bulto que apenas se movía bajo una manta sucia. La linterna de la inspectora recorrió ese cuerpo hasta el rostro sucio, con los ojos barridos por la nada.

—Es él... —murmuró la inspectora, acongojada. El niño se cubría el rostro para protegerse del haz de luz de la linterna—. No tengas miedo. Hemos venido a ayudarte.

El niño retrocedió y adoptó un gesto forzado, que mal disimulaba que estaba aterrado.

—Yo no tengo miedo de nada ni de nadie.

Virginia intentó acercarse.

—Pues eres más valiente que yo.

—¿Y tú quién eres?

—Una amiga, me llamo Virginia. Él es también un amigo, se llama Soria. ¿Querrías venir con nosotros? Necesitamos que nos ayudes a salir de aquí.

El niño se retiró lejos del alcance de su mano y la observó con recelo. Estaba muy débil, pero sus ojos hervían.

—Yo no tengo amigos. Y no voy contigo a ninguna parte.

Soria respiró hondo. No tenían tiempo que perder.

—Tenemos que salir ya, jefa.

Virginia le tendió la mano al niño.

—No voy a hacerte daño. Vengo a ayudarte. Tu madre te está buscando.

Sus ojos se encogieron y por un momento fue

exactamente lo que era, un niño de ocho años asustado.

—Si me voy contigo, el Blusas me mata.

—Deja eso de nuestra cuenta. Ya nos ocuparemos de él.

—Pero a mi madre la dejas en paz. Ella no ha hecho nada.

—Como tú digas...

El niño se quedó pensativo. Sopesaba, buscaba algo en su cabeza.

—¿Me vas a llevar otra vez con el hombre lobo?

A Virginia se le encogió el corazón. Había visto la grabación completa, Julián se la había enseñado hasta el final.

—Nunca más tendrás que volver a ver a nadie así. Te lo prometo.

El subinspector levantó el teléfono. No tenían cobertura. Iban a tener que salir por sus propios medios.

—Joder, yo solo quería dejar pasar los meses tranquilamente hasta la jubilación.

Soria se reclinó y alzó al niño en brazos.

—Puedo andar —protestó. Pero las piernas se le doblaban.

—Lo sé, se nota que eres fuerte, pero así iremos más deprisa. Venga, salgamos de aquí. Te hace falta un buen baño.

En la calle, un coche pasó muy despacio con los faros apagados. El vehículo pasó de largo, se detuvo unos metros más adelante y retrocedió de nuevo hasta pararse delante del edificio. El conductor, de pelo canoso y tez oscura, bajó la ventanilla.

—¿A dónde crees que vas con *eso*, cabrón?

Soria sujetaba en brazos al niño. Virginia dio un paso al frente. Bajo la lluvia, que caía racheada como una cortina furiosa, salieron del coche tres tipos que ya no eran adolescentes haciendo méritos ante sus jefes. Estos estaban muy bregados, llevaban palos y cadenas. Gente que no perdía el tiempo hablando.

El primero lanzó un latigazo con la cadena que la inspectora casi no pudo esquivar, el eslabón le pasó muy cerca de la cara. Antes de que el segundo se sumara al ataque con una barra de hierro, Virginia reaccionó con una especie de automatismo, sin pensar: la pierna derecha golpeó con fuerza el pecho del agresor, propulsándolo hacia atrás, y se revolvió contra el primero y le hundió el puño en la nariz. Todo ocurrió tan rápido y de una forma tan sincronizada que parecía estar ejecutando una coreografía, elegante, directa y violenta.

El tercer hombre se abalanzó sobre ella por la espalda y la atrapó con una presa por el cuello. El primero aprovechó que estaba inmovilizada y la golpeó con fuerza en el estómago, doblándole las rodillas. El tipo de la barra, sangrando por la nariz, alzó el brazo para descargar un golpe sobre su cabeza con el hierro.

—¡Yo te mato, hija de puta!

Y entonces se oyó un disparo, los cristales traseros del coche explotaron hacia el interior y todo se detuvo.

—¡Se acabaron las gilipolleces! —Soria apuntaba a los atacantes con su viejo revólver—. Al próximo que se mueva le reviento la cabeza. Todos atrás, de rodillas y con las manos en la nuca. ¡Ahora mismo!

A su lado, Chinchilla se tapaba los oídos, pero sus ojos permanecían muy abiertos.

Los gritos del nuevo comisario atronaban más allá de la puerta cerrada de su despacho.

—¡¡¿Cómo coño se han metido en eso sin decirme ni una palabra?!! ¡¡¿Qué soy yo, un mono de feria?!! No se les ocurre otra cosa que entrar en el territorio de los Cantero a tiros y dando palos.

—En realidad, solo fue un disparo intimidatorio, comisario —se atrevió a intervenir Soria—. Ha salido todo bien, hemos resuelto un caso de desaparición.

—¡Cállese, joder! Va a tener suerte si no le mando a Asuntos Internos al salir de esta sala. —Se volvió hacia Virginia; en urgencias le habían puesto un collarín y tenía marcas de los golpes en la cara—. ¿Y si los hubieran matado? ¿Y si hubieran matado a alguien? Ya me avisaron sobre usted, inspectora. Me dijeron que le gusta ir por libre, que no atiende a razones. Pues, mire, a lo mejor este no es su sitio. Igual necesita una expulsión temporal.

Virginia no perdió la calma.

—No será necesario, comisario. Hace una semana presenté una solicitud de excedencia voluntaria indefinida. Me marcho.

Soria y el comisario enmudecieron a la vez tragados por la misma sorpresa. Quien peor se lo tomó, aunque no dijo nada, fue Soria.

El comisario levantó los hombros. El teléfono no paraba de sonar.

—Salgan de mi despacho. Ya se les notificará mi decisión.

Salieron a la calle. Estaba amaneciendo. Soria estudió el cielo, que enrojecía, y encendió un cigarrillo. Se echó hacia delante, algo encorvado. Virginia no se había cambiado de ropa y tenía la camisa rasgada y salpicada de sangre.

—Das hostias como panes, jefa. Eres una luchadora temible.

Ella sonrió cansada. Las formalidades ya no tenían valor. Buscó las llaves de su coche en el bolso. Soria hizo un gesto, a medio camino entre querer abrazarla o estrecharle la mano.

—Así que te vas, lo dejas... Solo dime que no intentas huir. Eres la mejor policía que he conocido.

Virginia cruzó la calle y abrió el coche. Soria se quedó mirándola. Ninguno tenía muy claro cómo actuar a continuación. De repente, ella se volvió y le dio por sorpresa un beso en la mejilla.

—Tú no eres de los peores. Adiós, Soria.

40

Madrid - Barcelona, dos semanas después, junio de 2005

El subsecretario Heredia llevaba noches sin dormir. Estaba demacrado. No lograba cerrar una vía de agua y se abría una nueva. Se estaba yendo todo a pique y, por primera vez en su vida, no estaba seguro de poder ponerse a salvo. Demasiados frentes: la policía había dado con el niño, no había ni rastro del Blusas y corría el rumor de que Julián Leal se había hecho con el original grabado por Restrepo. Si ataba cabos, y los acabaría atando, antes de irse al infierno el inspector iba a arrastrarle con él.

Pero si eso llegaba a suceder, Heredia no pensaba caer solo.

—Todo esto es un desastre. Pero puedo arreglarlo. Nos jugamos mucho.

El Magistrado le daba la espalda, contemplando un óleo que adornaba la pared del despacho. Era una réplica de *El sacrificio de Isaac*, de Caravaggio. Recordaba haber visto el original en la galería Uffizi, en Florencia. La forma en la que el vástago de Abraham se negaba a ser sacrificado, cómo su padre debía recurrir a la fuerza para doblegarle y cumplir la voluntad de Dios.

No le pasó por alto el modo en que Heredia había utilizado el plural.

—Creo haberle oído decir eso antes. Y aquí estamos.

Heredia encendió un cigarrillo, nervioso.

—Creo que hemos sido demasiado tibios. Si queremos contener los daños hay que ser más expeditivos.

De nuevo el plural amenazante. Lo imprevisible era algo molesto, una incógnita que debía ser eliminada de la ecuación. Pero si algo había aprendido el Magistrado de la naturaleza humana era lo mismo que había comprendido Caravaggio. Nadie quiere resignarse a ser degollado por el bien común. Al final, todos eligen salvar el cuello. Con las manos en la espalda, se acercó a la ventana. Abajo, Madrid seguía viviendo el presente.

—Hay que ser realista. Por supuesto, habrá que sacrificar algunas cabezas para relajar el ambiente, pero en este momento hay que ser cauto. Ahora se impone otra estrategia. Y creo que es mejor que se haga usted a un lado. Valoramos mucho su trabajo, Heredia, tiene buenos amigos aquí. Esté tranquilo.

Heredia se detuvo frente a la explanada del aparcamiento. Altas torres de construcción levantaban un bloque de pisos. El viejo Madrid no sobrevivía a la especulación inmobiliaria. Mientras caminaba hacia su coche se preguntó cómo interpretar las palabras del Magistrado. Solo había un modo posible de hacerlo. ¿A qué negarlo? Estaba jodido, como Napoleón tras la derrota de sus últimos dragones, sabiendo que sus días perecerían uno tras otro en el exilio de Longwood. Poco importaría que siete forenses certificaran que murió de cáncer. A Napoleón lo envenenaron con arsénico, lenta y concienzudamente, durante meses. Heredia no se hacía ilusiones, su muerte sería mucho más rápida y menos virtuosa.

Pero no pensaba resignarse. Lo tenía todo grabado. Copias de todo lo que había hecho Restrepo durante años. Por no hablar de todas las mierdas que se escondían debajo de la alfombra. Si pensaban que iba a quedarse callado y a aceptar que lo sacrificaran sin más, estaban muy equivocados.

—¡Antes le prendo fuego a este puto país!

Subió al coche y condujo hacia su nueva casa en Las Rozas. Solo necesitaba relajarse, darse un baño, tomar una copa y pensar en qué hacer. Tenía amigos en la prensa, en el CNI, en el extranjero. Y dinero. Dinero suficiente para comprar su seguridad. Ese imbécil prepotente del Magistrado no sabía con quién estaba lidiando.

—A mí no me vas a borrar, cabronazo.

Subió el volumen de la radio. «Todo irá bien —se repetía—. Eres perro viejo. Saldrás de esta.»

En la entrada de la urbanización no había vigilante. La garita estaba vacía y la barrera bajada. Tardó demasiado en darse cuenta de que las farolas estaban fundidas y la cámara del perímetro apuntando hacia un ángulo muerto.

Vio a la pareja que se acercaba. Heredia inspiró.

Nunca le había podido el miedo, jamás se había considerado a sí mismo una víctima. Y no iba a hacerlo ahora. Subió el volumen de la radio. Celia Cruz cantaba aquello de *«en vez de maldecirte con justo encono, en mis sueños te colmo de bendiciones»*. Heredia sonrió. Al gran Bonaparte le habría ido mejor sin la fulana de Josefina. Quién sabe si debería haberse quedado con la odiada madame de Staël. En eso fue en lo último que pensó antes de cerrar los ojos.

Se oyó un estruendo y los cristales se tintaron con sangre, carne y hueso. Dentro, postrado contra el volante, se desdibujaba otra historia más de ambición y estupidez.

El fin de semana había menos personal en la planta de cuidados intensivos del hospital. Todo estaba tranquilo. El policía de custodia entretenía el aburrimiento chateando con una chica que había conocido la noche anterior. La cosa pintaba bien, podían volver a verse. Tuvo que dejar el teléfono cuando se acercó el médico. Era nuevo, el agente no lo tenía visto, pero su credencial estaba en regla. Un tipo amable, con cierto aire distraído. Es lo único que recordaría de él.

—Control de rutina al paciente.

El policía le franqueó el paso y volvió a la chica de ojos azules y uñas de gata.

Al cabo de diez minutos, el médico salió con el mismo aire de querer irse a casa.

—Todo en orden. Buena guardia.

La muerte de Restrepo se certificó a las 17.35 horas, según constaba en el informe, tras varios intentos infructuosos de recuperar el latido del corazón. La causa, hemorragia interna, fallo multiorgánico con paro cardíaco. No se le efectuó autopsia.

41

Barrio de la Barceloneta, una semana después, junio de 2005

Julián veía arder el cielo con su caña de pescar.

—Igual algún día acabas pescando algo.

Virginia estaba de pie en la escollera. Algo había cambiado en ella, y no era solo el nuevo corte de pelo, más moderno, y los reflejos azulones en el flequillo, los nuevos agujeros y aretes en el lóbulo derecho o el maquillaje, ligeramente más agresivo que antes. «Vida nueva», dijo ella cuando le preguntó por aquel cambio de imagen. Tal vez, pensó Julián, aunque la vida nunca deja de ser la misma.

—¿Por qué no me dijiste lo de la excedencia?

Virginia contempló la lejanía con las manos en los bolsillos de su cazadora.

—Te habrías puesto pesado y melodramático. No habrías aceptado el dinero para pagar tu fianza. Llegué a ese acuerdo con mi padre; él me daba el dinero y yo le doy lo que quiere. Nunca le gustó que fuera policía. Cree que tengo que ocuparme de los negocios familiares, para eso me ha estado preparando... Quién sabe, puede que tenga razón, ¿sabes? Este trabajo acaba desgastando si te quedas demasiado.

—¿Y qué vas a hacer ahora?

Virginia se sentó a su lado. Todavía le recorría un ligero hormigueo al tenerle cerca.

—Luis y yo vamos a divorciarnos. Mis hijas me odian y a él lo consideran una víctima de mi carácter. Ni siquiera sé por qué, pero sigo echándole de menos. —Inspiró como si renunciara a entender ciertos aspectos de sí misma—. Probablemente las lleve conmigo a Nueva York; voy a dirigir una de las oficinas de mi padre allí.

No hablaron de lo sucedido entre ellos. Les bastaba con quedarse así, juntos, pero lejos. A miles de kilómetros ya el uno del otro.

—Supongo que te has enterado. A Heredia lo han asesinado, en la puerta de su casa. La versión oficial es un atraco que salió mal. Dicen que ya han detenido a los autores, unos kosovares habituales.

Julián chasqueó los labios.

—¿Tú te lo crees?

—Me lo creería si al cabo de unas horas no hubiera muerto repentinamente Restrepo en el hospital. Fuiste tú quien me enseñó que dos casualidades se convierten en concatenación de hechos.

—Y eso te llevó a pensar que era un asesino. —No era un reproche, sino algo que entendía. La había enseñado a desconfiar, a ser fiel a su instinto. No podía quejarse porque eso se le hubiera vuelto en su contra—. De no haber aparecido el cuaderno de Clara, todavía seguirías creyéndolo.

Virginia no se disculpó por hacer lo que creía correcto. Él tampoco lo esperaba.

—¿Has vuelto a saber algo de él? El sicario —preguntó de repente.

—Olvídate de eso, Virginia. Por el bien de todos.

—Hiciste un pacto con un asesino confeso, Julián. En lugar de tratar de detenerlo, lo dejaste escapar. Me engañaste; me diste la localización de la caja de consigna mal a propósito.

Los ojos verdes de Julián se movieron lentamente.

—Elegí hacer lo necesario.

De Virginia nunca podría esperar una absolución a medias ni la benevolencia hipócrita que otros podrían haberle concedido. El mal necesario, el fin que justifica los medios. Los dos sabían que nada se termina hasta que está terminado. Ellos nunca se habían conformado con las salidas de compromiso ni con los atajos.

—Al menos salvaste al chico. Y tienes la grabación. Ellos lo saben y están borrando las huellas. Deberías tener cuidado.

Él ladeó la cabeza. La caña permanecía inerte entre sus manos.

—¿Cómo está el chico?

Virginia no quiso ver cómo la capa de densidad de la piel de Julián iba adelgazando hasta convertirse en un papel casi transparente ni la pérdida evidente de peso que afilaba la nariz y apuntaba a los huesos. Dolía demasiado.

—¿Por qué no lo compruebas tú mismo?

Él negó con la cabeza.

—No hace falta. Me basta con saber que estará bien.

Virginia le acarició el mechón blanco. No quería pensar en lo mucho que iba a echarlo de menos.

—No lo hagas por él. Hazlo por ti. Ve a ver a ese chico, Julián. Lo necesitas.

El hogar refugio de la DGAIA estaba rodeado de bosques. Los niños disponían de una piscina de la que pronto podrían disfrutar, una zona de juegos y talleres, varias aulas y zonas comunes y estaban asistidos por educadores y personal especializado. La asistenta social era joven, tenía esa fuerza en la mirada y en los gestos que todavía hacía creer en algo.

—Su madre puede visitarle en presencia de un psicólogo dos veces por semana. Se ha comprometido en un programa de desintoxicación con metadona, y hemos encontrado para ella un trabajo a media jornada y un piso de asistencia. No es mucho, pero es un principio. Javier es un niño muy inteligente, entiende la situación y la acepta.

—¿Javier? ¿Es su nombre?

La asistenta se rio.

—Sí; no le gusta que le llamen por su mote.

Llegaron a una sala con grandes ventanales. Dentro, las paredes de color crema estaban decoradas con dibujos infantiles, estanterías con cuentos y una gran pizarra. El niño estaba subido a un taburete y pintaba con tizas de colores. Una casa, un árbol, un sol con ojos y boca.

—Ten cuidado —la asistenta tuteó a Julián—, todo esto es muy duro para cualquiera, mucho más para un niño. Está muy frágil, aunque el equipo de psicólogos cree que es fuerte y que logrará procesarlo con el tiempo. En cualquier caso...

—No voy a presionarlo. Solo quiero saber que está bien.

Ella asintió.

—Está todo lo bien que se puede estar.

Julián entró en la sala con la sensación de pisar un territorio totalmente ajeno y desconocido.

—Los niños no se me dan bien.

—No te preocupes. A él se le dan bien los adultos.

Parecía otro. Como si en verdad Chinchilla hubiese desaparecido. Un niño que es un niño. Inquieto, con la lengua entre los dientes y los dedos manchados de tiza. Tenía puestos unos pantalones nuevos y una camiseta de Spiderman. La zapatilla derecha tenía el cordón desanudado. Julián tuvo un recuerdo, surgido de muy lejos: su tía llevándole a una tienda de la plaza de España para comprarle unos pantalones bombachos y una camiseta con el escudo del Capitán América y unas zapatillas Munich. Lo felices que fueron aquella tarde, ella tomándose su copita de anís y él una Coca-Cola en la Gran Vía mientras los tenderos preparaban la feria de Reyes.

Javier se había vuelto hacia él y lo observaba desde lo alto del taburete.

—Me acuerdo de ti. Te di con la rodilla en los huevos.

Julián sonrió.

—Igual me lo merecía. No tendría que haberte asustado.

El niño estuvo a punto de repetir el mantra de siempre —«Yo no tengo miedo»—, pero se mordió el labio. Saltó del taburete y se acercó.

—Esa es mi casa —dijo señalando la pizarra—. Mi madre va a venir a buscarme cuando esté bien. Ahora está enferma. Nos vamos a ir al pueblo, a la casa que la abuela Charo tiene allí. Voy a tener un perro.

—Está bien que tengas proyectos... —Javier lo miró como si no le entendiera y Julián se sintió un idiota—. Estarás bien allí.

Javier cerró las manos. Se mordía las uñas. Apartó la mirada, pensativo.

—Todavía lo veo, a veces. Al hombre lobo.

Julián sintió removerse en las entrañas los viejos cristales. Se acuclilló delante del niño.

—¿Te puedo contar un secreto? Hace mucho tiempo, cuando yo tenía más o menos tu edad, también hubo un lobo así que me hizo daño. A veces, todavía puedo verlo, igual que tú. Pero cada vez aparece menos, y ya sé que no puede hacerme nada. Es como una sombra que se acobarda y huye. Poco a poco te pasará a ti también, se irá alejando más y más, y aunque nunca se irá del todo, un día, cuando aparezca en tus recuerdos, podrás mirarle a la cara sin miedo. Y sabrás que le has vencido.

—Es fácil para ti. Tú tienes una placa y una pistola. Eres policía.

—Tú no necesitas nada de eso. Eres mucho más valiente que yo. Además, tienes a tu madre. Ella te protegerá... Y me tienes a mí. Y yo te prometo que voy a encargarme de que el hombre lobo nunca más vuelva a hacerle daño a nadie.

Javier lo miró de un modo que estremeció a Julián.

—¿Mi madre va a ir a la cárcel? Me ha dicho que va a haber un juicio.

—Son cosas de mayores. Tu madre se equivocó, como nos equivocamos todos. Ahora está intentando arreglarlo.

—¿Y qué pasa con el Blusas? Dijo que me mataría y mataría a mi madre si decía algo o hablaba con gente como tú.

—No tienes que preocuparte por él. Se ha ido para siempre. Y aquí estás a salvo. Tú solo... intenta ser feliz.

De nuevo se sintió estúpido. ¿Qué clase de consejo era ese para un niño de ocho años?

—¿Nos damos la mano?

El niño miró su mano, lo pensó unos segundos y la estrechó.

—Sin patada en los huevos esta vez.

Julián soltó una risotada con ganas.

—Sin patada en los huevos esta vez. Vuelve a tu pizarra.

Antes de salir se volvió hacia él una vez más.

—Javier es un nombre bonito.

El niño sonrió.

—Mi padre se llamaba así, el de verdad.

Aquella noche, al volver a casa, un par de tipos salidos de la nada lo interceptaron. No eran policías y tampoco los rateros que cabía esperar a esas horas merodeando por el barrio. Tampoco tenían aspecto de ser matones de los Cantero. Parecían disciplinados, duros de verdad, con formación y ningún titubeo. Solo podían venir de una parte.

«De acuerdo —pensó Julián—, aquí se acaba todo.» Abrió las manos y separó los brazos del cuerpo. Los dos hombres lo llevaron sin violencia hasta un vehículo estacionado al fondo de la calle y le hicieron subir en la parte trasera.

Condujeron por la Ronda Litoral y tomaron la autopista hacia la salida de Gavà Mar, siguieron conduciendo unos kilómetros más por una carretera secundaria que bajaba al frente marítimo, entre cañizales y campos. Julián estaba convencido de que lo iban a ejecutar en cualquier descampado. Pero primero se asegurarían de sacarle todo lo que sabía. La cuestión era si sería capaz de resistir. Intentaba mentalizarse, prepararse para lo que iba a pasar.

Por fin, se acabó el asfalto. Más allá se alzaban las dunas y detrás se oía el mar. Los faros del vehículo alumbraban una silueta junto a la pasarela de madera que llegaba hasta la playa. Le hicieron un gesto para que bajara del coche. Ellos se quedaron dentro. Julián dudó.

—Acérquese, inspector —le pidió el hombre de la pasarela.

No era una orden, pero no era una petición. Julián dio dos pasos al frente y se detuvo, pálido. El Magistrado sonrió:

—Veo que ya sabe quién soy.

—Sé quién es.

—Demos un paseo. No suelo tener ocasión de caminar junto al mar muy a menudo. Lo echo de menos. —Julián echó la mirada atrás—. Oh, no se preocupe por ellos; no nos molestarán a menos que quiera hacerme a mí lo que le hizo a Restrepo.

Ya se olía el verano en las noches. La orilla estaba a oscuras, a lo lejos, y mar adentro se distinguían los destellos parpadeantes de algunas barcas de pesca. Por encima de ellos, el universo seguía su curso.

El Magistrado caminaba despacio.

—Las cosas pequeñas son las que nos recuerdan que estamos vivos, ¿verdad? Tengo entendido que tiene algunos problemas de salud.

—Es una forma de verlo.

—Sí, disculpe mi torpeza. Solo pronunciar la palabra cáncer ya asusta. Me temo que su pronóstico no es muy favorable, por lo que tengo entendido.

Era inútil preguntar cómo lo había averiguado. El Magistrado avanzó unos pasos, se agachó y recogió una pequeña piedra, laminada por las mareas. La sopesó en la mano antes de dejarla caer.

—Por eso hace todo esto, porque no tiene miedo. Nada que perder... Aunque eso no es del todo cierto. Uno siempre puede perder algo. Una amiga, un niño, por ejemplo... Pero no hemos llegado a ese punto, todavía. No me gustan las amenazas. Prefiero hacer las cosas de otra manera... Dígame, Julián, ¿no se pregunta por qué Heredia y Restrepo están muertos y usted sigue vivo?

—Porque sospecha que he hecho copias de la grabación como garantía por si me ocurre un accidente.

—Es un hombre inteligente, y con una voluntad férrea. Eso es lo que no tuvo en cuenta Heredia. Yo no cometeré el mismo error. No voy a subestimarle, Julián. Tampoco he venido a amenazarle, como ya he dicho.

—Ya lo ha hecho. Acaba de amenazar a Virginia y a Javier.

El Magistrado chasqueó los labios.

—¿Cómo se negocia con un hombre que sabe que probablemente va a morir en unos meses? He estudiado bien su perfil. Conozco su pasado, sé lo que ocurrió con su padre, y también lo que le hizo Toño, su amigo, cuando era usted niño. La gente habla y habla y habla, y nunca deja de contar viejas historias. La jugada de la trama gallega fue buena, pero salió mal. Nadie contaba con esa joven, la hija de Francisco, y con su cuaderno. Tampoco contábamos con el sicario mexicano al que usted ha dejado escapar con documentación sensible. Eso podría sumar varias condenas a sus más que previsibles años de cárcel, si es que sale con vida del quirófano.

El Magistrado observó la reacción de Julián. Nunca se acostumbraba a la sensación placentera que le producía ver esas caras de estupor: ser omnisciente como Dios, estar en todas partes, desvelar todo secreto, conocer toda debilidad... Era algo glorioso.

—Pero no se alarme, nada de eso es fundamental ahora. Son detalles. Es natural que caigan algunas cabezas, es bueno para el país, para la moral. La prensa estará ocupada con eso un tiempo, colgaremos algunas medallas. Dejaremos en paz a la señorita Clara Fité, nos olvidaremos del niño y de su madre y le desearemos buena suerte a la inspectora Ortiz en su nueva vida como ejecutiva en Nueva York. Su padre es un buen amigo, me dolería tener que perjudicarle.

El Magistrado se detuvo. Se volvió hacia el mar. Su cabello blanco se encrespó. Julián se preguntó si esa clase de hombres nacía de un útero humano. ¿En qué pensaba, qué sentía? No quiso preguntar. Le habría aterrado la respuesta.

—A veces los tiempos piden héroes, ¿sabe? Su padre era un hombre recto, tenía principios. Acabó ardiendo. Usted ha sido hasta hace poco un policía ejemplar, y ya ve en qué situación se encuentra. Aun así, hombres como usted son necesarios para sostener la ficción. Y esto es lo que le ofrezco: sea un héroe, recupere su carrera; sea el hombre que destapó la mayor red de corrupción de este país. En poco tiempo será comisario, luego comisario general. Y antes de que se dé cuenta, estará en lo más alto.

Julián sintió el temblor que le recorría el espinazo. Librarse de la cárcel, limpiar su expediente, su nombre. Aceptar un mal menor para hacer un bien mayor. Estar en lo más alto para hacer lo correcto, para cambiar las cosas de verdad.

—Olvida un pequeño detalle.

—Sí, por supuesto. Su riñón. Tengo entendido que su oncólogo es bueno, pero los hay mejores. Y también sé que un trasplante podría darle algunas esperanzas, unos años más. La lista de espera es terrible, pero podríamos arreglarlo.

Julián inspiró con fuerza. ¿Vivir, ser libre, tener esa clase de poder que manejaba el Magistrado?

—Y, a cambio, yo le entrego todas las copias de la grabación.

El Magistrado sonrió.

—Por supuesto, pero ambos sabemos que eso no será garantía suficiente. Usted siempre guardará ese as en la manga. Digamos que nuestro acuerdo estará vigente mientras este desagradable asunto de la grabación no trascienda. Mientras sea así, todo el mundo estará tranquilo. Si rompe el acuerdo, bueno, no quedará más remedio que aplicar las cláusulas de rescisión que le he enumerado antes... Tiene mucho que pensar, pero no lo piense demasiado. Esta oferta no estará mucho sobre la mesa. Y ya conoce la alternativa.

El Magistrado dio media vuelta, dando por acabada la reunión. Julián lo vio alejarse hacia la oscuridad de la que había salido. Un anciano venerable, un hombre al que cualquiera sonreiría por la calle, el vecino al que le confiarías las llaves de tu casa.

—¡¿Por qué?! —le gritó—. Necesito que me diga por qué le hizo eso a un niño.

El Magistrado se detuvo. Hundió un poco la cabeza y tardó unos segundos en girar el cuello, lentamente.

—... Porque puedo.

Dos días después, estalló la noticia. La policía abría una investigación por orden de la Fiscalía General del Estado sobre la base de cierta información reservada que obraba en su poder. A pesar del secreto de sumario en las actuaciones, no tardaron en filtrarse a la prensa nombres, lugares, datos que abrían el foco de una trama gigantesca de narcotráfico internacional con un eje México-Galicia-Barcelona y múltiples ramificaciones, asesinatos, corrupción, sobornos, extorsión y secuestro. Al poco empezaron a producirse las primeras detenciones: funcionarios públicos, elementos de la banca, cargos intermedios de ciertas empresas sospechosas de estar blanqueando dinero, mafiosos afincados desde hacía tiempo en España, diplomáticos de segundo rango, abogados, periodistas. Incluso un par de jueces de primera instancia y de instrucción.

Aquella misma tarde, Julián recibió una llamada del hospital. Había habido un cambio de última hora en el equipo de cirujanos que iba a operarle. No tenía por qué inquietarse, iba a dirigir la operación uno de los mejores oncólogos del país. Además, tenían que darle una gran noticia.

Julián no necesitó escucharla. Habían dado con un donante compatible.

42

Ferrol, tres días después

Fouliña salió de casa temprano. La placidez de aquella hora, envuelta en colores y silencios puros, le traía recuerdos que lo acompañaban mientras ascendía por la ladera hacia el acantilado. Sobre el mar flotaban a la deriva masas de nubes de color ceniza y abajo se oía el rugido de las olas. Una violenta ráfaga de viento lo abrazó por las axilas, como si quisiera elevarlo por los aires. No hubiese sido difícil convertirse en piedra y quedarse allí, en la altura, para siempre.

Siguió caminando y se desvió por un sendero apenas trazado por el paso del ganado que se adentraba en el bosque. Allí la fisonomía del paisaje cambiaba, tornándose más antigua todavía. En un claro encontró unas ruinas invadidas por el musgo y las ramas de los árboles, que se metían por todas las grietas. Anidaban allí varios grajos, molestos por la llegada del intruso. Fouliña movió una de las grandes piedras, dejando al descubierto un pequeño zulo. Sacó el paquete con la cocaína y lo metió junto al resto.

Tardó un poco en darse cuenta de que no estaba solo. Quien le espiaba no era una bruja ni un espíritu del bosque. Los espíritus no lucen zapatos.

—Era cuestión de tiempo, ¿verdad? Desde que apareció todo eso en las noticias sabía que, tarde o temprano, aparecerías.

Julián salió de entre los árboles más cercanos. Llevaba puesto un abrigo que le hundía los hombros. Se acercó despacio.

—¿Vas a hacer alguna tontería?

Fouliña le hizo sitio en la base de la piedra.

—Ya he acabado con mi cupo de idioteces.

Julián se sentó a su lado y observó las viejas ruinas, que tan bien conocía.

—No eres muy original. Nuestro escondite de siempre. Aquí escondíamos el material que les robábamos al Barón y a tu padre.

—Y nunca nos pillaron. Y eso que nos zumbaron de lo lindo, pero ninguno de los dos se fue de la boca. Éramos unos críos duros de cojones, ¿verdad?

—O unos inconscientes. Cuando eres joven todo parece eterno. Pero un buen día, sin que te des cuenta, te despiertas y te preguntas a dónde se fue todo eso: los amigos, las aventuras, las risas.

Fouliña le ofreció un pitillo. No le tembló el pulso. Parecía resignado; incluso aliviado.

—¿Cómo has sabido que era yo?

Julián sacó un papel del bolsillo: «Día 12. Pasajero en el Converso. Catorce millas al sur del 15Cº. Esperar correo. Recogida 43º33'20.45" N/8º17'24.16" W».

—Francisco tenía esto entre sus notas. Santa Comba. Nuestro lugar secreto, donde sabíamos que los contrabandistas del Barón desembarcaban el material. Os pusisteis de acuerdo con Carmen para robarle a los mexicanos parte de la droga que os enviaban para distribuir. Francisco era el de los números, el que organizaba toda la estrategia. Lo hicisteis durante años.

—Hasta que nos pillaron. No tenía que haber sido así. Había para todos. —Fouliña ensombreció el gesto—. ¿Me guardas rencor por lo de Gregorio? Me obligaron a decir esa mentira. Vinieron unos policías de Madrid, un pez gordo. Dijeron que querían echarte encima la muerte de Carmen y vi una posibilidad.

—¿Y también te obligaron a despeñarlo por el acantilado? Él confiaba en ti, eras su amigo. No tenía culpa de nada.

—Vio lo que vio. No podía permitir que dijera nada.

Julián alzó la vista hacia el cielo. Estaba oscureciendo y no tardaría en llegar la tormenta.

—Tenemos que irnos.

Fouliña se puso en pie a su vez y señaló hacia el claro. Se acercaban varios policías.

—Por lo menos no será el gilipollas ese de Camuñas el que me ponga los grilletes.

Ambos sonrieron con tristeza.

—Ese gordo siempre fue un inútil —admitió Julián—, nunca fue capaz de pillarnos en una.

Susana contemplaba absorta el tabanque de costura que se llenaba de polvo, abandonado en un rincón del cobertizo, junto a otras cosas de antes, su viejo ciclomotor, unas redes que ya no servían, las herramientas de su hermano y, fuera, la barca sobre el remolque que ya nunca bajaba al mar. Oyó el rumor del coche acercarse. Se secó las lágrimas y salió a esperar en el porche. Julián caminaba hacia ella con el aire abatido.

—Hola, Susana... Supongo que ya te has enterado.

Susana tenía los ojos enrojecidos y en el puño derecho apretaba un pañuelo.

—Es un pueblo pequeño.

—Siento todo esto.

Ella sabía que lo decía sinceramente, pero no la consolaba.

—Está bien que hayas sido tú, un rostro conocido, y no otro. Ya sabes que él siempre te ha apreciado de verdad. Creo que en el fondo te admira.

No le invitó a entrar en casa, no habría tenido sentido. Si alguna vez había sentido algo, un retazo de añoranza por aquel encuentro de febrero, un querer reavivar algo idílico del pasado, eso ya no existía. Ahora solo veía en los bonitos ojos verdes de Julián una extraña serenidad, la misma textura del mar después de provocar un naufragio.

—¿Qué pasará ahora con él?

—Lo acusarán del homicidio de Gregorio y de tráfico de estupefacientes. Pero creo que deberíamos hablar de ti. Ya sabes lo que viene ahora.

La mirada de Susana se tiñó de desafío y temeridad.

—Entiendo. Y te vas a quedar ahí plantado, mirándome desde arriba, sin entender ni comprender nada.

Julián miró alrededor. Detestaba aquel lugar. Sus mentiras, sus secretos. Sus fantasmas.

—Esto es lo que entiendo, Susana. Al principio, di por supuesto que Carmen dirigía desde El Cerso el trato con los mexicanos, y que tanto Fouliña como Francisco eran meros comparsas suyos. Hacían lo que ella les ordenaba que hicieran siguiendo la tradición del Barón. Pero cuando murió Gregorio y supe que tu hermano me había denunciado, lo comprendí. Yo era su mejor amigo, lo conocía bien. Fouliña tiene valor, es arrojado y temerario, pero no es tan listo como para organizar algo así. Y lo que es más importante; él jamás traicionaría a sus amigos. Tenía que haber alguien más. Alguien capaz de obligarle a hacer algo terrible, como matar a Gregorio. Y entonces, cuando tuve el cuaderno de Francisco, lo vi: tu nombre.

Susana no se esforzó en desmentirlo.

—Sí, fui yo. Carmen era una estúpida anclada en el pasado. No era capaz de ver el negocio como yo. ¿Qué podían importar unos gramos sisados aquí y allá? Durante años funcionó.

—Y hubiera seguido funcionando si no te hubieras vuelto más ambiciosa.

—No es ambición. Es justicia. ¿Por qué nosotros debíamos asumir todo el riesgo y ver cómo los beneficios iban a otros? Tomé las riendas, lo hice y no me arrepiento.

—Delataste a Carmen para salvarte. Y Carmen

os delató a los demás, pero solo cayó Francisco. A ti y a tu hermano, el sicario os perdonó la vida. Eso solo puede significar una cosa. Habías llegado a un acuerdo.

—La delaté porque siempre fue una imbécil. Odiaba a mi hermano, se burlaba de él, lo maltrataba, y él ni siquiera se daba cuenta. Siempre con esos aires de marquesa, como si fuese la dueña del pueblo. ¿Qué iba a hacer? Los mexicanos se dieron cuenta de que les estábamos robando y cuando vino ese sicario y me dio a elegir, no tuve que pensarlo. Nos perdonaban la vida, nos dejarían seguir con el negocio, pagaríamos un peaje, claro. Pero mi hermano y yo seguiríamos vivos.

—No solo la delataste. Mientras tú y yo follábamos, tu hermano ayudaba al sicario a asesinarla. Estaba ahí cuando pasó. Y Gregorio lo vio.

—No podía hacerse de otro modo. Fouliña quería protegerle, pero cuando vinieron esos policías de Madrid con el expediente de tu padre y dijeron que iban a acusarte de la muerte de Carmen y de Francisco, vi la oportunidad. Fouliña intentó convencerle para que declarase contra ti, pero el bobo no quiso. Quería contar la verdad. Iba a delatar a mi hermano. Tuve que tomar una decisión.

Susana podía notar la incomodidad de Julián, esa generosidad que solo era orgullo, simple y mundana vanidad. Como su padre, como todos los salvadores del mundo que no son capaces de salvarse a sí mismos. Los mismos ojos verdes, la misma frialdad disfrazada de deber. ¿Qué les daba el derecho?

¿Quién les daba ese poder redentor y destructor de vidas? Nadie, ellos se lo arrogaban. Julián, como su padre, nunca entendió la aldea ni a sus gentes, las reglas ancestrales, misteriosas y violentas que regían la existencia allí.

Julián se sentó en el porche. Miraba al vacío. Un vehículo de la Guardia Civil se aproximaba.

—Siempre has sido la de las decisiones, ¿verdad? La que hacía y deshacía sin consultar con nadie, sin pedir permiso... Como cuando le contaste a mis padres lo que me hizo durante años el tuyo. Y todo lo que pasó después.

Susana lo miró con compasión.

—Ahora entiendo por qué estás solo, Julián. Esa memoria inacabada tuya ha terminado aislándote sin remedio de los demás seres humanos. No te queda nada, solo imágenes indelebles grabadas en tus ojos verdes, solo pasado. Sigues atrapado ahí arriba, en el cruceiro, en las cenizas de la que fue tu casa y en lo que pasó hace treinta años. Has pasado solo demasiado tiempo y al final te has contagiado de ti mismo, has enfermado de tu propio dolor.

Julián encajó aquellas duras palabras sin pestañear. Tal vez las merecía. Quizá eran ciertas. Vio a los agentes traspasar la cancela y acercarse.

—Ya es demasiado tarde para cambiar, supongo.

Susana lo miró una última vez con los ojos enrojecidos.

—Aquella noche, cuando te quedaste a dormir... Durante unas horas pensé que podríamos volver atrás. Pero eso no es posible, ¿verdad?

Julián se puso en pie y negó con la cabeza.

—Tú lo has dicho antes. Vivir en el pasado es una enfermedad. Ya es hora de que se esparzan para siempre las cenizas.

43

Barcelona, un día antes de la operación de Julián Leal, junio de 2005

Soria abrió la puerta en ropa cómoda y zapatillas de andar por casa.

—Me sorprende que me hayas llamado, la verdad. Pasa, mi mujer ha ido a misa. Costumbres que no entiendo, pero que no discuto.

Julián aceptó el café con leche servido en uno de esos vasos antiguos, de grueso vidrio verde. Estaban sentados en torno a una mesa redonda cubierta con un hule de cuadros anticuados. Todo el piso lo era, como si Soria se hubiera quedado atrapado en el tiempo de los dos canales de televisión, las radios con botones de baquelita y los cubrelámparas hechos con macramé. En un rincón, un gato viejo y tuerto comía migas de pan bañadas en leche.

—Está tan viejo que ya no tolera nada sólido —se justificó Soria.

En la pared colgaba una fotografía de él con su mujer en un marco barato. Se oía el encendido y apagado de la caldera en la galería. Soria tenía la punta de los dedos cubierta con una fina capa de pegamento y salpicaduras de pintura en la camisa raída. Su uniforme de trabajo cuando se entregaba a los dioramas. Los preparaba en la antigua habitación de su hijo, le explicó.

—Ahora vive con un par de compañeros en un piso del Born. ¿Quieres ver lo que estoy preparando? —Su expresión era de tal orgullo que Julián no pudo negarse. Era un campo de batalla en un tablón de tres por dos, con sus colinas, sus vaguadas, granjas devastadas por el bombardeo y cientos de diminutos soldados que se lanzaban al asalto de una trinchera protegida con morteros y ametralladoras.

—¿Sabías que la batalla de Verdún duró nueve meses enteros? Esto es al principio, cuando los alemanes capturaron Fort Douaumont. Se calcula que al final hubo más de setecientas mil bajas entre muertos y heridos. El ser humano es un carnicero industrial.

Julián contempló los detalles fingiendo un interés que no sentía.

—¿Tú tienes alguna afición, aparte de cabrear a todo el mundo, dejar escapar a delincuentes buscados internacionalmente o secuestrar y dar palizas a sospechosos?

Julián ensombreció el rostro.

—Antes pintaba... acuarelas. Paisajes marinos, montes de Galicia. Lo dejé. No soy bueno.

Soria abrió la ventana que daba al patio interior y encendió un cigarrillo.

—No hay que dejar algo por el hecho de no ser bueno. Mira esos soldados. Yo nunca ganaré un premio, ni verás un diorama mío en una exposición. Pero me relaja, me ayuda a pensar que soy algo más que mi trabajo o mi matrimonio... ¿Por qué no me dices a qué has venido? No somos, lo que diríamos, amigos. Ni siquiera nos caemos bien.

—Tengo entendido que te han ascendido, y que te jubilarás pronto.

Soria sonrió con ironía.

—La nuestra es la tierra de los milagros. Lo que ayer era un expediente con riesgo de expulsión de repente se convierte en una lluvia de felicitaciones y en un ascenso. Sé que el nuevo comisario me la tiene guardada, pero por ahora me trata con guante de seda. No le queda otra después de que el secuestro de ese crío haya saltado a la prensa. Y todo gracias a ti, aunque eso nunca se sabrá. Oficialmente, la resolución del caso es el resultado de una prolongada y exhaustiva investigación.

—De eso quiero hablarte. Necesito tu ayuda.

Julián se temió lo peor al ver la incredulidad en su expresión.

—Quién iba a decirlo, ¿verdad? La respuesta es no. No quiero tener nada que ver contigo. Ya hemos salido todos suficientemente dañados, ¿no te parece? Virginia es una buena persona y una profesional como la copa de un pino; y que conste que negaré haber dicho esto, pero le he cogido afecto de verdad. Habría sido una gran comisaria, pero eligió ayudarte a ti. Yo casi pierdo mi jubilación. Y tú sigues pendiente del juicio por lo que le hiciste a Restrepo. Que el tipo haya muerto no cambia la opinión que me mereces, Julián.

Julián asintió.

—Estás en tu derecho, y no te faltan razones. Pero me gustaría enseñarte algo. Y quizá cambies de opinión. Virginia me ha dicho que, a pesar de las apariencias, eres un policía de los de verdad.

Soria entornó los párpados.

—¿Eso te ha dicho? —Se quedó pensativo, movió la cabeza, refunfuñó—. ¿Me vas a meter en un lío?

—De los gordos, me temo.

Soria asintió. Aplastó el cigarrillo sobre un carro británico Mark A Whippet.

—De acuerdo. ¿Qué es lo que quieres enseñarme?

La cafetería del hotel Plaza estaba casi vacía. Cuando entraron aquellos hombres en el vestíbulo, el camarero miró con cara de fastidio al que parecía dirigirlos.

—Está cerrado, señor.

—Vengo a ver al Magistrado.

La expresión del camarero abandonó todo sopor cuando aquel tipo de traje barato y muy pasado de peso le mostró su credencial profesional.

—Disculpe, inspector. Su señoría está en la cafetería.

Soria atravesó el vestíbulo desierto. La enorme lámpara de cristal reflejaba los mil destellos de sus cristales en el suelo de mármol pulido. Los pasos resonaban en la sala abovedada como una premonición.

El Magistrado estaba en una mesa del fondo, bebiendo a la luz de una pequeña lámpara de sobremesa. Tenía los ojos cerrados, y seguía con la punta del pie la melodía del hilo musical. Sonaba un fado.

—Los portugueses tienen una música soberbia si uno quiere llorar —dijo Soria.

El Magistrado hizo una mueca molesta.

—¿Y usted es?

—Inspector Soria. Supongo que ya sabe a lo que vengo.

—Ilústreme.

Soria le mostró la imagen en el teléfono. Sin volumen era todavía más estremecedora. Un hombre desnudo, cubierto con una máscara de lobo, se aproximaba a un niño atado a los barrotes y lo sodomizaba. De repente, el hombre se volvía hacia la cámara y se descubría el rostro, sudoroso y con los ojos amarillentos. Sonreía.

—Mírese, cabronazo. Abra bien los ojos, ese es usted.

El Magistrado guardó silencio, observándose en la pantalla con una atención fría.

—Así que finalmente el inspector Leal no ha aceptado el trato. Una lástima.

Soria le puso los grilletes. Al cerrarlos sobre las muñecas del Magistrado tuvo la sensación de que una afilada hoja de guillotina le caía sobre la nuca.

En el hilo musical el fado crecía y decrecía, entrando en las sombras de las cortinas, en las copas, en los manteles, suspendiéndolo todo en una melancolía que no curaba.

Julián Leal pensaba en un barreño de plástico en el que su tía lo bañaba cuando era ya lo suficientemente mayor para hacerlo él mismo. Pero Milagros insistía en ocuparse, le frotaba tan fuerte las orejas que le quemaban durante mucho rato después. Si protestaba, ella le daba un pescozón.

—En esta vida se puede ser cualquier cosa, pero siempre hay que tener las orejas limpias de roña y los oídos limpios de cera.

Eso era en lo que pensaba mientras la camilla recorría el pasillo. No en su padre, no en Toño, no en el abandono de su madre ni en el incendio. Pensaba en el aliento a ginebra de su tía mientras tarareaba una canción y lo frotaba, en sus cigarrillos al borde de la bañera o del lavamanos. Pensaba en que, a pesar de todo, llegó a conocer algo de amor, de felicidad.

A su lado caminaba Virginia. Se cogieron de la mano. No necesitaba que ella le dijera que todo iba a salir bien. Solo necesitaba que estuviera ahí, con él. Hasta el final. Se despidieron en la puerta que daba acceso a los quirófanos.

—Estaré aquí fuera, esperándote —le dijo ella, inclinándose hasta rozarle la cara con su cabello, dejándole aspirar su aroma cítrico en el cuello. Tan cerca que sus labios llegaron a tocarse.

El cirujano y su equipo ya estaban dentro. El anestesista era un joven animoso, le puso la mascarilla y le dijo que respirase con calma, contando mentalmente del uno al diez. Julián observó las luces brillantes sobre su cabeza. No sabía lo que le esperaba al despertar, si es que lo hacía. Tal vez la cárcel o alguien para darle un tiro de gracia en la nuca, quizá el simpático anestesista se encargaría de que no volviera a respirar, o el cirujano que iba a operarle recibiría en mitad de la operación una llamada urgente desde Madrid.

No le importaba. Por primera vez en mucho tiempo se sentía en paz consigo mismo.

Tres, cuatro, cinco... Y llegó la placentera oscuridad.

A 2.480 kilómetros, la buganvilla se agitaba en la fachada encalada. En aquella época, el viento soplaba de mar a tierra, le dijo la joven de la inmobiliaria que le mostró la casa. Era más bien un bungaló de los años setenta, como el resto de la urbanización Rosa Marina, aunque últimamente Ostuni y la costa de Puglia se habían puesto de moda y algunos ricos milaneses habían roto la armonía general construyendo mansiones mastodónticas en el mismísimo Pontile. Laura Cervini eligió una de las más apartadas, cerca de un gran olivar que separaba el complejo de la carretera. La calle tenía nombre de músico.

Una hora después, cogió la cámara de fotos y se acercó al mar. Estaba en calma, apenas había gente, el restaurante Capanno estaba todavía cerrado y se veía muy a lo lejos parte de la costa de Albania. Laura tomó algunas instantáneas, unos niños buscando cangrejos entre las rocas, un par de ancianas tomando el sol en sillas plegables con los pies en el agua, un vendedor ambulante que cargaba sobre la cabeza una docena de sombreros. Una vida que funcionaba a su propio ritmo. Era una orilla muy distinta a la de Ferrol o Barcelona. Tal vez aquí su padre se habría reconciliado con el mar, y quizá su madre habría podido sonreír un poco más, ver algo de esperanza en el horizonte.

Consultó los correos en su teléfono. Julián no había respondido su mensaje. Así lo habían acordado, por el bien de ambos. Quizá era lo mejor. Aun así, no resistió la tentación de escribirle una última vez:

> Solo quiero darte las gracias. Son los actos de otros los que a veces nos devuelven el valor para empezar de nuevo. Ahora soy Laura Cervini —no habría soportado convertirme en norteamericana, a pesar del Boss—, una heredera diletante italiana afincada en la costa adriática pensando qué hacer con su vida. Es un papel creíble. Puede que vuelva a escribir. Quizá una novela. Tal vez esta historia. Sé que no volveremos a vernos ni a escribirnos. Ni siquiera tengo claro si leerás esto. Me gustaría pensar que la operación ha sido un éxito, que por arte de magia has eludido también la cárcel. Prefiero imaginar que, en algún lugar, tú también te has convertido en otro capaz de empezar de nuevo. Ya hemos vivido demasiado tiempo en la memoria. ¿No te parece? Tal vez sea hora de vivir ahora en lo desconocido.
>
> Hasta siempre, inspector

Envió el correo y recogió sus rodillas entre los brazos.

«Lo desconocido», había escrito, quizá traicionada por el subconsciente. Lo desconocido era lo que no tenía un nombre, los ojos oscuros, lo que había desaparecido sin dejar huella, sin decir adiós. Por mucho que quisiera negárselo a sí misma, lo desconocido era lo que echaba de menos. Sin saber por qué.

Epílogo

Podríamos dejarlo aquí. Resulta gratificante pensar que existe una especie de justicia poética, confiar en un equilibrio que se restituye a sí mismo una y otra vez. Eso nos permite ser un poco más optimistas en lo que a nuestra propia naturaleza respecta.

Imaginemos entonces que Julián Leal logró ponerse en paz con su pasado, que superó la operación y el cáncer, o que —para no forzar la mano— logró vivir unos años con cierta felicidad. Tal vez, por uno de esos milagros que de tanto en tanto concede el absurdo del Estado, podría incluso haberse librado de una condena demasiado penosa por el caso Restrepo. A fin de cuentas, él puso en marcha el mecanismo para desmantelar y sacar a la luz *la trama de corrupción más importante del siglo* —así lo tituló un periódico—, además de haber facilitado la detención de un depredador como el Magistrado. Tenemos cierta tendencia a perdonar las transgresiones cuando el personaje en cuestión nos resulta simpático o cuando logramos sentir de cerca el problema que nos quitan de encima. ¿Quién no estaría dispuesto a manifestar que habría hecho lo mismo si con ello salvaba a un hijo, a un familiar, a alguien cercano? Los debates éticos, la moral, la ley quedan en suspenso cuando nos arrebatan las emociones. Incluso los más recalcitrantes habrían aprobado en silencio que se le concediera un indulto al inspector. Ya ha pasado suficiente, ya ha sufrido lo suyo. No merece pudrirse en la cárcel como un delincuente más.

Imaginemos también que al niño le fue bien. Que su madre logró vencer al dragón de la droga, que se rehabilitó y que, lejos de la ciudad, en el pueblo de Charo, aprendió a ser la madre y la mujer que tenía la oportunidad de ser. Puede que incluso volviera a enamorarse, quién sabe si tuvo más hijos. Era joven, y sin el peso de la adicción volvió a ser libre y hermosa. Quizá Chinchilla —Javier, de acuerdo— descubrió un talento propio, no sé, la mecánica, la ingeniería, o quizá despertó en él una pasión aventurera que le llevaría a recorrer el mundo y sus misterios. Y un día, muchos años después, le escribiría desde algún lugar remoto de la selva birmana una nota al inspector confesándole que tenía razón:

Ahora ya puedo mirar cara a cara
al hombre lobo.

Es más que probable que Virginia no regresara a la Policía pasado el periodo de excedencia pactado con su padre. Nunca perteneció a los que obedecen, sino a los que dan órdenes, y se le daba bien dirigir a cincuenta personas cuyo único objetivo era incrementar el patrimonio familiar que un día heredarían sus dos hijas. Probablemente no se volvió a casar, esa vida había quedado atrás; el recuerdo de Luis y de su breve experiencia con Julián irían perdiéndose hasta convertirse en imágenes difusas que ya no le pertenecían.

Nos queda Clara, o Laura Cervini, en su retiro italiano, escribiendo una novela que podría parecerse a esta, haciendo fotografías, luchando contra las telarañas de su mente frente al mar. En otra tierra y en otra historia, yo aparecería una tarde en la playa, la vería de lejos contemplando las olas, ensimismada, y me acercaría para sentarme a su lado. Nos miraríamos y nos preguntaríamos si podemos ser otra cosa, si de verdad podemos elegir. Lo intentaríamos y quizá saliera bien.

Podría haber ocurrido —todo o parte, al menos—. Nos gustaría, por nuestro propio bien. Algo que nos diga que no todo está perdido, que se parezca a un final feliz, que pueda reconfortarnos después de tanto sufrimiento.

En cuanto a mí, no creo en los finales felices. Eso es una ventaja. Nada te decepciona ni te sorprende en exceso.

En mi mundo, uno sabe antes que nadie cuándo llega el momento de dejarlo. Somos como los cirujanos. Si notas un leve temblor en los dedos, estás acabado, aunque nadie se haya dado cuenta todavía. El problema es que no puedes dejar a medias una operación a corazón abierto, abandonar el quirófano y marcharte a casa tranquilamente. Para la gente como yo, la jubilación viene escrita en una sombra que te esperará en un callejón, en un disparo que no sabrás de dónde viene. ¿Me dejarán irme, podré perderme en esa islita que he encontrado en la Guayana? ¿Acaso van a darme una palmadita cuando les diga que voy a dedicarme a hacer pulseritas para turistas o a servir mojitos? Claro que no.

Pero tengo este velero y esa es mi verdad: su casco que brilla y rompe con suavidad, como si cortara las olas, como si quisiera volar. He concedido un capricho a lo imposible y lo he bautizado con el nombre de Clara, y que el viento decida a dónde me quiere llevar. Yo no creo en el bien y el mal; creo en la cerveza fría, en los atardeceres lunares teñidos de violeta y en islas que no existen en los mapas. Y creo que nada se va para siempre. Tarde o temprano, tendré que volver.

Quizá, entonces, conozcáis mi nombre.

Otros títulos del autor en Booket:

booket